TRAIÇÃO DE SANGUE

ANDRÉ LIMA

TRAIÇÃO DE SANGUE

Lura

Copyright © 2024 por Lura Editorial.
Todos os direitos reservados.

Gerentes Editoriais
Roger Conovalov
Aline Assone Conovalov

Coordenador Editorial
Stéfano Stella
André Barbosa

Diagramação
Manoela Dourado

Capa
Marcela Lois

Revisão
Agatha Dias
Gabriela Peres

Todos os direitos reservados. Impresso no Brasil.

Nenhuma parte deste livro pode ser utilizada, reproduzida ou armazenada em qualquer forma ou meio, seja mecânico ou eletrônico, fotocópia, gravação etc., sem a permissão por escrito da editora.

CATALOGAÇÃO NA PUBLICAÇÃO
ELABORADA POR BIBLIOTECÁRIA JANAINA RAMOS - CRB-8/9166

Lima, André
Traição de Sangue / André Lima. – São Caetano do Sul-SP: Lura Editorial, 2024.

N p. 248 ; 15,5 X 23 cm

ISBN 978-65-5478-178-7

1. Romance. 2. Literatura brasileira. 3. Ficção I. Lima, André. II. Título.

CDD 869.93

Índice para catálogo sistemático
I. Romance : Literatura brasileira : Ficção

[2024]
Lura Editorial
Alameda Terracota, 215. Sala 905, Cerâmica
09531-190 – São Caetano do Sul – SP – Brasil
www.luraeditorial.com.br

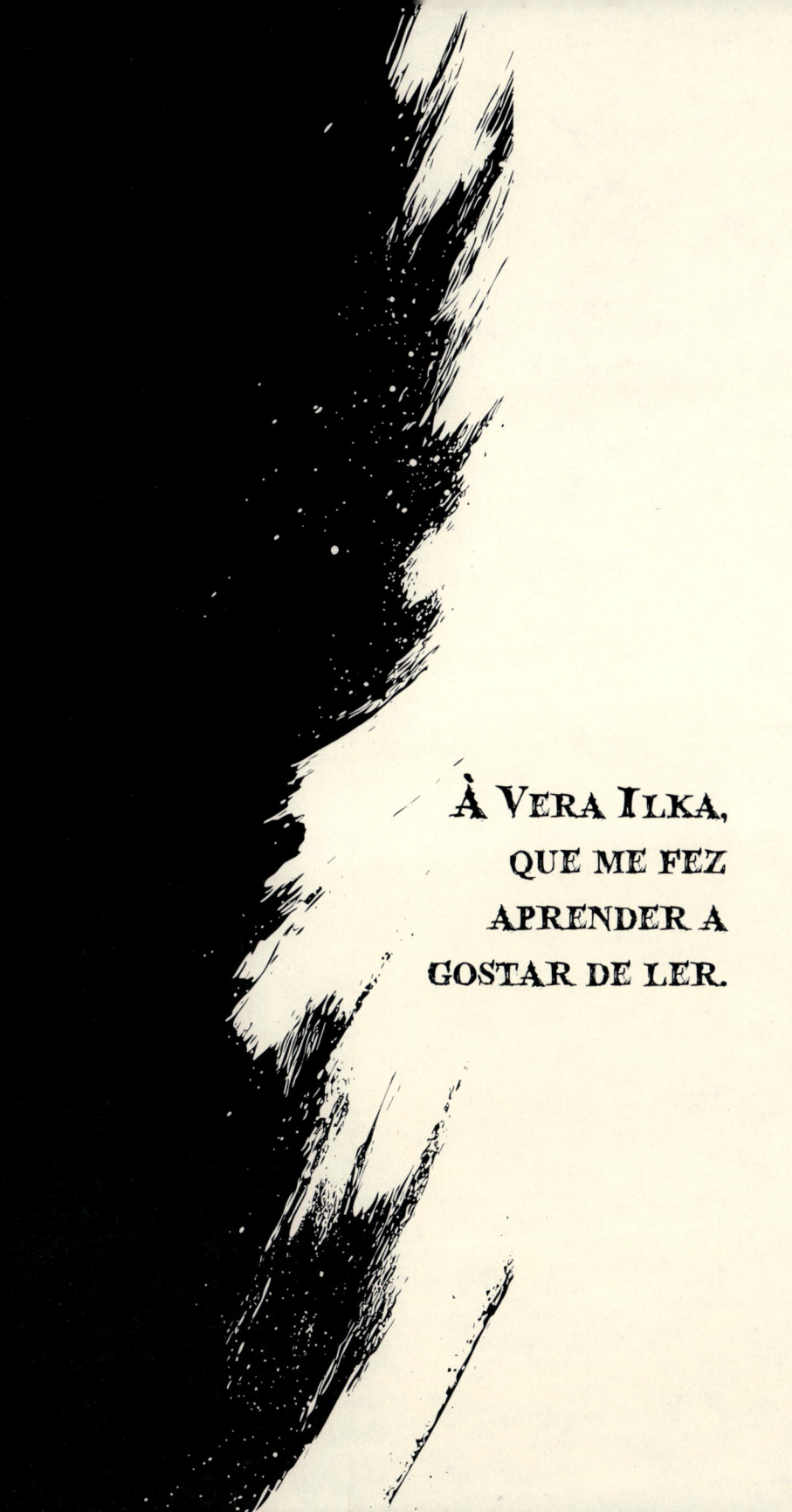

À VERA ILKA,
QUE ME FEZ
APRENDER A
GOSTAR DE LER.

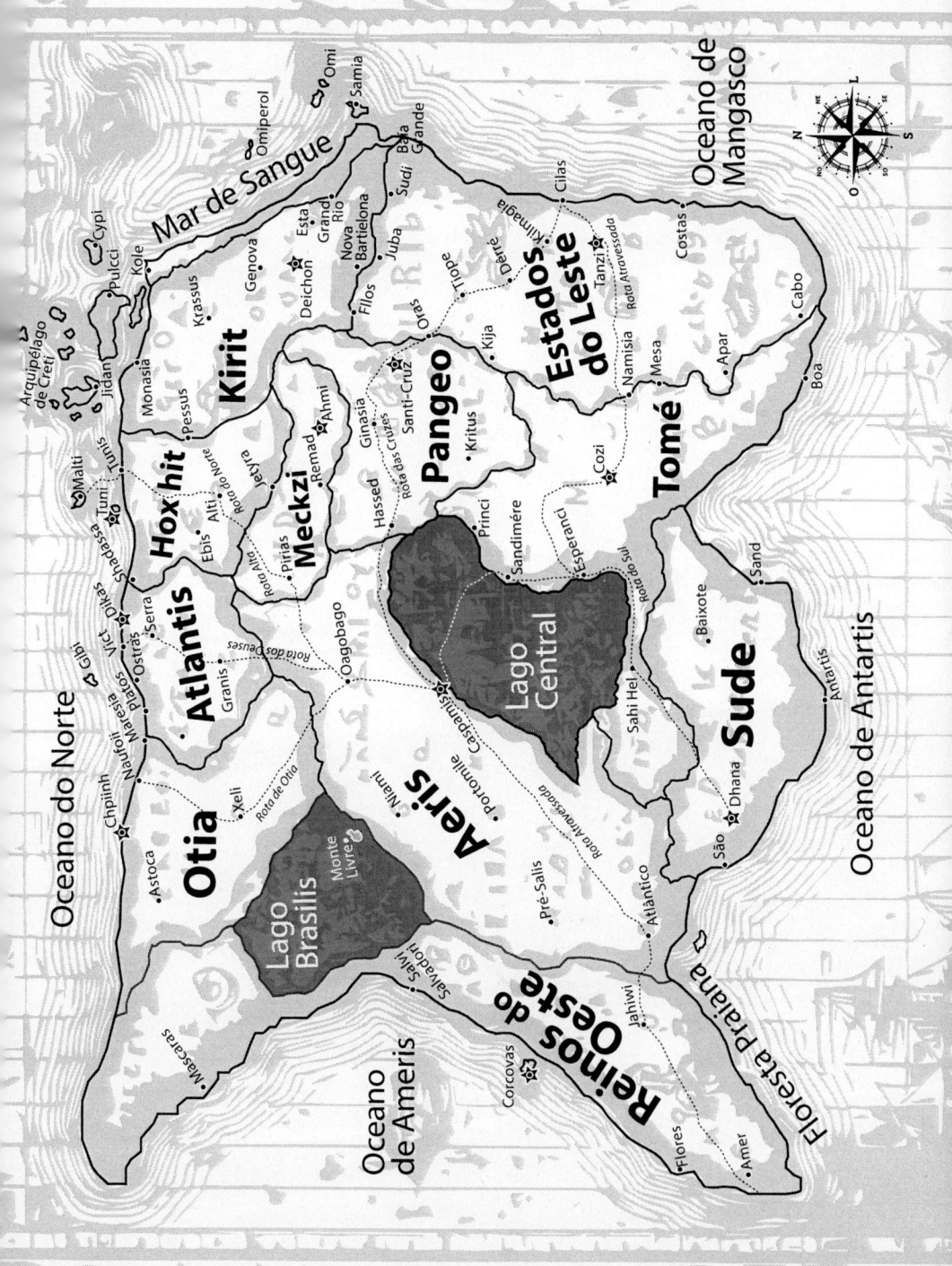

Capítulo 1

TALRIAN

Quando acordo na manhã da reunião, me estico para fora da minha cama azul e abro a janela principal do quarto.

A cidade está em completo silêncio, pois ainda são quatro horas. Os pobres e sujos mineiros e pescadores ainda estão dormindo, mas logo um alarme soará por toda a cidade, avisando que é hora de acordar. Não é incomum haver resistência e, muitas vezes, posso ver as lutas entre as pessoas e os agentes de segurança, pois minha varanda tem uma visão privilegiada da região abaixo das Montanhas Pullci. As revoltas são sempre reprimidas e isso é muito bom para nós. A economia da minha região não é exatamente das melhores e, sem as pessoas, a Casa Pullci não tem mais razão de existir, já que controlamos nossa ilha desde o início da Dinastia, há mais de seiscentos anos.

Claro, devo apoiar este mundo dividido, afinal, sou o quadragésimo sétimo duque de Pullci, o herdeiro de todas essas terras. Quando era criança, eu tinha um tipo de culpa sobre a população faminta, mas, conforme eu crescia, meu pai me ensinou a ser um bom líder e aprendi que isso é exatamente o que temos que fazer para sobreviver. O controle é a coisa mais valiosa que temos, e não vamos abdicar dele facilmente.

Vou ao banheiro e tomo banho. Terei uma reunião com o conselho da Região Norte em cerca de quatro horas. Olho no espelho e procuro pentear o cabelo, o que não é difícil, por ser cortado no tamanho militar, como sempre foi. Tenho olhos azuis como meu pai e o oceano que controlamos. Minha pele extremamente branca sempre foi um problema, visto que governamos a região mais ao norte do continente. Assim, temos sol quente e desesperador durante todo o ano, fazendo com que minha pele sempre fique com uma cor vermelha queimada. Não tenho tanta proteção do sol.

Coloco as roupas casuais da minha casa; não quero usar um terno pesado tão cedo. A confortável camiseta azul-claro como a cor dos meus olhos e do mar pela manhã, e a calça preta macia não me incomodam muito, mas, ainda assim, estou um pouco entediado com essas cores. Usei-as ao longo da vida toda, porém não consigo abdicar do estilo da minha Casa. Faço parte dela e ela é parte de mim.

Saio do meu quarto e vou para o grande e largo corredor onde ficam os aposentos pessoais de cada membro da minha Casa. As paredes são decoradas com tapeçarias que glorificam feitos de membros da Dinastia, ou mesmo da minha Casa, em ordem cronológica do fundo até a entrada do corredor. Como sou o herdeiro e um dos mais importantes membros da genealogia da Casa, tenho ao lado da minha porta as artes mais antigas. Feitos do começo da Dinastia e alguns até de antes dela, fazendo com que o corredor tenha a aparência de um museu.

Um pouco mais à frente, minha irmã Allabrianna sai de seu quarto. Ela é a terceira filha e a mais próxima de mim. É apenas um ano mais nova que eu e temos praticamente a mesma aparência, olhos de um azul profundo, pele muito branca e maçãs do rosto altas, porém meus cabelos são pretos e curtos, enquanto os dela são loiros como os da nossa mãe e vão até sua cintura, cobrindo suas costas por completo. Ela também vai para a reunião, mas, diferente de mim, já está arrumada. Usa um vestido azul-marinho bordado com safiras e ônix que vai até seus tornozelos e uma tiara prata cravejada de diamantes. Minhas roupas não têm tanta pedraria, mas Allabrianna é uma dama da nobreza e precisa se vestir como tal.

— Oi, Talrian — ela diz tentando sufocar um bocejo, sem sucesso. — Bom dia.

— Bom dia, Brianna! — dou um abraço nela e suas pedras preciosas quase prendem na minha roupa — Gastou todas as joias que tinha para hoje, hein? — brinco, bagunçando o cabelo dela.

Brianna apenas dá de ombros

— Tem reunião hoje.

Quase rio de sua indiferença forçada. Todo mundo que é próximo dela sabe que odeia ser convocada para participar das reuniões comigo e minha irmã mais velha, Monica.

Mais perto da saída do corredor, portas começam a se abrir e primos meus saem, sonolentos, mas ainda conversando uns com os outros. Ao mesmo tempo que sei seus nomes e patentes, não os conheço bem pessoalmente. A maioria é de militares que lutam contra os Estados do Leste no Sul, um país com o qual estamos em guerra há mais de trezentos anos e que quer espalhar a sua forma de governo estúpida para as nossas terras. *Democracia* é como eles a chamam. Seu estilo de vida não faz nenhum sentido e seu governo é apenas uma teoria, já que o atual "presidente" já está há exatamente trinta anos no cargo.

Não são só eles que vão à guerra, claro. Pessoas de todo o reino são convocadas uma vez a cada semestre, com diferentes quantidades para cada vilarejo. Se não houver voluntários, o governo tem total direito de arrombar as portas e recrutar homens e mulheres com mais de dezesseis anos. É assim que conseguimos nos manter e até avançar no *front* de guerra.

A parte do meio do corredor é geralmente reservada para convidados. Diferentes Casas vieram essa semana para as reuniões da Região Norte. No total, são quatro: Pullci, Jidan, Pei e Sotlan. O conselho da Região é redigido aqui desde o começo da Dinastia, há mais de seis séculos. No país, existem mais de uma dúzia de Casas que vão desde as montanhas de Sotlan até o Mar de Sangue. A maioria improdutiva, nobres que conseguiram manter seu poder graças aos serviços prestados no passado ou por pura sorte. Essas Casas governam a maior parte do deserto, que é o continente.

Um rosto conhecido entre muitos nobres de roupas coloridas sai pela porta: Radiani Jidan. O futuro terceiro duque de Jidan e, provavelmente, meu único amigo de verdade. Ele teima em ajeitar o paletó vermelho escarlate e o terno preto. Ele tem a pele negra e os olhos igualmente pretos, é uma cabeça mais alto que eu e seus músculos se sobressaem mesmo abaixo da camada sufocante de roupa. Ao contrário de meus numerosos primos, Radiani é um general, um dos mais novos da história. Faz muitas viagens ao *front*, mesmo sendo o único filho homem de sua Casa.

Ele sorri para mim, ainda tentando ajeitar a camisa apertada. Abre um sorriso ainda maior quando vê minha irmã. São namorados ou algo do tipo. Infelizmente, para eles, não vão poder ficar juntos por muito tempo. Casamentos arranjados são praticamente lei em toda Kirit.

Meu pai, possivelmente, procurará uma aliança forte, e não alguém como Radiani, que tem uma Casa sem poder nem influência.

— Melhor irmos. A maioria das pessoas já está tomando café. Vamos chegar atrasados.

— Vamos, então! — digo simplesmente. Ele dá o braço para Brianna enquanto eu enfio as mãos nos bolsos da calça. Olho ao meu redor e percebo que sou o único que ainda não se arrumou para a reunião.

Nobres de roupas coloridas passam ao meu lado e se dirigem apressados ao fim do corredor. Depois de muitas aulas de etiqueta da corte, sei precisamente as cores de cada Casa do país. Os velhos nobres de Pei, vestindo ternos amarelo-berrantes, se aglomeram à esquerda para conversar. Alguns dos mais jovens, como Mathias, o herdeiro dessa Casa, nos cumprimentam com um aceno. Os verdadeiros líderes, porém, só nos olham com indiferença e até nojo. Eles são a Casa mais poderosa do país, além do rei, é claro, e, provavelmente, se incomodam que o Conselho não seja na Casa deles. Os nobres de Sotlan, vestidos com um ternos brancos e um paletós cor-de-rosa suave, demonstram mais empatia, cumprimentando-nos cada um com um aceno de cabeça.

Quando finalmente passamos pelos corredores infinitos, chegamos ao salão, um recinto de três andares que acomoda facilmente toda a nobreza da Região Norte, talvez até mais. A mesa da Casa Pullci fica bem no meio de tudo, mais comprida que todas as outras. Uma música suave começa a tocar enquanto mais e mais nobres entram no lugar.

Sento-me em uma das pontas da mesa, ao lado da cadeira onde sei que sentará meu pai e em frente à minha mãe. Brianna se senta ao meu lado direito e Radiani se senta ao lado dela. Como é uma das principais figuras da nobreza da região, é permitido que ele sente na mesa da minha Casa. Os nobres de Pei e Sotlan também se sentam, ocupando o espaço restante na mesa. Apenas o restante da minha família está ausente, mas isso não é incomum. Eles devem estar esperando em algum lugar para fazer sua entrada triunfal. É isso o que toda essa pompa disfarçada de café da manhã significa. Uma demonstração de poder, e das mais convincentes, para intimidar pessoas que possam se tornar uma ameaça ao governo da região e à Casa.

Quando já estou absorto demais em meus pensamentos e quase morrendo de fome, meu pai chega. Ele reluz em seu terno cravejado de pedras preciosas, similar ao que usarei mais tarde, e abre um sorriso para toda a corte ali reunida. Minha mãe, Rythia, segura seu braço e acena para todos na multidão, em seu vestido azul com faixas prateadas. Uma mistura da Casa onde foi criada, a Casa Xip, com a do meu pai. Ela é irmã da rainha e nasceu em uma Casa tradicional, mesmo que de outra região. Sua Casa de nascimento controla uma das poucas regiões produtivas perto do Grande Rio. Ela sempre usa um colar de esmeraldas — a cor da Casa do marido da irmã. Minha tia usa um parecido, porém, de diamantes.

Ao seu lado, anda Monica — sempre a favorita dela —, que também brilha em seu vestido idêntico ao de Brianna. As duas são bem parecidas, o mesmo cabelo e os mesmos olhos azuis, como todos nessa família. Porém, enquanto Brianna é calma e gentil, Monica, geralmente, não sente nenhum prazer em estar na minha presença. Ela sempre foi mais próxima dos nossos primos do que de Brianna e eu.

Meus dois irmãos menores, Edmin e Hover, andam ao lado do meu pai. Os dois têm apenas nove e sete anos, respectivamente, e ainda são crianças demais para brincar no jogo da corte. Por isso, geralmente são excluídos de todos os anúncios e tratados. Mas sei que, quando crescerem, serão importantes para criar primos Pullci e aconselhar o novo duque, que, no caso, serei eu.

Uma sentinela Pullci para e grita para a multidão:

— Saúdem Theos Pullci, o Quadragésimo Sexto Duque, senhor de nossa ilha e dos oceanos do Norte! — ela troveja.

As pessoas se erguem e aplaudem enquanto ele anda calmamente até seu lugar ao meu lado e se senta, fazendo com que todos comecem a comer e a música volte a tocar. Os criados passam servindo pequenos aperitivos e sucos. Alguns entregam licores e aguardente para outros nobres. Eu não os pego; não quero me embriagar logo cedo.

O evento é calmo como sempre, já que todas as Casas estão reunidas. A conversa flui bem entre seus próprios conhecidos. Converso com Brianna e meu pai enquanto Radiani brinca com sua irmã pequena, Lua, e as risadas dos dois ecoam mesmo com o som da música.

A refeição acaba como todas as outras. Meu pai oferece um brinde meramente simbólico por terem vindo, já que eles não têm nenhuma escolha, e completa dizendo:

— A reunião de hoje será sobre a contagem dos impostos da Região e será localizada no Leviatã, um dos nossos navios. Carros irão buscá-los e levá-los para o cais daqui a uma hora. Vejo vocês todos lá!

Mais uma rodada de aplausos para meu pai e toda a nossa família se levanta. Vou imediatamente para o seu lado e ando emparelhado com ele. Ele é um pouco maior que eu, mas suas passadas são lentas, então ninguém da minha família tem problema em acompanhá-lo, nem Edmin e Hover. Quatro primos Pullci cobrem nossa família em todas as direções, abrindo passagem por entre a multidão que ainda festeja animada.

Passamos novamente por alguns corredores, voltando para nossos aposentos, e meus irmãos e irmãs vão se dispersando pelo caminho. Monica vai falar com um dos sentinelas da festa, Carpius.

Ele é um ano mais velho que eu, e sempre achou que tinha o direito de ser o duque, por ser o herdeiro mais velho da Casa. Meu pai e o pai dele, Cronos, são gêmeos. Porém, meu pai nasceu alguns minutos antes, garantindo, assim, o privilégio de passar sua própria linhagem adiante.

Claro que ele não concorda. Por isso, me odeia.

Meus irmãos menores vão com a minha mãe para a brinquedoteca dos dois. Eles passam a maior parte de seu tempo lá, com seus primos favoritos.

Brianna tenta me chamar para ir ao seu quarto. Geralmente, quando estamos sem tarefas e ela não precisa ficar estudando, vamos para um dos nossos quartos e conversamos ou jogamos, às vezes também com Radiani, quando ele está presente.

Hoje, no entanto, será diferente. Meu pai tem outros planos para mim.

— Vou falar com Talrian a sós, tudo bem, filha? — ele diz para Brianna do jeito que as pessoas costumam falar com crianças. Minha irmã já não é criança há uns bons anos, então imagino que deva ser bem irritante para ela.

— Tudo bem — ela diz olhando para mim antes de se virar e ir para seu quarto. Radiani provavelmente irá para lá quando meu pai me liberar.

Meu pai a espera entrar em seu aposento antes de se virar para mim e dizer:

— Ouça, Talrian — ele pousa a mão no meu ombro e umedece os lábios antes de continuar — Você já tem dezessete anos, idade para começar a assumir o controle da Casa. Para isso, vai precisar de alguém para apoiá-lo e para seguir com a linhagem da Casa.

Congelo. Nada na minha vida me amedronta mais que isso. Ter que escolher alguém com quem eu — principalmente eu — terei que viver uma mentira.

Você sabe que é o seu destino. Não pode simplesmente fugir disso. É para sua Casa, seu pai, seu sangue. Você tem um dever para com os três.

— Já tenho negociações com três Casas, alianças fortes que, com certeza, irão te ajudar a prosseguir nessa jornada. E não se preocupe, já analisei cada uma das propostas. Só quero o melhor para você, filho!

É uma sorte que sou bom em controlar minhas emoções, porque, caso contrário, teria rido na cara dele. Não quero magoar meu pai em um momento desse. Ele acha que está fazendo o melhor para mim, e eu respeito isso, mas não sabe a verdade.

— Posso escolher para você, se quiser, mas acho melhor você decidir seu caminho dessa vez. É um momento importante e quero que você seja feliz pelo resto da vida, filho, não importa com quem — ele completa.

Meu pai é uma pessoa dura, poderosa e, algumas vezes, cruel. Mas esses momentos me fazem lembrar que, além de tudo, ele ainda é meu pai. Situações como essa me fazem lembrar como ele me ama, apesar de ser cego para algumas coisas.

— Vou escolher — digo olhando nos olhos dele, impassível, com minha máscara da corte.

— Tudo bem. Vamos para meu escritório.

O escritório dele fica ao lado de seu quarto, o último aposento do interminável corredor. Entro com meu pai. É um lugar grande e arrumado, já que ele comanda o governo da Região inteira daqui. Prateleiras e mais prateleiras de livros coloridos, perfeitamente encadernados e novos preenchem as paredes. Uma mesa de madeira polida cobre o meio da sala. Sei que é o lugar onde ele assina todas as leis e tratados da Região e da Casa. Uma bandeira pende do lado direito da mesa com nosso brasão desenhado no fundo azul-claro: um peixe-dourado com um homem musculoso segurando um grande tridente. Uma representação artística de ondas com um homem sobre elas em um quadro está pendurada atrás do meu pai. Não sabemos como os deuses são, é claro, mas sabemos que controlam todos os ciclos desse mundo com mão de ferro, como meu pai controla nossas ilhas. Acreditamos que existem diversos deuses, quase todos voltados à admiração do oceano e da água, forças que regem o mundo.

Ele aperta um botão em sua mesa e uma projeção se materializa no ar. Aperta mais alguns botões e a imagem de uma garota que reconheço apenas como sendo da Casa Sotlan por conta de seu vestido rosa sorri para a tela. Ela tem a pele negra e olhos verdes da cor de uma folha, e seus longos cabelos loiros repousam sobre o ombro esquerdo em uma trança.

— Estrela Sotlan — meu pai diz em seu tom pétreo e calculista de sempre. — Quinze anos. Fará aniversário em duas semanas. É condessa, filha de Latranus Sotlan e Furgina Groba. A filha mais velha dos dois.

Conheço Estrela dos bailes da corte e lembro de seus pais me cumprimentando educadamente, apesar de meu pai não ser a pessoa favorita deles. Só pode ser porque a proposta de casamento já estava adiantada ainda naquele tempo. De repente, sinto uma enorme necessidade infantil de confrontar qualquer coisa que meu pai já tivesse planejado, então, descarto Estrela logo de cara.

A figura de Estrela continua na tela por alguns momentos até que meu pai muda a imagem e, dessa vez, uma garota negra com rosto redondo e cabelo encaracolado que vai até seus ombros sorri para mim com seu vestido preto e branco incrustado de pérolas das duas cores.

— Safira Eniba. Dezessete anos; faz aniversário em menos de um mês. É uma marquesa, filha de Exmerium Eniba e Lily Pei. A filha mais nova dos dois.

Meu pai me deixa observar o rosto dela por alguns momentos, como se sua beleza importasse para mim. Seus olhos carregam uma tristeza indefinida. Lembro que um dos seus irmãos e sua mãe morreram na guerra há algumas semanas; fui ao funeral deles na sua Região. Lembro de beijar sua mão e de dizer meus pêsames, apesar de aquela ser a primeira e única vez que a vi na vida.

A Casa Eniba comanda praticamente toda a fronteira que é disputada com os Estados do Leste, que ataca pela fronteira sudoeste e por algumas partes do extremo sul. São nobres relativamente pobres devido à guerra e aos ataques que a Casa sofre por parte dos estrangeiros, que, geralmente, ocorrem dentro de seu próprio território. Meu pai permanece impassível, mas o conheço e sei que este é o casamento que ele mais desaprovaria se eu escolhesse. Então, mesmo com meu impulso de não seguir qualquer regra sua, descarto Safira; apesar de ser uma das meninas mais bonitas que já vi, não quero estragar as expectativas dele.

Seu rosto desaparece e é substituído por uma garota cuja Casa não me lembro. Busco em minha cabeça informações que me façam lembrar qual Casa veste o seu tom de verde e preto. É bonita, com um longo cabelo preto caindo pelas suas costas, pele negra e maçãs do rosto altas. Ela sorri com pouca determinação para a foto, como se estivesse sendo forçada a fazer aquilo — e realmente está. Sinto um pouco de simpatia por ela. Sei exatamente que sentimento é esse. Estou sentindo ele agora.

— Camilla Genova, duquesa de Genova — diz meu pai no mesmo tom de antes, mas é óbvio em sua expressão que quer que eu escolha Estrela. — Dezesseis anos e fará aniversário no próximo ano apenas; capitã na fronteira da cidade de Egmalion na luta contra os Estados do Leste. Comanda duas tropas e é subordinada a seu próprio pai, Vitor Genova. Filha de Vitor Genova e Julianna Pullci, minha prima de segundo grau que também serve na mesma cidade na patente de coronel — ele diz com um certo tom de orgulho, pelo menos isso consigo entender; orgulho da sua família e da sua Casa é o que meu pai mais tem. — Filha mais velha dos dois.

O rosto de Camilla permanece por alguns instantes na tela e então desaparece. Meu pai me olha e espera eu decidir.

Não demoro nem um segundo para comunicar minha resposta.

— Camilla — eu olho nos olhos dele com a mesma intensidade. — Eu escolho a Camilla.

— Muito bem — ele fala. — Pode ir agora, Talrian.

Saio do quarto dele com muitas coisas presas na garganta, que não podem ser ouvidas, mas continuam querendo sair.

Capítulo 2

ALLABRIANNA

Talrian saiu faz muito tempo. Devo procurá-lo? Acho que não, provavelmente ainda está conversando com nosso pai; apenas mais um conselho para o futuro herdeiro. Coisas da Região. Não quero e nem tenho interesse em saber o que nosso pai planeja para nosso mundo aquático.

Apesar do que Talrian pensa, ele foi criado para ser igual a meu pai e perpetuar esse mundo injusto e imoral. Eu não aprovo isso, mas ninguém nunca me dará ouvidos. Sou apenas a próxima moeda de troca no bolso do meu pai. Monica já está prometida ao herdeiro da Casa Catala e o anúncio do casamento de Talrian pode vir a qualquer momento. Na linha, sou a próxima e, como já tenho dezesseis anos, já está mais que na hora de meu pai escolher alguém para mim.

O problema é Radiani.

O herdeiro de Jidan se deita em minha cama com os braços em cima dos olhos, tentando relaxar. Ontem, ficou até tarde cuidando de comércio e tratados. Pergunto-me se a duquesa de Jidan, Sêmele, se preocupa em cuidar de algo da política regional ou se apenas delega todas as responsabilidades ao filho. Sei que Lua também participa das decisões, mas ela só tem treze anos, é quase uma criança, então o irmão faz a maioria das coisas por ela. Ela também está no meu quarto, esparramada no tapete, mexendo em seu colar com rubis incrustados.

Eles perderam o pai, Lorrianus, alguns meses atrás, na guerra. O confronto contra os Estados do Leste já acontece há tanto tempo que é impossível contabilizar o número de mortos. Deveriam criar outra palavra para essa forma de destruição.

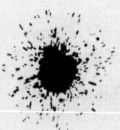

Precisamos de terras férteis — pelo menos é isso que dizemos nas escolas. O pouco que é produzido nas ilhas e na região de Pei não é suficiente para alimentar um país que é, basicamente, um enorme deserto. Eles responderam na mesma moeda, atacando com toda a força as nossas reservas de matéria-prima que ficam nas pequenas ilhas ao longo da costa oeste. Precisamos delas para produzir baterias e veículos. Essenciais para a guerra, mas escassas nas terras dos nossos inimigos.

E isso já acontece há trezentos anos. Toda a cultura de um país formada na base da guerra. O pai de Radiani não foi o primeiro a morrer na guerra e não será o último. Meu irmão já foi para a guerra quando era mais novo, assim como meu avô e todos os que vieram antes dele. Radiani é um general, como todos os outros da família dele foram.

Agradeço aos deuses todos os dias por não ter precisado participar da guerra. Se contagens de mortos e feridos já são de revirar o estômago, imagine a violência real.

Acho que ser uma moeda de troca talvez tenha suas vantagens.

A guerra chegou a um ponto em que não é possível mais avançar ou retroceder. Conseguimos manter o controle de nossas ilhas e até mesmo conquistar algumas ilhas deles, tirando os recursos de que mais precisam. Porém, não conseguimos penetrar em seu território por terra, pois sua rede de fortes e a selva que predomina no Sul tornam quase impossível uma invasão. Eles vêm tomando cidades na fronteira aos poucos, mas, geralmente, são expulsos após poucos meses.

O pai deles morreu lutando pelas ilhas. Liderando a marinha de Jidan. Uma morte honrosa, disse meu pai. Mas acho que eles prefeririam um pai vivo e covarde a um corajoso e morto.

Talrian chega alguns minutos depois. Ele escancara a porta do quarto, assustando a todos nós.

— Preciso falar com vocês dois — ele fala de uma maneira preocupada. À medida que se aproxima, consigo ver seu rosto com mais clareza e vejo que seus olhos estão vermelhos e seu lábio inferior treme.

Ele está quase chorando, porém, Talrian não chora desde que era um bebê. Eu não me recordo da última vez que lágrimas caíram dos seus olhos. Me assusto com a visão de tamanho desespero.

Ele controla, é claro. Mas só o fato de sua máscara perfeita ter caído, seja por um instante, demonstra que algo realmente não está bem.

— Tudo bem, tudo bem — Radiani também percebe seu estado e se apruma na cama. — Pode sair, Lua?

Sua irmã assente e sai do quarto, fechando a porta com um estrondo. Talrian se senta em minha cama e olha fixamente para o nada no meu quarto, como se procurasse algo.

— O que aconteceu? — pergunto preocupada. Na minha cabeça, tento formar uma lista de possibilidades. Será que um dos nossos tios morreu na guerra? Alguma decisão da reunião? Alguma lição política que o desagradou? Não, não pode ser nenhuma dessas coisas. Meu irmão nunca se reduziria a esse ponto por conta de alguma decisão de nosso pai e duvido que ele chorasse até no meu funeral.

Ele mexe na colcha enjoativamente azul da minha cama e fala:

— Nosso pai anunciou — ele diz com relutância — meu casamento.

Ah...

Já faz muito tempo que meu irmão revelou a nós dois que não gostava de mulheres, mas sim de homens. Lembro que reagimos com surpresa e medo, já que ninguém no país pode legalmente se declarar como ele. Está escrito na lei; ser assim é um crime passível de pena capital.

Ele nunca conseguiria escapar de um casamento. É o futuro duque, precisa garantir o legado da Casa e ele sabe disso. Mas isso não me impede de sentir raiva por seu destino ser tão cruel e perigoso.

— Ele escolheu para você? Ou pelo menos te deu essa chance? — pergunta Radiani.

— Eu escolhi — ele responde friamente —, mas não muda muita coisa no final, não é mesmo?

— Mas quem foi? — pergunta Radiani ignorando descaradamente a opinião do meu irmão. Sinto vontade de dar um tapa na cara dele. Meu irmão permanece em silêncio e ele insiste. — Quem você escolheu?

— Camilla — ele responde, tentando se recompor e ajeitando a postura para algo digno de um nobre. — Camilla Genova — ele repete.

— Ah! — ele se recosta novamente como se estivesse aliviado — Conheço. Ela é legal.

— Isso importa muito no momento, Radiani, com certeza! — ele fala rispidamente.

— Só quis ajudar — ele balbucia, levantando as mãos em uma posição defensiva.

— Eu sei, foi só muito estressante.

— Não era você que não queria que eu cuidasse da vida dos outros? — ele diz com o sorriso que conheço tão bem.

— Ah, cala a boca! — digo, o que só faz ele sorrir mais.

— Bom, é melhor eu ir — meu irmão diz e se levanta da minha cama, ajeitando o cabelo e respirando fundo. — Não posso me atrasar para a reunião.

— Eu vou com você — Radiani também se levanta, desamassando as roupas. Sei que ele quer apenas ficar ao lado do melhor amigo, caso Talrian precise dele.

— Tenho que ir — digo para os dois e eles se viram bruscamente para mim. — Papai disse que quer me falar alguma coisa — dou de ombros, mentindo descaradamente. Apenas sei que não querem minha presença no momento, então não quero fazer com que digam isso.

Radiani estala a língua em desaprovação.

— Você mente muito mal, Brianna.

— Sim, ela sabe! — Talrian bufa impaciente — Vamos! Vou me atrasar desse jeito.

Radiani encosta os lábios nos meus de leve e, logo depois, sai com Talrian, que o espera na porta. Os dois se retiram e eu fico sozinha.

Espero não me sentir assim por mais muito tempo.

Capítulo 3

TALRIAN

Entro no meu quarto rapidamente, fechando a porta pesada com um estrondo. A porta quase acerta o pé de Radiani. Ele xinga e fala:

— Tudo bem, Talrian, sei que você está com raiva e tudo mais, mas não precisa tentar me matar.

— Sim, estou com raiva — falo com o rosto a centímetros do dele — e tenho todos os direitos para isso.

A mágoa aparece em seu rosto, mesmo com seus esforços em permanecer indiferente. Minha hostilidade o machuca, mesmo que não queira demonstrar.

— Não quero dizer que entendo o que está sentindo, porque não posso e não sei — ele sussurra com a mesma intensidade com que eu falei com ele há apenas alguns minutos.

— Então, por que veio aqui?

Ele bufa e reponde.

— Porque sou seu amigo e você faria o mesmo se fosse comigo. Foi o que você fez quando meu pai morreu.

Apenas me sento na cama e encaro o vazio, refletindo sobre o que meu amigo acabou de falar. Sinto uma vontade urgente de quebrar alguma coisa; meu cérebro se espreme, parecendo se estilhaçar.

— Como você mesmo disse, se arrume para a reunião — sei que ele está apenas tentando me animar, mas ele não é Brianna, não vai dizer meia dúzia de piadas e sairemos daqui rindo. Radiani é mais calculista. Luta com a cabeça, não com o coração.

Talvez esse seja o motivo de sermos amigos, afinal, frios e resolutos. Os herdeiros perfeitos para um país em guerra, penso.

Levanto-me e entro no grande *closet* e começo a revirar meus ternos e paletós praticamente idênticos, procurando por não sei o quê. Depois de enrolar um bocado, me visto e saio completamente arrumado do quarto.

— Vamos — falo em um tom ainda um pouco chateado.

Radiani concorda com um aceno de cabeça, mas, quando tento passar, ele me bloqueia. Olho para os olhos dele, em um gesto claro.

Aqui não.

Mas ele não vai me deixar passar.

— Olha, Talrian, só quero falar uma coisa para você — ele me segura pelos ombros com tanta força que começa a doer. Por sorte, consigo me desvencilhar. — Eu sei que todo esse lance do seu casamento é uma merda, mas não deixe isso afetar quem você realmente é. Pode ter certeza de que não vou deixar isso acontecer e não preciso nem dizer que Brianna também não.

Também não quero mudar. Espero que não seja tarde demais.

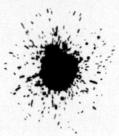

Quando chegamos ao cais, o resto da minha família e outros nobres já nos esperam perto do Leviatã. Imediatamente vou até meu pai e ele põe a mão no meu ombro, como se pedisse desculpas pelos acontecimentos de uma hora atrás. Mas não vai ser tão simples assim, vai demorar ainda alguns dias para que eu deixe de ficar com raiva dele. Não que ele saiba meus verdadeiros motivos, claro, mas ele é definitivamente o culpado por tudo isso.

Brianna permanece ao lado de Monica, parada, olhando para nenhum lugar específico. Como meu pai está aqui, ela não pode arriscar tentar ficar a sós com Radiani, porque sabe que meu pai não aprovará. A família dele é pobre demais, insignificante demais na corte. Casamentos são feitos para gerar uma aliança forte e para trazer mais poder para ambas as Casas.

Sêmele Jidan olha para o filho, não de um jeito desaprovador, nem mesmo impassível, mas *amoroso*. Isso não é nada comum. Mostrar seus sentimentos é uma demonstração de fraqueza e vulnerabilidade. Por isso que meu pai me treinou tão bem. Mas acho que ser da Casa mais pobre e ridicularizada do país deve fazer com que o protocolo não tenha nenhum valor. Sêmele também é a única governante mulher no país, já que o resto das Casas proíbe que mulheres entrem na linha de sucessão. No entanto, ela era a filha única do primeiro duque de Jidan, Vervenon, que morreu há cerca de dois anos. O comando de Jidan foi passado a ela no testamento do seu pai, o que faz com que ela seja a única duquesa governante. As pessoas a odeiam por isso e a corte de Kirit não vê mudanças com bons olhos.

Parece que ela não percebe ou simplesmente não liga. Gosto dela. Ela é o exemplo de pessoa que eu sempre quis ser. Alguém que nunca se importa com o que os outros falam, alguém que sempre está feliz consigo mesma. Não sei se conseguirei ser alguém assim algum dia, mas vou tentar.

Claro que também é rígida quando precisa. O país não precisa de duques fracos.

O Leviatã é realmente grande, ocupa a maior parte do maior porto da cidade. Era originalmente um navio de guerra, mas, após muitas batalhas em guerras antigas, foi aposentado séculos atrás para se tornar o navio principal da nossa Casa.

Quando entramos no navio, vemos um grande retrato do primeiro duque de Pullci, Moreto, que viveu há mais de seis séculos. Ele tem o olhar distante, mas sua aparência é totalmente diferente do resto da família atualmente. Seus cabelos são ruivos e sua pele é muito mais bronzeada e, ainda assim, cheia de sardas, uma combinação que sempre achei estranha, mas que nele ficava até bonita. A única coisa que herdei dele foram as feições. O nariz, a boca e as maçãs do rosto ainda continuam as mesmas, mesmo após gerações.

Passamos dessa sala de recepção e entramos na maior sala do navio, a que sempre usamos para nossas festas. Nossa cultura é sempre baseada na adoração ao mar e seus recursos. Então, obrigatoriamente, todas as festas de aniversário, casamentos e celebrações religiosas devem ser realizadas em contato com a água, por isso os quadros nas paredes enaltecem todos os feitos de nossos deuses e antigos duques. Há uma grande mesa azul no meio da sala, que deve acomodar umas cem pessoas; é cercada por mesas menores e, nelas, ficam disponíveis bebidas e comidas, com criados a postos, caso necessário.

Meu pai dá breves palavras de boas-vindas e pede para que todos se acomodem na mesa principal, onde a pauta da reunião está na frente de cada cadeira. Os nobres multicoloridos se sentam em seus respectivos setores e verificam os papéis que se encontram à sua frente. As reuniões do conselho são usadas para decisões que afetam a Região como um todo e para que os tributos pagos pelos cidadãos sejam contados e pagos para o rei. Em geral, elas são rápidas, não precisam de toda essa ostentação, mas somos os sediadores; não há por que demonstrar nenhuma fraqueza. Parecer fraco te torna fraco, parecer forte te torna forte, e é isso que nós somos.

Sento-me na cadeira ao lado direito do meu pai, que se senta na ponta da mesa. Monica está à minha frente por conta da ausência da minha mãe, que decidiu ficar com meus irmãos dessa vez. Reuniões também não são sua atividade preferida. E Brianna senta-se à minha esquerda.

À medida que os criados da nossa Casa vão servindo as comidas e bebidas, mais nobres vão se acomodando na mesa principal. Alguns também se sentam nas poltronas e no pequeno bar adjacente à mesa. Provavelmente, são apenas sentinelas sem importância ou crianças sem idade suficiente. Só estão aqui para assistir ao espetáculo.

Algumas pessoas se assustam — uma senhora da Casa Sotlan até solta um grito estrangulado — quando o navio finalmente parte do porto. O balanço das ondas parece deixar alguns nobres instantaneamente enjoados e tendem a botar tudo que o já comeram para fora. Minha família e eu, não. Vivemos metade da nossa vida no mar.

Radiani também parece estar sossegado. Sua família tem o mesmo culto à água e ao mar que a minha, habitam e governam algumas ilhotas mineradoras de carvão que ficam mais longe do continente e tem convivência o bastante com o mar que nos cerca para aprender a não vomitar com ele.

Após o navio finalmente se afastar da costa a ponto de só haver uma ilha dos Jidan à vista, meu pai começa, perguntando se todos têm a pauta da reunião, o que é completamente desnecessário, já que todos os nobres estão mexendo nos papéis nesse exato momento.

Como de costume, a menor região fala primeiro, até chegar à maior, e depois é a vez da sediadora do Conselho. Como a Região Norte tem poucas Casas, apenas três irão falar antes de nós.

A Casa Jidan abre a reunião. Sêmele fala sobre os parcos ganhos que a Casa recebeu ao longo do mês. Os impostos são baixos na maioria das ilhas de Jidan. Eles têm o menor ganho de todas as regiões do país.

Cada Casa fala sobre seus lucros mensais, até eu, que sempre tenho que fazer isso para me "preparar", como meu pai diz. Acho que ele apenas não quer mais perder seu tempo com isso, então, me obriga a fazer as coisas chatas por ele. Pelo menos, é o que eu faria no lugar dele.

Depois de muita conversa e algumas voltas pelo mar, nós retornamos à terra firme. A maioria dos nobres segue para nossa casa, mas Brianna, Radiani e eu vamos para a cidade, onde poderemos almoçar em paz.

Nos dirigimos ao deque em que geralmente nossa Casa se reúne para comer. Ele fica em cima da montanha, às margens do rio que desce pelos campos verdes e deságua no mar da cidade. Tem uma ótima vista dela. Passantes vão às suas casas em seus pequenos intervalos de trabalho, enquanto guardas mantêm a ordem nas ruas. Casas de famílias que não são nobres, mas que são ricas, se escoram em encostas que vão aumentando à medida que a montanha vai descendo. A hierarquia é assim: quem vive mais alto na montanha tem melhores condições de vida.

O deque é perto de um pequeno vilarejo, onde vivem as pessoas que pescam os peixes de água doce que levamos para casa. Várias casinhas que praticamente se empilham umas nas outras para caber na pequena clareira, as *favelas*. Minha Região não é nada mais que um conglomerado delas. Algumas pessoas olham de longe, nos invejando por sermos e estarmos em um lugar onde elas nunca poderão entrar.

Os criados nos servem a comida e ficamos conversando. Depois de um tempo, percebo que aqui é o meu lugar, junto com meus amigos. Fecho os olhos e peço a todos os deuses que os bons tempos não terminem.

Capítulo 4

ALLABRIANNA

Talrian decidiu voltar andando até a nossa casa, sabendo que, se formos de carro, terão vários nobres voltando às suas Regiões. E, além de um monte de burocracia, provavelmente vão parabenizá-lo por seu casamento. Por isso, essa foi a melhor escolha dele.

As estradas que levam até lá são asfaltadas e bem cuidadas, com a vegetação nas laterais nunca grande demais e, em alguns casos, até arbustos que representam diferentes deuses. Algumas casas da favela próxima ainda seguem perto da estrada, mas são poucas e isoladas. Mulheres estendendo roupas não nos notam ou são indiferentes à nossa passagem.

Guardas nos escoltam, é claro. Os herdeiros de Pullci e Jidan não deveriam andar por aí sozinhos, ainda mais numa favela como essa. Somos valiosos demais para isso.

Subimos lentamente, parando para olhar as estátuas e o rio, aproveitando o pouco tempo livre que temos. É aí que percebo que alguém está atrás de nós.

Uma mulher de aproximadamente quarenta anos corre gritando atrás de nós, pedindo que paremos. Os guardas automaticamente ficam em posição defensiva, esperando um ataque.

Ela chega surpreendentemente rápido para uma pessoa tão malnutrida. Tem a aparência típica de alguém das favelas: roupas costuradas à mão, sujeira em todos os cantos do corpo e a miséria estampada na face. Ela passa direto por mim, mas não sou eu quem ela está procurando. Ela se ajoelha aos pés de Talrian.

— Por favor, meu duque, me dê alguma coisa para comer! Meu marido morreu na guerra e eu tenho quatro filhos. Não há trabalho. Por favor, meu duque, por favor.

Talrian apenas olha para a mulher, como se estivesse enojado, enquanto ela continua a chorar aos seus pés. Quando ela finalmente se desespera e agarra a gola da sua camisa, os guardas a seguram e apontam uma arma para a sua cabeça.

Ele apenas se afasta, olhando para a mulher com desprezo. Ajeita a gola da camisa, e fala:

— Deem um jeito nela.

— Não! — a palavra me escapa.

Os guardas a arrastam até um ponto mais distante da rua enquanto ela continua a chorar e implorar. Talrian se vira e continua a subir a montanha como se nada estivesse acontecendo, enquanto Radiani contorce os lábios em desgosto. Sabe o que está prestes a acontecer e não aprova, mas não tem nenhuma autoridade para impedir.

— Não, Talrian, por favor — eu sussurro.

Ele apenas se vira e olha para mim. Não vejo nada nos seus olhos a não ser frieza. Já o vi assim antes, mas nunca dirigido a mim, e isso quase me derruba.

É isso que nosso pai ensinou a ele, mas ele *não pode* fazer isso; é *errado*.

A mulher se encolhe no chão em posição fetal, chorando e tremendo, enquanto um dos guardas pega o cassetete do bolso e bate nas costas dela.

— Não! — grito, correndo em direção à senhora. Radiani tenta me segurar, mas sou mais rápida que ele. Os guardas continuam a bater nela, e ela agora está gritando — Parem! Parem!

Todos os guardas se afastam, olhando para mim como se tivesse enlouquecido, mas impossibilitados de desobedecer uma duquesa. O major Pullci que comanda esses guardas põe a mão no meu ombro e tenta me afastar dali, mas me desvencilho dele e ajoelho ao lado da senhora.

O rosto dela está ensanguentado, o nariz dela está se esvaindo em sangue e provavelmente quebrado. Ela treme quando seguro suas mãos. Contenho minhas lágrimas.

— Radiani, venha aqui! — minha voz falha e acho que estou tremendo também. Consigo ouvir o som dos seus passos, já que os guardas e Talrian estão em total silêncio.

— Ah, merda! — ele murmura quando vê a mulher e se agacha ao meu lado — Acho que ela não vai resistir.

— Não, ela tem que resistir! — mas a respiração dela fica cada vez mais entrecortada, até parar por completo. Uma lágrima solitária desce pela minha bochecha — Faz alguma coisa!

— Não dá mais para ela, Brianna, vamos — Radiani diz, me levantando. Ele se abaixa, fecha os olhos dela e limpa um pouco do sangue que estava embaixo do seu nariz.

Eu me viro e Talrian está olhando para a mulher morta. Vou até ele gritando coisas horríveis até que Radiani me agarra e praticamente me arrasta de lá, mas ainda sou capaz de ver um relance dos guardas removendo seu corpo, seu sangue ainda manchando o chão, e Talrian me olhando com pena.

Pergunto-me como puderam deixar alguém fazer isso com uma pessoa. Ela não tinha culpa de nada. Nenhuma culpa

Mas há coisas que nunca vamos entender.

Capítulo 5

TALRIAN

— Você não precisava ter feito aquilo.

Radiani entra no meu quarto como um furacão. Quase não nos falamos ontem, depois que meus guardas mataram aquela mulher. Brianna começou a me xingar de novo na hora do jantar, mas foi inútil. Como sempre, meus pais ficaram do meu lado. Eles sabem o que deve ser feito.

Mas será que deve mesmo? Não há outro jeito?

Balanço a cabeça, me afastando desses pensamentos idiotas. Sensibilidade não é algo que um nobre deve ter. Ela morreu por conta da própria idiotice e só.

Ergo a cabeça do relatório que estava lendo e olho para Radiani. Hoje será o último dia em que os nobres passarão aqui. Porém, acho que minha irmã conseguiu convencer meu pai a ficar aqui até partirmos para o casamento do príncipe.

— Você sabe como as coisas funcionam, Radiani — digo, voltando minha atenção para o relatório.

— Eu sei que você não é assim — ele retruca rapidamente. — Brianna ficou a noite inteira chorando por causa daquela merda que *você* fez.

— Não ligo — minto, porque nunca quis causar nenhum mal à minha irmã.

Radiani apenas suspira e fala em um tom mais calmo agora:

— Pois deveria ligar, pois vou pedi-la em casamento hoje à noite e a última coisa que eu quero é ela chateada por causa de você. Então, se puder engolir essa merda de orgulho fodido que você tem e simplesmente *pedir desculpas* à sua irmã, ajudaria muito.

Ergo a cabeça do relatório imediatamente e olho para ele, procurando algum tipo de ironia ou piada que sempre gosta de fazer, mas ele apenas me encara com um leve rubor nas bochechas.

Apesar de sempre querer isso para eles, isso implica muitas coisas que também podem me impactar. Meus pais precisam permitir que Brianna se case com ele, mas, como os Jidan não são particularmente influentes, aposto que vão, no mínimo, checar se não há uma opção melhor.

Segundo, se eles se casarem, Brianna vai para Jidan com Radiani e eu ficarei aqui, sozinho.

Mesmo com meu egoísmo falando alto, não consigo deixar de sorrir para ele.

— Já estava na hora.

Ele relaxa e suspira, sentando-se em minha cama.

— Verdade.

— Para onde vamos esta noite, cunhado? — rio para ele.

— Para Jidan, vou levar todos de barco hoje à noite.

Ergo as sobrancelhas. Nem sabia que os Jidan tinham barcos tão grandes, no máximo uma lancha para vir até Pullci.

— E se você me chamar de novo disso, vou te bater. É sério!

— E como exatamente você planeja esconder isso dos meus pais, Brianna e do resto da minha Casa?

— Bom, posso apenas dizer que vamos dar um passeio. Cortesia de Jidan — ele dá de ombros.

A ideia é fraca, para dizer o mínimo, mas apenas abro outro sorriso para ele.

— Vou esperar, então!

— Que bom! Nos vemos à noite. E não vá abrir o bico, senão eu te mato — ele completa rindo e sai do quarto rapidamente.

Após ler o relatório por alguns instantes, percebo que não consigo mais me concentrar e saio do quarto em busca de ar fresco, talvez até uma descida à praia, mas, quando abro a porta, vejo a pior pessoa possível.

Carpius está parado na porta com o seu sorriso de desprezo habitual. Ele veste seu uniforme de sentinela. Já conseguiu uma alta patente e comanda seus próprios agentes na segurança da cidade. Distintivos e medalhas brilham em seu peito.

— Olá, primo! — ele sempre me chama assim e, quando isso acontece, penso em quanto tempo ele aguentaria se eu enfiasse sua cabeça no mar — Nosso glorioso duque pede sua presença no quarto dele, agora.

Nosso glorioso duque. Não precisa nem ter cinco anos para entender como Carpius odeia meu pai e sua administração. Na realidade, ele detesta tudo que não lhe convém. Acho que esse é o principal motivo para eu nunca ter gostado dele. Ele, provavelmente, planeja à noite como vai cortar minha garganta por ele não ser o sucessor e sim eu.

— Tudo bem! — falo com um suspiro — Posso seguir sozinho daqui.

— Não. Falei que ia te acompanhar — ele diz, se aproximando mais de mim. É bem mais alto que eu e me olha com intensidade, como se estivesse prestes a me bater. Mas ele vê minha irmã passando e, rapidamente, sua atenção não está mais em mim.

Dirijo-me ao escritório do meu pai, apesar de saber o que ele quer. Me oferecer mais detalhes sobre o meu casamento.

Provavelmente, acontecerá na próxima semana, quando formos para a capital, ao casamento do príncipe.

Quase rio comigo mesmo. Três casamentos em menos de uma semana. Dois que afetarão minha vida, um que afetará o reino inteiro. A vida de muita gente mudará em pouco tempo.

Entro sem bater e encontro meu pai debruçado sobre uma pilha de papéis em cima de uma mesa, conversando com um homem que não reconheço a princípio, e uma garota praticamente da minha idade.

Não entendo muito, mas reconheço os dois quando eles se viram para me ver. Vi seu rosto apenas um dia atrás no holograma.

Camilla.

Ela olha para mim nervosamente. O cabelo liso e longo preso em uma tiara com esmeraldas e o vestido verde com faixas prateadas que a cobre até os tornozelos. Se ela conhecesse bem a região, saberia que essa não é a melhor roupa para se vestir; deve estar fazendo uns quarenta graus e esse vestido parece um forno. Seus olhos negros como a noite estão arregalados. Ela está com medo de mim.

— Talrian — meu pai fala como se estivesse decepcionado e solta um suspiro. — venha cá.

Caminho olhando para o chão até parar ao lado dele, que passa o braço ao redor do meu ombro, como se eu precisasse da sua proteção. Me remexo desconfortável; não gosto de parecer vulnerável, principalmente na frente dessas pessoas.

— Meu filho, Talrian, herdeiro de Pullci — ele fala com orgulho, olhando nos olhos de quem reconheço ser Vitor, o pai de Camilla. — Espero que estejam de acordo com tudo.

— Sim, estamos.

Para um homem tão grande, Vitor tem uma voz extremamente fina. Ele pega um papel em cima da mesa que imagino ser o meu contrato de casamento:

— A Ilha de Miratriz, aberta para exportação sem taxas, e a Costa do Coral, podendo ser usada para agricultura. Em troca, damos um ano de exportação de café sem taxas e dote no valor de 2 milhões de cromos — arregalo os olhos. Meu casamento custa uma fortuna. Daria para alimentar Pullci inteira por um ano. *Vários anos*.

Meu pai assente e Vitor dá o contrato para ele. Ele o coloca em cima da mesa, pega uma caneta e assina abaixo da assinatura de Vitor, que deve ter escrito previamente. Ele deixa a caneta em cima da mesa. O gesto é claro: *assine também*.

Minha mão está tremendo quando pego a caneta e escrevo meu nome no papel. Tecnicamente, tudo acaba aqui.

Mas ainda há coisas muito piores que isso.

— A festa é daqui a cinco dias, na capital — me espanto novamente, imagino que não deveria mais. Cinco dias? Meu pai deve estar com pressa. E como isso pode ser no centro do país, Deichon, a capital, onde não há sequer um riacho para me comunicar com meus deuses? Se eles não poderão me ajudar nessa jornada, quem poderá? — Estaremos lá para o casamento do Príncipe de Deichon, herdeiro do trono.

— Tudo bem — meu pai gesticula para que eu saia. — Eu e o duque de Genova temos outros assuntos a tratar. Talrian, leve Camilla até os aposentos dela. A família dela está no andar de baixo.

— Sim, pai — suspiro frustrado e indo até a porta. Camilla me segue e dou o braço a ela, que o enlaça, e saímos sem falar uma palavra.

Dois criados de Genova nos esperam fora do quarto, e andam um em cada lado, sem olhar nos olhos de ninguém. Estão ali apenas para garantir que não façamos nenhuma besteira ou coisa do tipo. Não que isso fosse acontecer, mal posso esperar para voltar ao meu quarto.

Quando ainda estamos no corredor, ela se solta e fala:
— Precisamos conversar!
Percebo que essa foi a primeira vez que ouvi a voz dela. Ela tem uma fala melodiosa, com o sotaque típico do centro do país.
— Claro — balbucio. Isso me pega completamente de surpresa. Achei que apenas a deixaria no quarto como se nada tivesse acontecido e só conversaríamos em Deichon.
Apenas indico o caminho e continuamos andando. Subimos pelo elevador e vamos para onde sua família está.
Dá para ver que eles foram realocados para lá às pressas, porque ainda nem botaram o brasão da Casa na porta. Apenas duas faixas de seda verde e prateada indicam que estão aqui.
Sentada em um sofá que fica ao lado, está a mãe de Camilla, Julianna. Ela acena para mim, recostada nas almofadas, enquanto bebe uma taça de vinho.
— Olá, Talrian. A última vez que o vi, você era um bebê — ela abre um sorriso enorme. Apesar de ser minha tia, raramente a vejo. Está sempre ocupada demais com a guerra no Sul.
— Oi, tia — sigo pelo corredor até o fim, onde soldados de Genova andam e conversam, provavelmente dispensados de seus postos. Alguns pescoços se viram para nos encarar. Ótimo. As pessoas já notaram.
No final do corredor, há uma grande estátua de vários deuses controlando as águas, formando ondas enormes. Elas se dirigem para um grupo de ilhas parecidas com as nossas. Simbolizam desastres que aconteceram há muito tempo; obras dos deuses contra uma população ainda infiel aos seus ensinamentos.
— Quem são eles? — pergunta Camilla com curiosidade, também olhando para a estátua. Me surpreendo. Em geral, os outros nobres consideram nossos deuses uma bobagem. Finalmente alguém que demonstra respeito.

— Nossos deuses, controladores do nosso mundo — falo com neutralidade — abençoam as nossas ilhas com paz e prosperidade.

— Quantos deuses existem? — ela pergunta novamente, se aproximando mais da estátua.

— Não sabemos. Não conhecemos seus nomes e seus rostos, apenas podemos senti-los à nossa volta — ela estica a mão para tocar a estátua e eu a impeço rápido. — Ele não gostaria que você o tocasse, Camilla — digo num tom mais severo.

Ela arregala os olhos e abaixa a cabeça em arrependimento.

— Desculpa — ela murmura com os olhos no chão e, de repente, me sinto culpado por ter falado desse jeito com ela.

— Não tem problema, você não sabia — tento me reconciliar. — Vamos para onde? Seu quarto?

— Acho que sim. Nunca vim aqui, não conheço bem os lugares. Nunca tinha nem visto o mar — ela ri consigo mesma. — Minha irmã achou que nunca chegaríamos aqui, só água e mais água e mais água...

Como vivi minha vida inteira na água, não posso dizer que já compartilhei o sentimento dela, apenas a chamo com um aceno e vamos para a última porta do corredor. A porta decorada com esmeraldas tem uma pequena placa dourada ao seu lado, que diz:

Camilla e Beatrix Genova. Duquesas de Genova.

Camilla abre a porta como se estivesse em casa e entra no quarto. As paredes são brancas e há duas camas com lençóis verdes e um abajur entre elas.

Uma grande televisão ocupa a maior parte da parede e a varanda ocupa o restante. A vista daqui da cidade não é tão bonita como a do meu quarto, mas ainda dá para ver as casas da aldeia por onde passamos ontem.

Uma menina, mais ou menos da idade de Lua, brinca com os canais da televisão, passando rapidamente por todos os canais de notícias. Não sei por que se deram ao trabalho de instalar uma televisão nesse quarto, já que ela só passa informações sobre a guerra ou discursos reais. Camilla faz parte do exército, então talvez ela tenha interesse.

A garota pula da cama e corre para abraçar Camilla. Ela veste uma camisa verde e uma calça prateada que parece ser de pijama. Ela é muito parecida com a irmã, a mesma pele negra e o cabelo preto enrolado em uma trança com fios de prata que o fazem brilhar.

— Como foi lá? — ela pergunta — O tal Tolrian é legal? O papai ficou enrolando? Fala tudo, por favor!

— Calma, calma! — ela ri enquanto brinca com o cabelo da irmã — Que lindo! Quem fez isso no seu cabelo?

— Uns criados que vieram me servir o café da manhã — ela responde rapidamente — e você não respondeu às minhas perguntas!

— Por que você não pergunta para ele? — murmura, apontando para mim.

Ela se vira para mim e abre um sorriso enorme.

— Tolrian! — ela corre para me abraçar como se já nos conhecêssemos há muito tempo.

— O nome dele é Talrian, Beatrix — Camilla diz, rindo. Devo dizer que nunca me senti tão desconfortável em toda a minha vida. Gosto de pessoas felizes, mas Beatrix parece ser um pouco feliz *demais*.

— Que seja — ela se afasta ainda sorrindo.

Forço um esboço de sorriso que não me parece muito convincente, mas ela se dá como satisfeita e vai falar com Camilla de novo. Elas conversam murmurando por um minuto, enquanto minha única vontade é sair dali.

Finalmente, terminam de conversar e Camilla pede para eu sair do quarto. Fico levemente confuso, já que imaginei que iríamos conversar em seu quarto, mas apenas fecho a porta atrás de nós dois.

Quando eu me viro, me deparo com Camilla se acabando de rir bem na minha frente.

— O que é? — pergunto a ela.

— Você não gosta muito de animação, né?! — ela diz com um sorriso malicioso — Você é igual ao meu pai.

— Apenas não gosto de demonstrar sentimentos; meu pai me treinou para isso — dou de ombros.

— Eu sei esconder o que sinto, mas não tem nenhum problema em sorrir de vez em quando.

— Eu *sei* sorrir, apenas não te conheço.

— Bom, a gente vai se casar em poucos dias, então... — ela deixa a frase inacabada por uns instantes e depois completa — Quando poderemos nos conhecer melhor?

— Bom, hoje à noite vamos sair. Radiani vai nos levar para um passeio pelo mar.

E pedir minha irmã em casamento também, penso.

— Deve ser legal! — ela sorri também — Nunca andei de barco antes. Deve ser ótimo.

— A primeira vez nunca é tão boa — digo, lembrando dos nobres que quase vomitaram na reunião de ontem.

— Ah! — ela fala simplesmente e me sinto culpado de novo — Por quê?

— É porque, geralmente, balança muito, e daí — faço o gesto de vomitar e ela só dá de ombros.

— Para quem já esteve no *front*, um barquinho não deve ser nada.

— Achei que você queria conversar — digo para ela.

— Podemos fazer isso depois, na capital — ela dá de ombros.

— Tudo bem, então — suspiro — depois a gente se fala.

— Está bem — me viro e começo a ir embora, mas ouço sua voz depois de dar apenas alguns passos.

— Talrian.

— O quê? — me viro, olhando nos olhos dela.

— Quando eu vou poder ver o mar direito? Sabe, se vou ter que viver aqui pelo resto da minha vida, quero saber o que vocês fazem.

Levá-la à praia é uma boa desculpa, não só para relaxar, mas também para contar à Camilla. O que ela precisa saber.

— Agora.

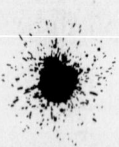

Brianna e Radiani ficaram animados quando pedi para que viessem à praia comigo, já que, geralmente, não fazemos isso juntos. A praia é um lugar onde gosto de ir para refletir sozinho.

E ficaram ainda mais animados por conta de Camilla. Radiani já a conhece de alguns bailes da corte, então os dois conversam como se fossem velhos amigos. Brianna também aproveita a oportunidade para conhecê-la. Quando olho para ela, penso apenas em Radiani e no que ele vai fazer hoje à noite.

Minha irmã é uma garota bonita. Pelo menos metade dos garotos da corte já deve ter reparado nela. Meu pai não permitirá que ela se case com Radiani se tiver uma proposta melhor, o que ele, com toda a certeza, tem.

Decido levá-los à Costa da Sereia, a praia de que mais gosto em Pullci, que fica bem perto do palácio e da cidade. É uma praia particular, claro, reservada apenas para a nobreza. Escolhi essa porque é bastante isolada e quase ninguém vem aqui, já que a maioria dos nobres prefere ir para longe da cidade, no outro lado da ilha. Aqui é um lugar onde seremos deixados em paz.

Descemos a montanha pela floresta, pois não quero que os eventos de ontem se repitam, apesar de não ter nenhum guarda conosco. Árvores nos cercam de todos os lados, fazendo com que os barulhos dos pássaros sejam muito altos. Não tem problema, é por isso que gosto de casa.

Camilla apenas observa maravilhada as árvores e os pássaros multicoloridos que passam em cima de nossas cabeças.

— Nossa! — ela murmura — Acho que nunca tinha visto tantos pássaros na vida.

— Como? — minha irmã pergunta — Eles estão espalhados por todo o continente.

— Lá em casa é um tremendo deserto, a não ser perto das áreas de plantação — ela dá de ombros. — E o *front* não é um lugar bom para eles ficarem.

— Você foi para a guerra? — minha irmã pergunta espantada.

— Claro, é como uma tradição familiar — ela ri com amargura. — Por sorte, Beatrix vai me substituir depois do casamento, então não vou ter mais que me preocupar.

— Mas Beatrix não tem, sei lá, uns treze anos? — Brianna pergunta, estranhando.

Ela apenas dá um sorriso indiferente e sacode a cabeça.

— Eu comecei aos doze, então ela está melhor que eu.

Brianna nunca teve o treinamento que Radiani, Camilla, Beatrix, eu e Lua tivemos. Ser de uma das Casas mais tradicionais faz com que ela nunca tenha que arriscar sua vida em uma guerra. Ela não é nada mais do que uma moeda de troca.

Para ser sincero, eu também não fiquei muito tempo na frente de batalha. Fui criado para ser o herdeiro do meu pai, então ele procurou me inserir mais na política do que na guerra. Já pessoas como Radiani e Camilla provavelmente passaram metade da vida em um quartel.

Finalmente chegamos à praia após mais alguns minutos de caminhada. A areia branca cobre cerca dez metros em um fim abrupto das árvores até o mar azul e branco. Apenas algumas gaivotas e um barco pesqueiro muito distante nos fazem companhia.

Deixamos nossas coisas na beira da água. Por sorte, já tinha me lembrado de vestir uma roupa de banho por baixo. Camilla parece confusa quando nos despimos e jogamos as roupas na areia.

— Era para trazer roupa? — ela fala como se estivesse arrependida.

Camilla ainda está vestindo o mesmo vestido que usava quando nos encontramos na sala do meu pai. Pergunto-me como esqueci de mencionar um detalhe tão óbvio.

Radiani parece pensar o mesmo, porque, quando me viro, ele joga uma mão cheia de areia no meu rosto.

— Ei! — grito, tentando tirar a areia dos olhos.

— Você deveria ter avisado a ela — ele fala enquanto tira a camisa.

Brianna apenas revira os olhos e fala:

— Sorte de vocês que estou aqui — ela bufa, tirando outro biquíni igual ao que ela está vestindo e joga para Camilla, que o pega no ar.

— Obrigada — ela diz.

— É melhor você ir à floresta se trocar — Camilla assente e anda em direção ao caminho por onde viemos. Poucos minutos depois, ela volta.

Entramos na água rapidamente, mas Camilla dá um passo de cada vez, parecendo estar com medo de que a areia sob seus pés vá sugá-la para debaixo da terra. Por isso, volto e a levo para onde Radiani e Brianna estão, mais fundo na água.

— Você sabe nadar, certo? — pergunto mais como uma precaução, já que ela se assustou bastante quando a primeira onda a atingiu no peito, fazendo-a quase cair para trás.

— Sim, eu sei — ela bufa com impaciência quando finalmente conseguimos passar da arrebentação.

Damos mais algumas braçadas e conseguimos chegar aonde os dois estão. O mar está bem transparente hoje, o que permite que vejamos os peixes passando entre nós. Camilla leva um susto quando um peixe-dourado roça em sua perna e Brianna cai na risada.

— Você teve sorte de não ser uma arraia — ela fala com um sorriso malicioso.

— Uma, o quê? — Camilla retrai as pernas, assustada.

Brianna e Radiani gargalham e eu me permito dar um sorriso.

Ficamos em uma conversa agradável, na qual praticamente apenas Brianna e Camilla falam, e eu e Radiani ficamos apenas nadando e observando. Elas parecem estar bem conectadas, pois, quando saímos da água, sorriem uma para a outra como velhas amigas.

Acho que esse passeio foi uma boa ideia, não apenas para me desestressar, mas também para nos conhecermos um pouco.

Quando me deito e olho para o céu da tarde, não me parece que as coisas serão tão ruins.

Capítulo 6

TALRIAN

Volto para a casa e tomo um banho. A sensação da água no meu corpo cheio de sal me satisfaz mais que o banho de mar em si. Tento retirar todo o resquício de areia do meu corpo, afinal, teremos um pedido de casamento hoje.

Saio do banho e vou para o grande armário, que contém todas as roupas praticamente iguais às que uso todos os dias. Pego uma das camisas mais simples e uma calça preta. Roupas mais apropriadas para ficar em casa do que para jantar em outra região com um duque, mas sei que Radiani não iria gostar se me arrumasse muito; então, fico com elas mesmo.

Antes de sair do quarto, me permito dar mais uma olhada na varanda e ver o sol se pondo. Amanhã vamos para a capital e só voltaremos daqui a um mês. Admiro a cidade abaixo de mim, que está com seu brilho de costume. Casas de tijolos multicoloridos se espalham pela encosta até a beira do mar. Até as favelas brilham com os raios amarelo-alaranjados do sol.

Pena que não poderei ficar aqui nesses dias. No Palácio de Deichon, não há sequer um templo ou um rio por perto. Não sei como poderei passar um mês dessa maneira. Incapaz de permanecer com meus pensamentos sozinho, suspiro e desço as escadas até o hall de entrada da casa.

Os Jidan, os Genova e minha família já me esperam na porta. Radiani parece nervoso, já que olha para todas as direções como se me procurasse. Quando seus olhos me encontram, ele suspira aliviado.

Minha irmã está parada ao seu lado, com o melhor vestido que ela tem, provavelmente. Por ter apenas quinze anos, ela ainda tem aulas com a minha mãe e não duvido que tenha sido ela que a tenha arrumado para hoje, pois está muito parecida com o que minha irmã veste. O mesmo delineador azul e o batom preto. Quando as olho lado a lado, parecem ser a mesma pessoa.

Já Camilla parece desconfortável em seu vestido verde e prateado, quase o mesmo que vi hoje de manhã, apenas mais extravagante. Beatrix parece ainda mais uma miniatura de Camilla do que Brianna parece com Monica. Minha tia se veste com uma combinação bonita de azul, verde e prateado. Penso em como fui o único a herdar as características do meu pai e dela, já que todos os meus irmãos têm o mesmo cabelo loiro e olhos azuis da minha mãe.

Lua fica entre Radiani e Sêmele e os três parecem brilhar à luz do sol, que agora quase se extingue em seus ternos e vestidos escarlates. Lua sorri maliciosamente para Radiani enquanto ele me encara. Provavelmente, já sabe o que vai acontecer.

— Estávamos esperando apenas você, Talrian! — diz minha mãe, sorrindo. Ela é outra que me ama a seu jeito, lida muito bem com muitas coisas, mas é cega para tantas outras. — Os Jidan tiveram a gentileza de oferecer um passeio pela Ilha de Cathos.

Passeio.

Minha mãe acredita nisso sem hesitar, claro. Para ela, não é nada mais que apenas uma gentileza. Já Monica não acredita em nenhuma palavra e contorce os lábios em visível desconforto à ignorância da minha mãe.

Minha mãe me abraça, em uma rara demonstração pública de afeto. Enquanto estamos abraçados, ela sussurra no meu ouvido:

— Se quiser falar qualquer coisa sobre a garota, pode me contar que eu posso te ajudar, se quiser.

Quase esqueço que o casamento dela e do meu pai foi praticamente nas mesmas condições. Dois adolescentes, como Camilla e eu, jogados no tabuleiro da política sem ter para onde correr. A situação deles foi uma das raras que deu certo. Eles aprenderam a se amar dentro do casamento arranjado. Eu, nunca tive essa sorte e, provavelmente, nunca terei.

Abro um pequeno sorriso para ela para mostrar que estou agradecido. Infelizmente, quanto ao mais importante, ela não poderá me ajudar.

Ela me solta e fala:

— Podemos ir. Theos já está lá embaixo nos esperando — agora ela fala com uma voz mais firme, como alguém da nobreza. — Iremos pela estrada da cidade no carro e, depois, seguiremos de barco até a Ilha de Cathos, no território de Jidan — ela explica para Vitor, que está parado ao seu lado.

Ele apenas assente, impassível:

— Vamos, então.

Saímos pelos grandes portões de entrada da minha casa e me deparo com três carros azuis e uma legião de agentes de segurança. Todos batem continência quando nossa família passa. Perto dos carros, está meu pai, que nos espera em seu terno cravejado de safiras. Percebo que não me arrumar provavelmente não foi a melhor ideia. Tento ajeitar a camisa a fim de parecer mais respeitável.

Obviamente, cada Casa irá em um carro diferente. Então, já me dirijo logo para o lado do meu pai. Ele me cumprimenta, segurando meu ombro e, chamando o resto da minha família, fala:

— Aos nossos convidados de Genova, podem ficar tranquilos que meu sobrinho, Carpius, garantirá sua segurança.

Ele abre um pequeno sorriso enquanto gesticula para que eles entrem no carro. Apesar de tentar parecer amigável, seus olhos são frios como gelo.

Meu tio Cronos é bem mais simpático, conduzindo Radiani e sua família com um sorriso legítimo no rosto. Pergunto-me o que deu errado, porque ele e Carpius não são nada parecidos.

O carro parte e descemos pela cidade até o porto, escoltados por guardas em motos por todos os lados. Algumas pessoas acenam para os veículos, reconhecendo as cores e a nossa família, mas a maioria apenas olha com uma indiferença fria e, às vezes, até raiva. Quase espero que joguem uma pedra no carro.

Chegamos ao porto rapidamente, e o barco dos Jidan já nos espera lá, maior e mais bonito do que eu esperava — talvez eles não sejam tão indiferentes às aparências como imaginei. O barco é grande e está preparado para várias pessoas. O segundo andar do barco tem uma mesa comprida e decorada para um bom jantar. Fumaça sai por uma das janelas traseiras, indicando que a comida está sendo feita. Duas faixas vermelhas no casco indicam que o barco pertence à família de Radiani. E, ao lado, está escrito, em letra cursiva, o nome: Lua.

— Esse barco é um dos últimos que foi feito para passeio — Radiani sussurra para mim. — Lua implorou que o barco tivesse o nome dela, então acabei cedendo.

— Vai ter um barco com o nome de Brianna se tudo der certo? — murmuro com um sorriso.

Ele apenas ri baixo e continua olhando para o barco com um sorriso discreto no rosto. Aposto que está pensando em como vai falar com a minha irmã, que está apenas alguns metros atrás dele, conversando com Camilla.

— Já podemos ir entrando, Radiani? — Lua fala, olhando para os olhos dele — Estou com fome.

— Sim, podemos — ele suspira, e depois se vira e fala para todos que estão atrás dele, mais alto agora, como a voz de um duque deve ser:

— Senhores, me acompanhem, por favor.

Todos o seguem até o barco. Até mesmo Carpius. Achei que ele seria dispensado após a escolta, mas parece que ele irá jantar conosco. É uma pena!

Todos subimos as pequenas escadas e vamos até a mesa. Criados com as cores de Jidan estão parados ao longo dela, em posição de descanso, apenas esperando serem chamados.

Quando estou andando para meu lugar, Camilla chega perto de mim e sussurra, com os olhos brilhando:

— É lindo! Nunca havia visto nada igual!

O mar está refletindo as luzes vermelhas e brancas do barco, que, junto da luz da lua e da cidade atrás de nós, formam um espetáculo na água. É algo muito bonito mesmo, ainda mais para Camilla, já que essa é apenas a segunda vez que ela vê o mar.

— Parece ser bom viver aqui — ela diz com um sorriso. — Estava com medo quando cheguei.

— Medo de quê, exatamente? — pergunto, encarando-a nos olhos.

— Do lugar, de ficar longe da minha família, de você também. Não sabia se você seria gentil ou não — ela fala, se virando para encarar a cidade que brilha atrás dela. — Não deveria ter me preocupado — ela sorri.

— Não mesmo — falo e, pela primeira vez, me permito dar um sorriso verdadeiro a ela. — Depois, tenho que te levar a outras ilhas. A de Cathos é ótima. Também tem a de Miratriz, se você quiser saber mais sobre os deuses, já que vai viver aqui. Eles precisam conhecer a nova duquesa de suas ilhas.

Ela olha para mim, abre um sorriso enorme e pergunta:

— É falta de educação perguntar sobre os deuses?

— Não — digo, estendendo meu braço para ela. Deixaram duas cadeiras, uma do lado da outra, para Camilla e eu. Nos sentamos e peço uma bebida para o criado que está mais perto. Me surpreendo ao encontrar um rosto conhecido.

— Denil! — falo com surpresa. Ele era um criado que sempre servia os Jidan quando íamos para lá. Não sabia que havia se tornado um dos criados particulares da Casa.

— Olá, Talrian — ele diz com um sorriso contido; sabe que não pode falar comigo durante o trabalho. Devo ter acabado de quebrar alguma regra dos criados. Peço desculpas em silêncio.

Ele apenas nos entrega dois copos de água e volta para o seu lugar, enquanto outros dois criados nos entregam um salmão com molho de ervas como entrada.

— Então, para que para que serve cada deus? — Camilla pergunta após beber um gole d'água.

— Eles são todos feitos para a adoração do mar. Acreditamos que controlam todos os ciclos do mundo, fazendo com que tudo funcione perfeitamente — me sinto estranho explicando meus deuses para outra pessoa. Nunca fiz isso.

— Theos é o nome do seu pai, não é? — ela diz, tomando mais um gole.

— Sim. Tentamos decifrar alguns textos antigos para entender os nomes e as características de cada deus. Os nomes na minha Casa são, geralmente, palavras em língua antiga que conseguimos decifrar.

— E o que Talrian significa? — ela pergunta enquanto estala os dedos para pedir outra bebida. Um criado entrega uma taça de vinho.

— Não sei, minha mãe foi quem escolheu. Nenhum dos meus irmãos tem nomes em língua antiga — dou de ombros, apesar de pensar que os deuses devem estar decepcionados até hoje pelo herdeiro de suas ilhas ter um nome infiel.

— Entendi — ela diz, olhando para sua irmã que, agora, conversa com Lua. As duas parecem estar se dando muito bem, são praticamente da mesma idade e bem animadas. As duas, lado a lado, também se parecem bastante. Lua é apenas um pouco maior que Beatrix, mas a mesma pele negra e olhos escuros estão presentes nas duas.

— Onde tem um templo para eu ver? — volta a perguntar.

— Temos um na nossa casa e há outros nas ilhas da região. A Ilha de Zotinos é nada mais que um grande templo. Posso te levar lá algum outro dia, se quiser.

— Parece ótimo — ela sorri.

Nessa hora, o navio sai do porto e Camilla solta um gemido abafado quando todas as cadeiras balançam e quase cai para trás. Do outro lado da mesa, vejo Radiani limpando uma sujeira invisível na boca com um guardanapo. Sei que está tentando esconder o enorme sorriso.

— Não pensei que iria balançar tanto — ela grunhe, olhando para mim, e percebo que estou sorrindo também. — Pare de sorrir como um bobo!

— Tudo bem — digo sem muita convicção, ainda com um resquício de sorriso no rosto. — Só toma cuidado para não botar tudo para fora.

— Nem precisa me lembrar — ela diz com uma careta.

Ficamos em uma conversa agradável. Camilla pergunta mais sobre os deuses quando passamos pela Costa do Coral e um templo gigantesco reluz em cima de uma montanha. Radiani e Brianna também conversam. Radiani me encara nervosamente toda vez que Brianna fala com ele. Se ela fosse um pouco mais atenta às suas expressões, já teria notado que alguma coisa está errada.

Depois de um tempo, minha cabeça está tonta e estou prestes a pedir mais uma taça de vinho, mas Radiani empurra a mesa para trás e se levanta com o copo na mão.

— Gostaria de expressar meus agradecimentos a todos por terem vindo e me acompanhado nessa jornada. Agradeço aos deuses por essa incrível noite e pelo que está por vir.

Até aqui, é um discurso normal. O anfitrião costuma fazer um discurso após todos terem acabado a refeição, e as pessoas o aplaudem. Mal podem esperar pelo que virá.

— Como sabem, irei governar Jidan um dia. E não posso fazer isso sem aprendizado, sem o apoio do meu povo, sem experiência e dedicação, sem amor por essa região e pelos deuses que a abençoam diariamente com riqueza e prosperidade.

Agora, as pessoas fazem silêncio. Esse tipo de discurso é mais apropriado para quando alguém vai fazer um discurso para seu próprio povo. É a fala de um líder que promete vitórias. As pessoas não sabem o que está acontecendo. O que era para ser um agradecimento virou um discurso motivacional para as massas.

Radiani sorri para os rostos confusos dos nobres. Ele suspira antes de terminar o que precisa dizer:

— Mas todos sabem que não posso fazer isso sozinho. Preciso de alguém que vá me acompanhar e ajudar nessa jornada.

Antes que todos possam perceber, Radiani se põe sobre um joelho ao lado da cadeira de Brianna enquanto estende uma caixa com um anel, um aro preto simples com um rubi e uma safira entrelaçados.

— Allabrianna Pullci — ele só tem olhos para a minha irmã, que o encara com lágrimas nos olhos — nobre duquesa, filha de Theos e Rythia. Em frente aos nobres e aos deuses que nos acompanham, gostaria de pedir sua mão em casamento. Aceita?

Brianna não demora nem um segundo para responder:

— Sim, eu aceito — ela diz com lágrimas nos olhos.

Radiani se vira e se inclina para meu pai, que os observa espantado. Acho que nunca suspeitou que os dois tivessem algo.

— Theos Pullci, Quadragésimo Sexto Duque de Pullci — ele fala agora em um tom mais profundo, pois sabe como essa parte é importante e decisiva — eu lhe suplico que permita que eu me case com sua filha, Allabrianna Pullci.

Meu pai apenas contorce os lábios em desgosto. Radiani vê isso e sua postura vacila um pouco. Porém, quando ele se vira para Brianna, sua expressão se suaviza e se torna mais parecida com a expressão amorosa de um pai.

Surpreendentemente, ele se vira para mim, me encarando. Eu apenas faço que sim lentamente com a cabeça. Ele entende o recado, pois inspira e fala:

— Radiani Jidan, eu lhe concedo a mão de minha filha.

Radiani ergue a cabeça, os olhos arregalados. Com certeza, não esperava que fosse tão fácil assim. Ele se vira e toma Brianna pela mão, a puxa para perto e a beija. As pessoas aplaudem.

Ele termina o beijo e põe a aliança na mão dela. Quando percebo, estou aplaudindo como os outros.

Corro rapidamente até eles e falo:

— Ainda bem, hein, Radiani?

Ele ri. Minha irmã me abraça e fala:

— Você sabia de tudo e não me falou nada, não é?

Sorrio de volta para ela.

— Não queria estragar a surpresa!

Ela ri também. Acho que nunca a vi tão feliz. Camilla também surge ao meu lado, sorrindo de orelha a orelha.

— É comum ter tantas surpresas assim por aqui? — ela fala e todos rimos.

Depois disso, alguém, provavelmente algum criado orientado por Radiani, coloca uma música animada, e, de repente, todos estão dançando. Eu apenas me permito observar com um sorriso no rosto enquanto todos se divertem.

Camilla se senta ao meu lado e suspira, também olhando para os outros dançando.

— Você quer? — digo estendendo meu braço para ela.

— Não — ela diz, sacudindo a cabeça. — Não sou muito fã de dança.

— Que bom! — falo com um suspiro — Nem eu.

— Talvez isso possa dar certo, não é? — ela fala com um sorriso discreto. — Quando chegar a hora — seu sorriso diminui até sumir enquanto eu olho fixamente o chão do barco. Toda a alegria que sentia some e o único som que ouço é o sangue martelando nas minhas orelhas. A perspectiva desagrada a nós dois — é melhor que não escondamos nada um do outro.

Fico parado por alguns segundos, pensando. Sei que, em algum momento, terei que revelar à Camilla minha situação. Pergunto-me se ela vai aceitar ou se irá se afastar de mim, ou, quem sabe, até me denunciar.

Por sorte, Radiani chega antes que o momento fique tenso demais. Ele me segura pelo ombro e diz:

— Agora está na hora de fazer uma tradição de Jidan. O que acha?

Dou de ombros e me levanto.

— Por que não?

— Apenas observe.

Ele segura a mão da minha irmã e a leva até a borda do barco.

— Isso foi algo que minha mãe fez com Lorrianus no dia em que se casaram e eu gostaria que fosse repetido por todos os duques de Jidan daqui para frente. Ele finge dar um abraço nela, mas surpreende a todos nós quando a empurra na água. Todos começam a rir e nos aglomeramos na borda junto a Radiani para vê-la.

— Ei! — ela grita para Radiani, cuspindo água.

— Minha mãe deu essa ideia. Se quiser reclamar com alguém, fale com ela — ele diz, entre as risadas. Enquanto ele ri, eu o empurro também e, logo depois, pulo no mar.

Ele xinga e aparece ao meu lado. Aproveito para jogar um pouco mais de água em seu rosto enquanto rio também.

— E agora? — minha irmã fala, jogando mais água nele, e ele responde na mesma moeda — Sua brincadeira não parece mais tão legal, não é?

— A água não está tão ruim — ele dá de ombros.

Dou uma gargalhada e começo a nadar de volta para o barco, mas Radiani me impede, me puxando de volta para dentro da água. Continuo a lutar contra ele, mas ele é muito maior que eu e me segura. Lua tira os sapatos e pula na água, nadando até onde eu e Radiani estamos.

— É verdade! — ela diz, mergulhando enquanto desfaz a trança — A água não está ruim. Vem, Beatrix!

A pequena Genova olha para o pai pedindo permissão e ele apenas revira os olhos, gesticulando que ela pode ir. Provavelmente, deve achar que somos todos loucos. Beatrix apenas tira os sapatos e desamarra o cabelo com um sorriso enquanto pula na água.

Ela grita e me esqueço de que é sua primeira vez na água, mas ela rapidamente volta à superfície, engasgando-se.

— A água é muito salgada — ela diz, passando a língua pelos dentes para tentar tirar o gosto ruim.

— Beleza, agora todos vão pular na água — olho feio para Radiani, mas ele apenas abre um grande sorriso quando Camilla também pula e nada até nós.

— Vamos, Talrian! Tira essa cara feia e se divirta um pouco! — Radiani ri, jogando ainda mais água em mim.

— Tudo bem! — eu cuspo — Só porque é seu noivado.

Por fim, a maioria das pessoas pula na água junto conosco, incluindo meu pai e até Monica. Todos parecem dispostos a ir ao mar no meio da noite.

Enquanto rio com Radiani após uma guerra de água, penso em como esses momentos fazem a vida valer a pena ser vivida.

Capítulo 7

ALLABRIANNA

O avião que nos levará para Deichon é pequeno, mal cabe todos nós.

Não que toda a nossa família vá no mesmo avião, é claro. Meu pai, Carpius, Vitor e Radiani vão em outra aeronave que segue atrás da nossa, já que somos numerosos demais para irmos todos em apenas uma, ainda mais com os Genova e os Jidan conosco.

Talrian está sentado ao meu lado, esfregando as têmporas com as pontas dos dedos. Após irmos para casa às três da manhã, ele ainda teve que terminar de ler um tratado que não havia lido completamente. E, como nosso voo saiu muito cedo, ele está um dia sem dormir.

— Por que você não fecha os olhos e relaxa? — sussurro para ele.

— Não gosto de aviões, Brianna — ele para de esfregar os olhos e suspira, olhando para frente — simplesmente não consigo.

— Você tem medo de aviões, Talrian? — pergunta Lua com uma expressão divertida.

— Não — ele esfrega a testa nas palmas das mãos — não tenho medo de aviões.

— Entendi — ela diz, tentando esconder o riso.

Como nada que eu diga vai melhorar a situação dele, vou falar com Camilla, que está sentada do outro lado do avião, olhando admirada pela janela.

— Oi! — ela fala, tirando os olhos da abertura. — Estava só vendo as coisas.

— Não tem problema — digo rapidamente. — Não quis atrapalhar.

— Não atrapalhou nada — ela se apruma na cadeira, ajeitando a longa trança que corre pelas suas costas. — Como está se sentindo?

— Bem — suspiro, pensando em Radiani. A tradição da Corte nos impede de ficarmos juntos, para que as pessoas não se sintam tentadas a fazer nada antes da cerimônia. Isso se aplica a Talrian e Camilla também, apesar de saber que Talrian não sente nenhuma atração por Camilla, e espero que ela sinta o mesmo, para o bem dela.

— Você gosta muito dele, não é? — ela inclina a cabeça para Radiani, que rapidamente olha para nós duas e depois desvia o olhar. — Dava para perceber até antes de eu realmente conhecer vocês.

— Sério? — pergunto realmente intrigada. Tinha quase certeza de que a maioria das pessoas de Pullci não sabia que eu e Radiani tínhamos alguma coisa até aquele dia.

— O jeito que você olha para ele e que ele olha para você também — ela diz sem nenhuma acusação ou maldade na voz. Estou até agora tentando encontrar alguma maldade em Camilla, sem sucesso. — Dá para perceber.

— Entendi — digo baixinho. — Ainda estou surpresa com o que ele fez. Só isso.

— Você não suspeitava de nada? Vocês nunca falaram sobre isso? — ela levanta uma sobrancelha, como se não acreditasse em mim.

— Óbvio que sim, mas não esperava que ele fosse fazer esse pedido agora. Nem que meu pai fosse deixar.

— Nesse aspecto, estou igual a você — ela me olha com compreensão. — Só soube que iria me casar com seu irmão anteontem — ela declara. — Parece que tudo está indo rápido demais.

— Só parece? — pergunto ironicamente e ela abre um pequeno sorriso que logo se esvai.

— Nunca tive a esperança de me casar com alguém que realmente amasse, nunca fui tão infantil. Mas esperava que, pelo menos, fosse meu amigo, alguém em quem eu pudesse confiar — ela me olha como se eu fosse uma velha amiga, sendo que a conheço há apenas um dia. — Mas o seu irmão, espero que você não considere isso ofensivo, não parece ser capaz de amar.

Suas últimas palavras me pegam de surpresa e logo abro a boca para responder com todas as coisas boas que Talrian tem... só que as palavras entalam na minha garganta e eu realmente reflito sobre o que Camilla acabou de dizer.

Meu irmão nunca foi uma pessoa que ri, a não ser para as pessoas mais próximas, alguém que nunca demonstra emoções. Sempre achei que isso fosse apenas o que meu pai o ensinava sobre esconder o que sente, sobre ser um duque *apropriado* para nossa Casa, mas ele é bom *demais* nisso. Talvez seja isso mesmo o que ele é, o que sente.

Talrian não é capaz de amar.

Tento, com todas as minhas forças, dizer a mim mesma que isso não é verdade. Ele me ama, ama Radiani, nossa mãe e nosso pai.

— Ele é sério demais. Sei do protocolo da nobreza, porém, é excessivo — ela continua.

— Talrian apenas não te conhece. Ele nunca se dá bem com estranhos — finalmente reúno forças para falar.

— Pode ser, mas não parece ser o caso. Se vou viver o resto da minha vida em Pullci, preciso de algum tipo de amizade ou apoio.

— Por que você está me contando isso? — digo espantada pela sinceridade.

— Porque acho que você conhece seu irmão melhor que todos aqui. E acredito que vamos ter que passar bastante tempo juntas a partir de agora.

— Você precisa falar com ele, então, não comigo. Tenho certeza de que ele não faz ideia.

— Ah, com certeza! Vou até ele e falar: "então, você pode ser meu amigo?". Vai dar super certo — ela bufa.

— E vai dar muito certo falar isso só para mim também — respondo rispidamente.

— E o que você sugere que eu faça? — ela pergunta com desdém.

— Fique mais próxima dele, converse. Talrian é desconfiado, mas não é incapaz de amar alguém — ele me ama, eu acho.

Ela assente devagar, como se estivesse processando cada palavra do que acabei de falar, e começa lentamente a abrir um sorriso.

— Por que tem que ser tão complicado? — ela murmura mais para si mesma do que para mim enquanto olha para o meu irmão, que ainda está tentando relaxar.

Não respondo. Ela não sabe que vai complicar ainda mais...

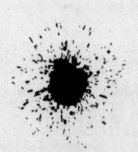

O ar de Deichon é seco demais, como se fosse de outra parte do mundo.

É perto demais do deserto de Libis para ter alguma umidade da costa da região de Sotlan ou Pei. Mesmo desse aeroporto, dá para ver as dunas à distância. O sol queima forte em nossas cabeças.

Estreito os olhos para tentar ver melhor. Alguns outros aviões se amontoam no outro canto da pista e, mesmo com a forte claridade, consigo identificar suas cores. Pei, Sotlan, Guinis e Orixis. Todas as Casas virão para o casamento. Será o primeiro evento a reunir todos os nobres da nação desde o casamento do rei Anora III, que está no trono há mais de quatro décadas.

Talrian para ao meu lado e tenta ver o que acontece no outro lado da pista enquanto nosso avião segue para junto deles.

— Vamos a pé? — pergunto a ele, olhando-o nos olhos, que parecem excepcionalmente frios hoje. Pergunto-me se a ideia do casamento iminente já o está afetando. Ele bufa impaciente e olha para Camilla, nervoso.

— Claro que não, Brianna! — ela fala como se eu fosse uma criança. — Devem estar vindo.

— Bom, estão demorando — dou de ombros e ele me olha com um sorriso amarelo no rosto. Nunca vou conseguir me acostumar com sua frieza.

— Quando será o seu casamento? — ele pergunta lentamente, como se estivesse analisando cada expressão minha, o que não duvido que esteja fazendo.

— Depois do seu — falo, observando-o, e sua expressão não muda.

— Fico feliz por você — ele sussurra, abrindo um pequeno sorriso. — De verdade, Brianna.

— Obrigada — digo e o abraço forte. Ele retribui. Penso em todas as coisas que Camilla disse e as ignoro. Meu irmão é capaz de amar. Só precisa conhecê-lo.

— Então — digo, parando de abraçá-lo e sorrindo —, quais são seus planos para esse descanso nada estressante na capital?

Ele bufa e ri ao mesmo tempo, balançando a cabeça de um lado para o outro.

— Você quer dizer o que eu quero fazer ou o que sou obrigado a fazer? — ele me olha com uma expressão divertida e bagunça meu cabelo. *Odeio* quando ele faz isso — São duas listas bem diferentes.

— Os dois — falo enquanto ajeito meu cabelo novamente. — Sua agenda é muito mais divertida que a minha, de qualquer jeito.

— Passe alguns dias fazendo o que eu faço e vai querer voltar rapidinho para suas aulas com a mamãe — ele ri e fica em silêncio por um tempo enquanto seu sorriso desaparece lentamente do rosto.

— Hoje é o primeiro baile do casamento de Anora — ele murmura mais para si mesmo. — Amanhã, o conselho de guerra...

— Conselho de guerra? No meio de um casamento? Não me parece apropriado.

— Não acho! Vai ser uma boa distração disso tudo!

Distração... Como se discutir a morte de milhares fosse algo digno de entretenimento.

Ele sorri com o canto da boca enquanto vê minha expressão de desaprovação.

— Só posso rezar para que este mês passe rápido.

— Tente aproveitar — digo e ele só bufa, olhando para mim como se eu tivesse acabado de dizer algo muito engraçado. — Estou falando sério, Talrian.

— Como, Brianna? — ele me encara com descrença nos olhos. — Como posso aproveitar com tudo isso?

Tenho pena dele nesse momento. Infelizmente, ele está preso a algo que não pode controlar. Talvez, em outro lugar, ele possa ser feliz, mas aqui não.

— Tente se aproximar de Camilla — ele bufa de novo e olha de relance para ela, que está parada conversando com Radiani a alguns metros à nossa frente. — Vocês precisam se falar, esclarecer as coisas.

— Não vai adiantar nada — ele fala. — Só vai trazer mais perigos para ela e para mim.

— Vai ser melhor para vocês dois — eu explico. Ele precisa entender. — Falei com Camilla no avião e ela acha que vocês não vão dar certo porque você não confia nela, e parece que nunca vai.

E algumas outras coisas.

— Não é uma questão de confiança, mas sim de sobrevivência — ele fala cuspindo as palavras, como se esse momento fosse o único em que pudesse pôr para fora tudo o que pensava. — Quem sabe o que ela vai fazer quando souber? Quem disse que vai aceitar? Você quer me ver morto?

— Óbvio que não. Só quero que você não se perca, que não fique sozinho. Camilla vai ser a única pessoa que vai estar lá para você. E, até onde eu sei, ela sempre vai te apoiar, não importa o que seja.

— Você vai me abandonar tão rápido assim? — ele diz, rindo e claramente tentando mudar de assunto.

— Não vou estar mais a apenas uma porta de distância o tempo todo.

Ele abre o mesmo sorriso de cortesia que oferece a todos, o sorriso de "cale a boca".

— Existem barcos — ele sussurra e eu só balanço a cabeça.

Quando nosso veículo chega e minha família se senta nos assentos macios e espaçosos do lugar, Talrian me diz:

— Existe uma linha tênue entre a confiança e a tolice, Brianna — ele fala em tom sério. — Tenha certeza de que não vai ultrapassá-la.

O Palácio de Selium é a maior construção do reino, não consigo parar de pensar em quão grande é o lugar.

As enormes colunas de mármore branco impecável, adornadas por esmeraldas, refletem a abundante luz do sol do deserto, dando um brilho estonteante ao lugar. Tapeçarias e quadros de reis e rainhas pendem do teto e das paredes, colorindo ainda mais as paredes.

Esmeraldas enfeitam cada canto do palácio. Já vim aqui várias vezes, mas tamanha riqueza ainda me impressiona. Meu sorriso se desfaz quando me lembro: como pode ser justo que alguns tenham isso tudo enquanto outros não tenham nada?

No salão de entrada, dezenas de nobres de diferentes Casas conversam, reencontrando amigos após muito tempo ou apenas tratando de negócios. Meu pai, rapidamente, vai cumprimentar alguns primos que vivem em diferentes regiões e minha mãe, sua família, que está do outro lado do salão.

Talrian e eu não temos ninguém para ver ou cumprimentar, então simplesmente nos dirigimos ao grande corredor que dá para os demais cômodos.

Dentro desse grande corredor, vários outros pequenos corredores vão surgindo, cada um marcado por fitinhas das cores de cada uma das Casas. Preto, rosa, amarelo, roxo. Todas as Casas estão presentes para a maior festa da história do país, além do meu casamento e do de Talrian.

Ao final do corredor, vejo as fitas azuis e pretas que simbolizam a minha Casa, e, ao lado delas, fitas vermelhas e pretas que significam Jidan. Como a Casa de Radiani possui apenas três membros, eles ainda não têm um corredor apenas para eles, e ficam no mesmo que o nosso.

Os Genova ficam no corredor antes do nosso, marcado por fitas verdes e prateadas. Camilla me dá um pequeno aceno enquanto desaparece pela passagem com os outros membros de sua família.

Meus aposentos ficam no final do corredor, já que são organizados conforme a posição de importância na Casa. Meu pai e minha mãe ficam com o apartamento mais ao fundo. Talrian fica parado ao meu lado, sem entrar no seu lugar designado.

— O que você vai fazer agora? — pergunto a ele. — Algum compromisso com nosso pai?

— Não — ele diz, indiferente. — Acho que só vou tomar um banho e relaxar até a festa.

— Te vejo daqui a algumas horas, então — digo, dando de ombros, enquanto ele se dirige ao seu quarto.

Capítulo 8

TALRIAN

O vinho desce devagar. Quase pesado, mas nem tanto. Sei que já é minha quinta taça, já deveria ter parado, mas é a única maneira de ignorar toda essa exibição.

Meus olhos lentamente focam na pessoa mais chamativa da sala. Anora Selium III é o rei de Kirit há mais de quatro décadas. Ele veste um terno preto com um paletó verde e calças igualmente pretas. A coroa branca incrustada de esmeraldas parece sair de seu crânio, como uma extensão dos cabelos já grisalhos. Ele se senta no trono com um sorriso genuíno. Aposto que por felicidade com o casamento iminente do seu filho.

O herdeiro, o futuro rei, Anora Selium IV, dança no meio do salão com sua futura esposa, Sabrina Orixis. O herdeiro não poderia se parecer mais com o pai, com as mesmas feições e olhos cor de mel. Vejo que os noivos estão nervosos com os acontecimentos que virão. Não é incomum, não devem ser muito mais velhos que eu.

Brianna também dança com Radiani. Essa é uma das únicas interações que podem ter antes de se casar. O evento é em apenas três dias. Depois, poderão passar todo o tempo do mundo juntos.

Camilla está sentada com suas irmãs, Lua e Sêmele, a duas mesas de mim. Ela parece feliz enquanto brinca com elas, às vezes olhando de relance para a dança ou cantarolando alguma de suas músicas favoritas.

Fico pensando em como posso contar a ela. Camilla é uma pessoa estranha, incomum. Não consigo ver por que ela contaria para alguém, mas ela saber disso também põe sua vida em risco. Peço mais uma taça. Existem coisas que não precisamos saber.

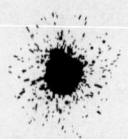

Esses relatórios são completamente inúteis, penso enquanto degusto mais uma garfada do café da manhã no meu quarto. Apenas mais contagens de mortos e feridos, avanços insignificantes para o resultado. Aprendi a ignorá-los. Há muito tempo conheço o real sentido da guerra, mas não sei se outros nobres além de meu pai já conseguiram entender o conflito por esse raciocínio. Meu pai realmente é um estrategista de primeira, a pessoa mais inteligente deste reino. Isso, nem mesmo o melhor general poderia negar.

O conselho de guerra de hoje à tarde será mais uma das reuniões inúteis que me fazem participar. Serve apenas para aproveitar que todos os nobres estão presentes e ver se alguma coisa mudou, o que, com certeza, não aconteceu.

Arrumo as louças do café para gastar os intermináveis segundos que faltam para a reunião. Radiani teve que cuidar de assuntos da Casa com sua mãe e Brianna está conversando com Camilla, o que significa que não tenho ninguém para conversar. Bom, talvez meu pai, minha mãe ou Monica, mas não tenho nenhum interesse em falar com eles sobre meus problemas.

Aperto um botão na parede da varanda para chamar um criado para buscar as louças. A varanda é o único lugar do Palácio que não é extremamente quente. Tudo é demasiadamente abafado e desconfortável, sem a natural umidade e o vento da minha casa.

A única vista que tenho é a cidade de Deichon, isolada no grande deserto. A população daqui é formada pelos criados que trabalham no Palácio e pelos plebeus ricos, apoiadores da Dinastia. É, de longe, a cidade mais tranquila do reino.

O criado chega e recolhe as louças, saindo pela porta da frente rapidamente, como deve ser, até que ouço um grito e louças quebrando.

Corro para ver o que aconteceu no corredor e vejo o criado sentado no chão com todos os pratos quebrados enquanto Radiani tenta ajudá-lo a se levantar.

— Desculpe, senhor! — Radiani diz, tentando juntar os cacos no chão — Talrian, vem comigo agora! É urgente!

— O que está acontecendo? Por que você o derrubou no chão? — pergunto, olhando para o criado, que agora volta com uma vassoura para recolher os cacos. Alguns dos meus primos saem de seus quartos para ver o que está acontecendo.

— Eu trombei nele — ele fala, me levando pelo grande corredor, quase correndo. — Você precisa vir comigo.

— Por quê? O que está acontecendo? — pergunto novamente e ele apenas me ignora.

Ele me guia por inúmeros corredores até chegar a um que desconheço. Ele parece bem mais decorado e suntuoso que os outros que possuem apenas algumas portas. Radiani abre uma delas e percebo onde estamos.

No escritório do rei.

Todos os duques e herdeiros de todas as Casas parecem agitados, murmurando nervosamente entre si. Eles param quando veem eu e Radiani entrando na sala.

— Finalmente você chegou, filho! — diz meu pai, abrindo caminho na multidão — Ele está aqui, Majestade, pode começar.

— Muito bem! — ele diz alto — Atenção agora, por favor.

Todos os nobres imediatamente ficam em silêncio e se aglomeram em volta da mesa do rei, que, na companhia do príncipe, parece estressado.

— Há protestos na capital — ele fala e todos os nobres rapidamente começam a cochichar entre si. Protestos não são incomuns, sabemos como lidar com eles, mas na capital? Parece impossível. — Gostaria de saber como cada um de vocês lidaria com isso. Lembrem-se: o que acontecer em Deichon terá impacto no reino inteiro.

— Eles protestam pelo que, exatamente? — pergunta Camilla, que está do outro lado da mesa, ao lado do seu pai.

— Pedem o fim do recrutamento forçado, liberdade de expressão e reunião, e julgamento igualitário, dentro da lei — ele abre um vídeo em uma televisão que fica atrás de sua mesa, nos dando a oportunidade de ver o que está acontecendo.

Centenas ou até milhares de pessoas se aglomeram perto dos muros do palácio, gritando ou empunhando estandartes ou bandeiras, todos com o mesmo símbolo: uma arma, um balão de fala e uma balança da justiça, estampados em pano verde.

À frente de todos os manifestantes, uma mulher de cabelos ruivos discursa em cima de um pequeno coreto em frente aos portões. Conforme ela grita — o que ela diz exatamente, tenho apenas uma vaga ideia —, os manifestantes bradam em concordância.

— Morte aos terroristas! — grita um nobre e vários outros o acompanham, inclusive meu pai.

— Gostaria que cada Casa enviasse soldados suficientes para conterem a multidão. Sem o uso de violência, por enquanto. Se puderem, causem um *incidente* — o rei sorri e, involuntariamente, faço o mesmo. Então, é assim que eles se mantêm no trono por mais de seis séculos, usando a cabeça e descartando vidas como desejarem... Afinal, o que vale é o poder. — Estão dispensados, mandem os soldados para a pista com um representante da Casa.

Os nobres começam a conversar novamente e a sair da sala. Meu pai rapidamente se vira para mim e fala:

— Tenho coisas para resolver sobre os casamentos das suas irmãs. Você pode acompanhar os soldados até a pista, por favor?

— Sim, pai — não era exatamente o que eu gostaria de fazer, mas vai ser bom me distrair fazendo alguma coisa.

— Ótimo, vou mandar a Sexta Equipe encontrá-lo.

A Sexta Equipe é composta por soldados rasos da Casa, jovens não muito mais velhos que eu. Dá para ver que meu pai não está nada preocupado com os protestos.

Ele vai embora, conversando com Sêmele, enquanto Radiani vem em minha direção com Camilla.

— Parece que jogaram todo o trabalho nas mãos dos mais novos, hein? — Radiani diz e Camilla ri — Como vocês podem estar tão calmos? — ele pergunta.

— Não têm protestos em Jidan? — Camilla pergunta, surpresa.

— Não — responde Radiani —, não tem nenhum motivo para isso. Ainda bem.

— Mas como? — ela questiona, sorrindo, mas realmente intrigada. Entendo sua confusão. Para pessoas de uma Casa tradicional como a dela e a minha, é difícil compreender.

— Jidan é... diferente — respondo antes que Radiani comece a listar todas as políticas de igualdade da sua região — Você precisa ver para entender.

Pessoas andando lado a lado com os duques, conversando com sentinelas. Os Jidan são plebeus que ascenderam à nobreza por mérito próprio ou por pura sorte. O avô de Radiani foi o primeiro general plebeu da história, garantindo o título de nobreza graças aos serviços prestados ao rei. Eles nunca abandonaram o sentimento de pertencer ao povo.

Enquanto nos dirigimos à pista, vejo cinco soldados de Radiani prestarem continência a ele no corredor. Ele fala rapidamente com os soldados e eles começam a marchar em direção à pista a poucos metros de nós.

Camilla cutuca Radiani no ombro e fala:

— Como vocês têm soldados na sua Casa, se sua família é minúscula?

— Eles são cidadãos voluntários — diz Radiani com orgulho —, que se alistaram para defender Jidan porque querem garantir a segurança da região.

— E você *confia* neles? — ela fala, como se ele estivesse fazendo uma piada — Tem certeza de que não vão nos trair para ficar do lado dos revoltosos?

— Por que fariam isso? — ele responde. — São bem tratados. Faço o treinamento de cada um deles. Você acha que eu não saberia se eles nos traíssem?

— Só curiosidade — ela dá de ombros, como se não fosse nada de mais. Também desaprovo sua política de soldados do povo, mas já cansei de discutir esse assunto com Radiani.

Vejo que a Sexta Equipe está parada perto da saída. Todos os soldados olhando para frente, esperando que eu chegue. E, ao lado dos soldados, está alguém que não deveria estar aqui: Brianna.

— O que você está fazendo aqui? — sussurro com raiva para ela. Ninguém deveria saber sobre os protestos, apenas traria medo e insegurança para todos no palácio.

— Apenas segui a multidão — ela diz, sem se importar com os soldados que saem pelas portas do palácio.

— Está havendo protestos em Deichon — reforço.

— Impossível — ela ri, mas sua expressão fica cada vez mais séria à medida que não cedo. — O que vocês vão fazer? — ela pergunta agora, mais preocupada.

— Vamos enviar alguns soldados para conter os rebeldes.

— Tentem não matar tantos deles dessa vez — ela diz num tom sarcástico, mas sei que está falando sério.

— Farei o que for preciso, você sabe disso — bufo. Há coisas sobre a minha irmã que nunca vou entender.

Ela apenas assente. Não confia em mim sobre essas coisas. Penso na mulher que foi morta em Pullci alguns dias atrás. Tenho sempre que me lembrar de dizer que ela morreu por conta de sua própria burrice, em vez de ter sido assassinada por mim.

— Eu vou com vocês — ela diz, acenando para Radiani e Camilla. Eles retribuem o aceno.

— Não vai, não! — digo, me pondo entre ela e as tropas.

— Por que você não gostaria que eu fosse, Talrian? — pergunta, me encarando — Para não ver você matar centenas de inocentes?

— Você sabe que não são inocentes, Brianna — ela respira profundamente, tentando não perder a paciência comigo, aqui, na frente de todos.

— Eu continuo querendo ir com vocês.

— Algum problema, Talrian? — diz Camilla, encostando em meu ombro. Brianna fixa seus olhos nos meus e sorri.

— Não, nenhum, Camilla — ela diz, ainda sorrindo e me encarando. — Ele só não quer me deixar ir com vocês para a manifestação.

— Por que ela não poderia ir, Talrian? — pergunta Camilla.

As duas olham para mim com um olhar sério, enquanto Radiani balança a cabeça negativamente.

— Sim — respondo, me arrependendo imediatamente das minhas palavras. — Por que não?

Ela sorri e vem conosco até o lugar onde todos estão reunidos. Algumas Casas demoram mais para chegar, principalmente as menos tradicionais. Não devem saber como lidar com uma revolta, provavelmente porque nunca tiveram uma.

Os nobres parecem inseguros sobre como agir, e tentam ouvir as conversas de outras Casas mais importantes para entender o que fazer.

Finalmente, o neto do duque de Togun ergue a voz para que todos possamos ouvi-lo.

— Vamos observar os terroristas até que façam algo de errado. Enviamos alguns soldados de poucas Casas para amedrontá-los. Se forem embora, tudo bem. Agora, se resistirem, nós pensamos em alternativas. Todos de acordo?

A grande maioria concorda. Então, começam a organizar os soldados para irem até os, assim ditos, terroristas. Seleciono dois dos meus primos mais capazes e experientes, que sei que lidarão bem com a pressão, e os apresento ao nosso autodeclarado líder, que não sei nem o nome. Ele dá comunicadores de orelha a alguns deles para que possamos dar as ordens enquanto estiverem lá embaixo. Não gosto que ele tenha simplesmente assumido o controle da situação sozinho, mas não quero brigar por isso.

Ficamos todos observando da varanda enquanto os soldados descem pela grande rampa que leva até a entrada do palácio. Eles são recebidos com insultos e uns até jogam pedras. Alguns soldados enfurecidos apontam as armas.

— Não atirem agora! — diz o garoto da Casa Togun pelo comunicador. — Apenas continuem avançando — os soldados obedecem à ordem, e algumas pessoas se amedrontam e começam a se afastar devagar. Porém, as que estão na frente continuam xingando e gritando com os guardas. Não parecem estar dispostas a sair dali tão cedo.

Brianna fica parada ao meu lado, sem esboçar nenhuma reação. Ela olha para os soldados lá embaixo, que chegam cada vez mais perto, e para os terroristas, que ficam cada vez mais agressivos.

— É melhor enviar mais alguns lá para baixo — diz Camilla.

— Eles não parecem dispostos a ir embora.

— Tudo bem — o jovem da Casa Togun responde, sem tirar os olhos de lá de baixo. — Mais dois soldados. Corram até lá! Agora!

Aceno para outros dois soldados, que assentem e somem rapidamente pela mesma saída por onde os outros desceram há pouco. Vários outros descem atrás deles e logo se incorporam à grande massa lá embaixo.

Os terroristas xingam ainda mais os soldados. A quantidade de pedras arremessadas contra eles aumenta, obrigando-os a fazer uma formação defensiva.

Um dos terroristas joga um dispositivo pequeno aos pés do soldado à frente, correndo antes que possamos ver o seu rosto ou avisar do perigo.

A rampa explode. Apenas alguns soldados que estavam mais atrás conseguem se salvar. Procuro algum de uniforme azul, mas não consigo ver nenhum.

Os terroristas celebram e gritam cada vez mais insultos contra eles. Alguns começam a tentar escalar as grades do palácio.

Todos parecem chocados demais para dizer alguma coisa. Até o garoto de Togun. Mas ele se recupera e grita no comunicador:

— Matem todos! Agora! — ele se vira e grita para o resto — Quero todos lá embaixo. Matem todos os terroristas!

Todos os soldados vão rapidamente lá para baixo, preparados para o combate, mas alguns parecem nervosos e até assustados. Não os culpo, já que acabaram de ver alguns de seus amigos serem mortos por uma das pessoas que vão combater.

Eles abrem fogo contra os terroristas e a maioria foge, incluindo a mulher ruiva, o que não a impede de levar um tiro na perna e cair no chão antes de ser carregada para longe.

Alguns ainda resistem, mas não são páreo para vários soldados bem treinados. Os que têm mais coragem ficam e morrem; os menos corajosos fogem para salvar suas vidas.

— Mande-os correr atrás dos que sobraram — digo a ele, que assente e repete a ordem no comunicador. Eles obedecem, perseguindo os poucos que sobraram na rampa.

— Acabou. Bom trabalho! Tragam os prisioneiros aqui para cima — o garoto de Togun diz para os soldados lá embaixo, que arrastam e carregam pessoas pela rampa. Ele vira para os nobres inúteis, que apenas observam horrorizados os restos da explosão lá embaixo, e diz: — Vocês, não sei de qual Casa são, mas chamem o rei e o príncipe.

Eles ficam vermelhos de vergonha — ou de raiva — e se afastam sem pressa, cochichando entre si.

O garoto de Togun apenas balança a cabeça em desaprovação enquanto os observa se afastando.

— Que pena que nossos amigos não sabem lidar com nenhuma pressão — ele sorri para nós —, serão os primeiros a morrer na guerra.

Apesar do comentário maldoso, não consigo deixar de sorrir. Nobres frouxos e emotivos não têm espaço neste país. Serão engolidos, estraçalhados, ou pelos Estados do Leste ou pelas outras Casas.

Alguns minutos depois, eles retornam com a família real e sua escolta. Os soldados também chegam praticamente ao mesmo tempo, trazendo várias pessoas miseráveis arrastadas sob a mira de armas. O garoto de Togun faz uma careta de nojo e se aproxima delas, olhando-as nos olhos. Algumas choram, outras o encaram de volta, sem medo, já que não têm nada a perder.

— Ratos — murmura ele enquanto se afasta, aproximando-se agora de nós. Dirigindo-se ao nosso pequeno grupo, diz:

— O que vocês sugerem? — ele pergunta baixo para que os terroristas não ouçam.

Camilla fala, antes de todos nós, o que deve ser feito:

— Faça eles falarem.

Ela treme de raiva e lança olhares de mais puro ódio às pessoas deitadas no chão. Apenas um soldado de Genova voltou. Talvez fossem seus primos, amigos. Agora, são apenas mortos e se somam à grande massa de corpos que se acumula na entrada do palácio.

O rei assente e se volta para os seus soldados, dispensando os nossos. Os três soldados que voltaram de Pullci parecem abalados. É provável que nunca tenham visto tanta gente morrer na frente deles. Eles se sentam em um grande sofá no canto da sala enquanto falam entre si.

Os soldados dos Selium formam uma fila à frente do rei, cada um controlando um prisioneiro, com suas pistolas apontadas para as cabeças dos terroristas.

— Magnus, pode atirar na sua — ele diz com uma voz seca. Um dos soldados puxa uma pistola e mira na cabeça de uma mulher de aparentemente trinta anos. Ela encara o rei com os olhos vermelhos.

— Morte aos Seliu... — ela começa a dizer, mas o tiro de Magnus extingue suas palavras para sempre, sujando o chão de vermelho.

Brianna leva um susto e segura meu braço involuntariamente. Imediatamente me arrependo de tê-la trazido. Magnus solta o corpo da mulher no chão, enojado, mas rapidamente assume de volta a posição de alerta.

— Caso alguém tenha alguma coisa a falar, líderes e simpatizantes do seu movimento, levantem-se — isso gera mais uma rodada de insultos contra o rei, especialmente de alguns garotos da minha idade, que tentam de todas as formas se livrar dos soldados que os seguram.

Um homem de aparentemente vinte anos fala:

— Queremos viver livres, sustentar nossas famílias, criar nossos filhos em um país pacífico. Se fizer isso, meu rei, beijarei os pés de Vossa Majestade e sairei daqui satisfeito.

— Você trabalha? — pergunta o rei, voltando sua atenção para ele.

— Não, meu rei — ele diz, obviamente tentando cair nas graças dele e ser perdoado. — Não há trabalho.

— Então que vá para a guerra. Precisamos de vários soldados nas linhas de frente.

O rei faz um gesto para o soldado segurando o homem, que implora ao ser levado para longe. Os xingamentos dos garotos voltam.

O rei faz uma pausa até que os xingamentos cessem e, então, volta a falar:

— Caso nenhum de vocês revele nada, serei obrigado a matar todos, um por um — ele suspira como se estivesse entediado. — Quem falar algo de útil será perdoado. Johansen, o seu!

Um homem de sessenta anos é o próximo a cair, junto a vários outros corpos que agora jazem no chão. O cheiro de sangue preenche o salão e só sobram os garotos, que parecem mais assustados com a situação, mas continuam xingando sem parar.

— A Horda nunca morrerá! — grita um deles, e fecha a boca quando percebe que fez exatamente o que o rei queria.

O rei ergue o garoto pelo queixo e pergunta:

— O que é a Horda?

O garoto agora treme e os xingamentos dos outros se tornam gritos por misericórdia. Ele apenas cospe, tentando acertar o rei, mas erra. Anora apenas ri com suas tentativas desesperadas de se libertar.

— Talvez vocês possam fazê-lo falar de outras maneiras — diz o garoto de Togun, olhando para o príncipe. Entendo imediatamente o que ele quer dizer: *tortura*.

— É uma boa ideia. Não acha, majestade? — digo, olhando para o rei, que presta total atenção à nossa conversa.

Brianna crava as unhas em mim e percebo que está chorando. Ela nega com a cabeça, como se implorasse. Não cedo. Precisamos saber quem eles são.

— Pode ser a única maneira — diz Radiani, e ela o encara com raiva. A única pessoa que ela esperava que estivesse ao seu lado não está. Camilla assente, concordando com o plano.

O rei olha para o seu filho, que também assente. Ele olha novamente para o garoto antes de largá-lo no chão.

— Falo com os ratos depois — ele diz para seus soldados. — Levem-nos.

Os guardas levam, para longe, os garotos que, agora, imploram por misericórdia. A maioria dos nobres também se dispersa. Apenas Camilla, Radiani e Brianna ficam comigo, olhando para dezenas de corpos no chão.

Brianna se solta de mim com raiva e me empurra. Fazendo com que eu pise no sangue de algum morto. Ela grita comigo como fez quando a mulher morreu em Pullci, as mesmas coisas que já ouvi milhares de vezes e que sempre me fazem dar a resposta padrão que fui ensinado desde que era criança.

— Fiz o que precisava ser feito — digo a ela pela milionésima vez, esperando que entenda.

Ela apenas me lança um olhar de puro desgosto e diz uma última coisa antes de se afastar:

— Nunca serei uma assassina como você, Talrian.

Capítulo 9

TALRIAN

A sala do Conselho é enorme, com uma mesa circular que abrange praticamente todo o recinto circundado por pilares de mármore branco, os quais suportam bustos de antigos reis e rainhas. A bandeira de Kirit e o brasão dos Selium pendem de um mastro no teto. A bandeira verde com um círculo amarelo cercado de rosas é a primeira imagem que todo cidadão deve conhecer.

Atrás de cada três cadeiras, a bandeira com o brasão de cada Casa pende de mastros fixados às paredes atrás dos assentos, o que cria uma decoração colorida na sala branca. Nossa bandeira é o tradicional fundo azul-claro com o brasão dos deuses desenhado no centro. Tiro o chapéu para o artista que desenhou nossa bandeira, pois é simplesmente fantástica, e não apenas pela presença do deus.

É aqui que são realizadas todas as decisões do governo. A guerra foi declarada aqui há trezentos anos. Penso em como devia ser Kirit naquela época, com os Selium ainda na metade de sua Dinastia, um duque completamente diferente.

Quanto tempo faz...

A maioria dos nobres já está sentada, conversando uns com os outros, incluindo meu pai, que está sentado à frente de nossa bandeira sem falar com ninguém. Ele fica feliz em nos ver e puxa nossas cadeiras para que possamos nos sentar enquanto os demais nobres entram na sala.

O rei e o príncipe herdeiro de Kirit entram na sala e todos se levantam em sinal de respeito, em total silêncio. Reis não precisam ser anunciados, sua presença deve ser notada por todos.

— Podem se sentar — ele diz com uma voz surpreendentemente potente para alguém com mais de sessenta anos. Presenciei sua frieza ontem com os terroristas. A idade não diminuiu sua capacidade de forma alguma. Todos os nobres, seguem sua ordem, sentando-se em suas cadeiras.

— A questão é a seguinte — ele prossegue — vamos direto ao ponto. Os representantes dos Estados do Leste enviaram uma mensagem oferecendo um acordo de paz.

O efeito dessas palavras é instantâneo: todos os nobres começam a sussurrar entre si. Meu pai olha para mim como se tivesse uma armadilha escondida nas palavras do rei e Brianna sorri de orelha a orelha.

— Os termos do acordo — interrompe ele, com sua voz se sobressaindo à multidão de nobres confusos — são: as fronteiras serão definidas a partir do posicionamento atual; a cidade de Luadinus será transformada numa base militar de Kirit; e a Ilha de Kongue será aberta para comércio com as duas nações.

Fico surpreso com o que o rei fala. O que eles estão nos oferecendo é bom demais; é o que sempre quisemos. A guerra acaba, ficamos com nossos avanços e o povo tem uma razão para comemorar.

Porém, pelo que sei e já vi, pode não ser uma ideia tão boa assim a longo prazo...

— O que estamos esperando? Vamos terminar uma guerra pela qual milhares de cidadãos de nossa pátria morreram. Daremos a eles um motivo para comemorar! — grita um nobre da Casa Catala, que identifico como sendo o pai do noivo de Monica. Vários nobres rapidamente começam a concordar. Eles não sabem o que a guerra significa. Talvez nem o rei saiba, afinal, ela existe há mais de trezentos anos. O sentido real deve ter sido esquecido há muito tempo. Talvez nem o tenham percebido.

Nem os próprios senhores tem noção do poder que possuem.

— Verdade, é uma questão essencial para o país. Por isso, ponho a questão em votação para o Conselho — o rei fala com tédio. — Caso não haja nenhuma objeção, ponho a questão para ser votada e...

Meu pai olha para mim com urgência. Ele, que me ensinou tudo, sabe o que precisa ser feito. Eu também sei.

Então me levanto da cadeira e falo:

— Eu tenho uma objeção — digo alto, captando a atenção de todos na mesa. Respiro fundo e continuo. — Eu tenho uma objeção à proposta do duque de Catala, Vossa Majestade — surpreendo a mim mesmo. Nunca fiz uma objeção formal em um conselho de guerra antes. Brianna me encara como se eu fosse louco.

— Duque de Pullci, peço que apresente sua objeção perante o Conselho — diz o rei, olhando para mim.

Engulo em seco e me preparo para dizer o que meu pai me ensinou.

— A guerra pode ser boa para nós — começo.

— Como pode ser boa? É uma guerra, duque de Pullci! — levanta o duque de Catala.

Respiro fundo antes de continuar. Neste momento, cada palavra conta.

— É boa a longo prazo, para mantermos a Dinastia.

— O que você quer dizer? — pergunta o príncipe, parecendo realmente interessado no que tenho a dizer.

— Vejamos bem — prossigo, tomando coragem para continuar falando. — Todos aqui temos conhecimento sobre a guerra e sabemos que os Estados do Leste são um inimigo do mesmo calibre que nós. Todos sabemos que, do jeito que as coisas estão, nenhum país vencerá a guerra. Nunca. Por que continuá-la, então, depois de mais de três séculos?

Paro novamente para que todos consigam absorver o que acabei de dizer. Meu pai me treinou muito bem.

— Porque a guerra é ótima para manter todos na linha. O que fazemos há três séculos? Um pobre desempregado que não faria nada além de sujar as ruas de sua cidade? Convocado para o exército? Controle de fertilidade? Mandamos jovens para a guerra, antes que tenham a oportunidade de fazer qualquer coisa. Criminosos perigosos para a nossa sociedade? A ameaça do exército os mantém na linha. Quem tem tempo de criar uma revolta enquanto há uma ameaça maior no exterior? A guerra une as pessoas, dá a elas um inimigo em comum, e não são os nobres acima deles.

— Você está sugerindo... que a guerra é uma ferramenta para manter a população de cabeça baixa? — pergunta o príncipe Anora, que presta total atenção em mim desde que comecei a falar.

Mantenha a atenção dos mais poderosos, são eles que realizarão suas ideias. Ótimo conselho pai, penso.

— Exatamente. Se acabarmos com a guerra, o que vai acontecer? O povo não concentrará mais seu ódio nos Estados do Leste e ficará unido com um objetivo em comum, que, para nossa sorte, nunca se realizará. O povo focará sua atenção em outra coisa que também deseja acabar. Os nobres acima deles? Do que a população mais tem medo e raiva além de ser recrutada? Os contrabandistas ajudam as pessoas a fugir da guerra. Se não houver mais guerra, em que acham que vão concentrar seus esforços? As pessoas terão tempo de se juntar, de formar organizações. Não com o objetivo de acabar com a guerra ou salvar seus filhos que morrem nas trincheiras, mas sim de derrubá-los. Vocês podem se iludir que têm a população sob controle, mas, quando a bomba estourar de verdade, Kirit enfrentará uma revolução total das massas, e ninguém será capaz de pará-la.

— O que você sugere, exatamente, além de recusar o armistício? — Mathias fala ligeiramente admirado.

— Dar ao povo mais medo de sermos invadidos e de perderem suas vidas. Manter a ameaça da invasão iminente para deixá-los reclusos em suas casas. Recrutar mais e chamar isso de um mal necessário, já que os exércitos estão sendo forçados a combater, mesmo quando não estão. Dar dispensas a atuações que nos ajudem a capturar rebeldes e contrabandistas. Manipular as informações que chegam aos ouvidos deles. Fazer com que eles odeiem os Estados do Leste, que são a causa de toda a nossa miséria — falo em um tom mais profundo e todos na sala estão completamente focados em mim. — A verdade é o que dissermos e é a única que vão ouvir. Por que pensariam outra coisa, já que não têm contato com eles? Mantenha o povo na ignorância, pois, se pensarem demais, vão perceber que algo está errado. Nós os faremos pensar o que quisermos que eles pensem. Reine pelo medo, meu rei, é a única forma de assegurar o poder.

— Você sacrificaria vidas, não só de seu povo, mas de sua família, para perpetuar uma guerra pela qual tantos morreram? Temos uma oportunidade de acabar com a matança agora! — exclama o duque de Catala.

— Você tem medo de morrer pelo sucesso da sua nação? Não é exatamente o que se diz no juramento de lealdade? No nosso hino? Você não é alguém que morreria pelo seu rei? Pela sua pátria? — pergunta meu pai.

O duque de Catala fica em silêncio. Confirmar o que meu pai disse pode ser considerado um ato de traição. Então, ele apenas abaixa a cabeça e murmura uma resposta.

— Ponho em votação as duas propostas — fala o rei em um tom solene. — Quem for a favor da proposta do duque de Catala, levante-se.

Apenas uma dezena de nobres se levanta e não consigo acreditar na quantidade de pessoas que consegui convencer. Eles se abaixam e o rei fala:

— Aqueles a favor da proposta do duque de Pullci, levantem-se.

A grande maioria do salão arrasta suas cadeiras e se levanta para concordar com minha proposta. Meu pai me abraça levemente e murmura:

— Muito bem, filho.

— Com isso, considero a questão encerrada — diz o rei em um tom mais alegre agora que a reunião se encerrou. — O acordo de paz está negado. Agradeço a todos pela presença. A Casa Pullci apresentará suas propostas para mim e meus principais conselheiros mais tarde.

Os nobres se dispersam e começam a conversar. Alguns vêm até mim e me parabenizam pelo meu discurso e meu pai aproveita o momento para se gabar.

É aí que percebo Brianna, que me olha com tristeza e, depois, raiva. Até que Camilla aparece para conversar com ela.

Não me arrependo. Fiz o que precisava ser feito.

Já é noite e tudo está em silêncio. O rei pediu para que as propostas fossem apresentadas amanhã pela manhã. *Preguiçoso.*

Provavelmente, nunca havia percebido o que eu falei e ficou intimidado. Adiar o encontro é uma forma de provar que continua no poder.

Toda a minha Casa terá que comparecer à reunião com algumas outras das mais poderosas do país, como os Sotlan, os Pei e os Genova. Os Jidan também foram convidados, apesar de não terem nenhuma influência. Provavelmente, o rei pensa que são praticamente o mesmo que nós, o que, em parte, é verdade.

Brianna também estará lá. Certamente, ficará de boca calada, pois não vai se atrever a questionar nosso pai. Mas reclamará e descontará em mim, já que grande parte dessa culpa é minha.

Leio novamente o papel com as propostas da minha Casa, anotadas à mão pelo meu pai.

Punição de qualquer crime com a morte. Informações que levem à captura de membros da Horda Igualitária serão recompensadas. Aumento do número de recrutados por cidade.

Tudo isso para fazer com que o povo não odeie nada mais que os Estados do Leste e a Horda. O foco está na retaliação.

Espreguiço-me. Foi um longo dia! Tenho todo o direito de estar cansado. No entanto, não sinto nenhuma vontade de dormir. Abro a porta do meu quarto e saio para o corredor vazio. Brianna já deve estar dormindo, isso se não estiver no quarto com Radiani.

Saio do corredor da minha Casa sem fazer muito barulho. O grande corredor também está vazio. Pelo visto, todas as Casas foram dormir cedo após a reunião de hoje. Ouço apenas algumas vozes dos que ainda estão acordados.

Não sei direito para onde ir. Poderia passar horas vagando pelo palácio e, ainda assim, não conseguiria vê-lo por completo. Caminho pelos corredores de diversas Casas: Vermiko, com seu vermelho igual ao sol poente, Mishkova, com um lilás suave, Togun, com um marrom escuro, e várias outras que se espalham pelos corredores intermináveis do palácio.

Se estivesse em Pullci, provavelmente desceria à praia e tomaria um banho de mar, ou iria a algum santuário e pediria ajuda a algum dos nossos deuses. Porém, como estou muito longe de qualquer tipo de vida aquática, não faço nada disso. Apenas continuo andando até chegar ao final do corredor e as portas automaticamente se abrirem, revelando uma varanda enorme.

Fico impressionado com o que vejo. A cidade silenciosa e escura se estende por vários quilômetros até chegar a um ponto em que ela simplesmente termina, sendo substituída por quilômetros intermináveis de areia. As estrelas são enormes e iluminam toda a extensão do enorme deserto. Alguns nobres ainda conversam e bebem, sentados em várias cadeiras. Uns me reconhecem e me cumprimentam. Dou um sorriso discreto e me sento em uma cadeira isolada na beira da varanda.

Um criado se aproxima e peço uma taça de vinho enquanto continuo contemplando a imensidão do deserto. Alguns cochicham quando me veem, porém não entendo o motivo. O criado chega com a taça de vinho, e, enquanto bebo um gole, percebo que ele deixa alguma coisa na minha frente. Olho para a pequena mesa e vejo uma barra de chocolate.

Que estranho, penso, analisando a barra. Não é de nenhuma marca que eu conheça e é pesada demais. Viro a barra e percebo um pequeno símbolo no canto inferior esquerdo, junto ao rótulo. Me aproximo, tentando ver melhor. Nesse exato momento, o criado chega e toma a barra das minhas mãos, derrubando minha taça de vinho e batendo em minha cabeça com sua bandeja. Todos ficam em silêncio, olhando para o criado e para mim. Passo os dedos na sobrancelha e vejo que estão vermelhos. Estou sangrando.

O criado apenas treme, aterrorizado com o que acabou de fazer. Ele tenta me ajudar com o sangue, mas eu seguro seu braço e faço com que pare.

— O chocolate não era para o senhor — diz ele, ainda tremendo. Percebo que ele é muito mais velho que eu; deve ter em torno de cinquenta anos. Foi sortudo o suficiente para ter escapado da guerra. Por que as pessoas não abraçam a sorte que têm? Por que preferem jogar tudo para o alto? Eu levanto o criado do chão pela gola de sua camisa. Ele não é nada pesado, apesar de ser três décadas mais velho que eu.

— Seja mais cuidadoso, rato — digo com uma voz profunda. Ele apenas assente, assustado demais para demonstrar qualquer outra reação. Até onde ele sabe, eu poderia matá-lo agora para ensinar uma lição de etiqueta a todo o resto. — Você pode não ter tanta sorte na próxima vez.

Largo o criado no chão e saio andando para fora da varanda. Alguns nobres gritam obscenidades ao criado, ao povo e à Horda.

Engraçado, tenho certeza de que já vi aquele símbolo antes.

Capítulo 10

ALLABRIANNA

Ele apenas ri enquanto encosta a boca na minha e me puxa para mais um longo beijo. Também sorrio contra seus lábios e me deixo levar por esse prazer. Levanto-me da cama e ele protesta, resmungando enquanto veste a camisa. Abro as cortinas e vejo as estrelas lá fora se estendendo pela vasta região de Selium. É impressionante! Elas iluminam o quarto como o sol iluminaria durante o dia.

Ele veste a calça e, em seguida, me abraça por trás. Desvencilho-me dele e procuro minha camisola no armário. Ele apenas ri e puxa o zíper da calça.

— Não sabia que você ia enjoar de mim tão fácil — ele sorri enquanto ajeita o cabelo.

Sorrio para ele e dou-lhe um leve empurrão. Ele continua sorrindo do mesmo jeito.

— Vamos lá, você sabe que deveria estar dormindo agora — falo com um sorriso forçado. — Temos que matar mais gente amanhã.

Seu sorriso desaparece e ele bufa como se estivesse lidando com uma criança malcriada. Isso só me deixa com mais raiva.

Como eles não sentem nada?

— Você sabe que não preciso fazer muita coisa — ele diz sussurrando, como se pedisse desculpas. — Seu irmão e seu pai já devem estar cuidando de tudo.

Sua resposta me atinge como um martelo. Ele está dizendo apenas a verdade. A culpa pelo prolongamento da guerra é deles dois, e não posso fazer nada.

Eu não posso fazer nada.

Sinto uma profunda raiva dos dois, principalmente do meu pai. Ambos são culpados por isso. Meu pai ensina. Talrian continua. E por aí vai. Já acontece há trezentos anos.

Onde isso irá parar?

O mais triste é que ninguém vê o mundo como eu. Nem Lua, nem Camilla, nem mesmo Radiani, por mais que diga que sim. Todos querem perpetuar esse mundo de divisão e exclusão.

Radiani percebe minha mudança de humor repentina e, provavelmente, não quer lidar com mais um desabafo meu; então, murmura um boa noite e sai do quarto rapidamente.

Termino de abotoar minha camisola e deito na minha cama. Amanhã será um longo dia. Depois de apenas alguns minutos, porém, alguém bate na porta. Levanto-me, amaldiçoando quem quer que esteja do outro lado, seja Radiani ou Talrian. Será que eles não conseguem entender que algumas pessoas precisam dormir? Porém, quando abro a porta, não é nem Radiani nem Talrian quem me espera do outro lado. É Carpius. Acompanhado por um criado.

— Boa noite, duquesa de Pullci — diz meu primo. Nossa relação não envolve mais do que algumas palavras de cortesia ou sorrisos falsos. Carpius odeia Talrian e todos em Pullci sabem disso. Então, por que ele está batendo à minha porta quase à meia-noite?

— Boa noite — falo com a voz fraca. Lembro do que minha mãe me ensinou nas aulas de etiqueta há muito tempo. Coluna ereta, voz firme, mantenha o contato visual. Recupero-me do desconcerto inicial e falo com mais firmeza. — Como posso ajudar?

— Temos um convite a você — ele diz, me olhando nos olhos. — Algo que achamos que não vai recusar.

Olho para eles na esperança de decifrar suas expressões, mas permanecem impassíveis.

— Qual seria a proposta? — pergunto, encarando o criado, fazendo-o tremer e olhar de relance para Carpius. Ele apenas me observa, como se estivesse me analisando.

— Sabemos sobre as suas opiniões — ele diz calmamente — em relação às ações do seu irmão.

Congelo. O que ele diz pode pôr em risco não só a minha vida, mas também a de todos com quem convivo. Pode ser categorizado como traição à nossa Casa e à Dinastia.

Carpius percebe minhas expressões de medo e tira do seu bolso uma barra de chocolate. Fico sem entender e hesito em pegá-la, mas ele praticamente a põe na minha mão à força. Viro a barra e perto do rótulo vejo um símbolo conhecido; o vi em uma bandeira há apenas um dia.

Carpius é da Horda.

Ele me encara impassível, mas vejo que um músculo se contrai em sua bochecha.

Ele está com medo.

Medo do que posso fazer com essa informação nas mãos.

— Se tiver interesse, me siga — ele diz e sai tão de repente quanto chegou, me deixando lá, com o chocolate na mão. Minha mente acha que seria tolice acompanhá-lo, me juntar a pessoas e a um objetivo que ninguém sabe se pode terminar em outra coisa além de catástrofe. Porém, um instinto mais profundo diz outra coisa: *essa pode ser uma oportunidade de mudar tudo como você sempre quis.*

Saio do meu quarto e o sigo.

Entramos em uma sala cheia de pessoas. Carpius nos fez dar intermináveis voltas pelo palácio. Talvez para que eu não soubesse o local de reuniões da Horda em tão pouco tempo. Deu certo. Não faço a menor ideia de onde estamos.

Todos esperam em silêncio, sentados em suas cadeiras iluminadas apenas pela luz do luar. No centro, há uma mesa enorme e, no meio dela, uma grande bandeira vermelha e amarela. *Casa Catala*, reconheço. Eles também são apoiadores da Horda.

Fico impressionada com a quantidade de nobres que se encontram no salão. Achava que a Horda era algo do povo, um movimento desorganizado que não faria mais que desperdiçar alguns soldados do rei. Porém, parece que eles têm conexões, pessoas importantes ao lado deles, pessoas como *eu*.

Mais gente entra na sala, ocupando seus lugares. Alguns usam máscaras. Não querem ser reconhecidos em meio a tanta gente. Pergunto-me se deveria ter feito o mesmo.

Quando todos se sentam, ficamos em silêncio. Devem ser os líderes, as pessoas mais importantes da Horda. Eles tiram as máscaras e consigo ver seus rostos banhados pela luz do luar.

Um homem extremamente velho se senta à direita. É o que mais tem condecorações no peito. Percebo que são todas legítimas. Soldado, penso. Um idoso que sobreviveu à guerra.

À sua esquerda, uma mulher de cabelo ruivo com aproximadamente 40 anos olha fixamente para os nobres, incluindo eu, com o único olho que lhe sobrou. Outra soldada. Outra sobrevivente da guerra.

Outro homem se senta ao lado dela. Ele é jovem, parece ter a minha idade. Percebo uma fita azul amarrada em seu braço direito. *Ele é de Pullci*. Pela sua aparência, deve ser dos bairros mais pobres, a pele queimada de tanto ficar no mar e cicatrizes por todo o rosto.

A última é uma mulher. Percebo que a vi há pouco tempo. Era ela que estava coordenando as manifestações. Percebo as ataduras embaixo do braço direito, onde um dos soldados do meu irmão deu um tiro nela. Ela me reconhece e sua expressão não é de raiva, mas de desprezo. Isso me incomoda mais do que gostaria, então desvio o olhar.

O velho tosse e ajeita os cabelos já grisalhos. Então, fala com uma voz rouca e fraca, quase inaudível.

— Nobres de Kirit, levantem-se — Carpius, de pé, faz um gesto seco para que eu faça o mesmo. Obedeço. Não quero desagradar a essas pessoas, não no habitat delas.

— Digam o nome de sua Casa — ele diz com a voz mais fraca ainda.

Pelo visto, os rebeldes são compostos majoritariamente pelas Casas Catala, Saarol e Eniba, alguns nobres de Mini e Suezio e eu e Carpius, de Pullci. Apenas as Casas menos tradicionais estão aqui. Todas elas anseiam por mudança.

— Podem se sentar — ele diz com um acesso de tosse. — Passo a palavra à Sefirha.

— Muito obrigada — diz Sefirha, a mulher que se senta ao seu lado. — Estamos sabendo sobre os rumores, sobre a guerra. A pergunta que faço a vocês é: como podemos lidar com isso? Não fazer com que mais irmãos nossos sejam assassinados.

Um nobre de Catala se levanta e fala:

— Fiz o possível para acabar com a guerra, general — ele faz uma pequena reverência e fico chocada. Nunca vi um nobre se dirigir a um plebeu como general — mas a proposta do duque de Pullci foi convincente demais e cativou o coração vazio da maioria dos nossos nobres. Eles irão discutir as novas leis amanhã ao entardecer.

Isso abre uma onda de murmúrios entre, principalmente, os plebeus da coalizão. Alguns até olham para mim e Carpius com raiva, reconhecendo nossas cores. Carpius aproveita a chance para livrar nossa pele.

— Reconheço que as atitudes do meu primo foram deploráveis e me desculpo por isso, general — ele também faz uma pequena reverência. — Porém, eu, juntamente com a irmã dele, a duquesa de Pullci, podemos ajudar a impedir que esse inferno aconteça.

Algumas pessoas já me encaram e cochicham entre si. Tento permanecer impassível, mas é bem difícil quando todo o recinto encara você diretamente.

— Você estará presente na reunião amanhã? — pergunta o garoto de Pullci, que, com certeza, já me viu em pronunciamentos ou pela cidade com meu irmão e meu pai. Tem todos os motivos para me odiar.

— Sim, estarei lá — um brilho nos olhos dele me indica que não sou completamente inútil. — Posso tentar mudar a opinião do máximo de pessoas que puder, mas acho que não será o suficiente. Minha Casa tem muita força no governo e irá se reunir com as Casas mais tradicionais de Kirit, que dificilmente apoiarão algo como uma concessão ao povo, especialmente depois das manifestações.

— Você pode fazer algo que seria muito útil para nós — diz Sefirha. — Poderia espionar a reunião e trazer as informações para a Horda para que possamos nos preparar para o pior.

— E o que vocês fariam com essas informações? — pergunta um nobre da Casa Mini.

— Usaríamos contra os nobres, faríamos com que as informações sejam divulgadas a público como a ferramenta que elas são, não como a salvação que dizem ser — ela diz com a voz firme. — É tudo o que vocês precisam saber. Estão dispensados, menos os de Pullci — ela gesticula para mim e Carpius.

Então, a reunião acaba tão rápido como começou. Todos saem de suas cadeiras e se dirigem à grande porta de entrada. Eu e Carpius esperamos sentados até que a última pessoa saia.

Todos os quatro generais olham para nós como se nos analisassem. Mas, para a minha surpresa, Sefirha olha para Carpius e sorri.

— Você é Carpius, certo? — ele apenas assente, olhando fixamente para seu rosto — Muito bem, vimos seus esforços em controlar os soldados do rei. Será recompensado por isso.

— Obrigado, general — ele permanece impassível.

— Agora, ela — diz o general de Pullci. — É a Allabrianna, filha do Theos, terceira filha dele.

— Uma aliada poderosa, com certeza — diz o velho. — Promete lealdade à Horda do Povo, Allabrianna Pullci?

Lealdade sempre foi uma palavra estranha para mim. Eu a tenho em relação a várias coisas: à minha Casa, à qual estou presa desde o nascimento; ao rei e à Dinastia, aos quais todos devem ter; e a Radiani, a única que escolhi de bom grado.

Prometer lealdade a essas pessoas pode acabar com as outras três, talvez de uma forma na qual eu não queira.

— Sim.

— Aceita coletar informações importantes para a Horda, sem revelar nenhuma delas para quem quer que seja, mesmo sob a influência de tortura ou persuasão?

— Aceito.

Sinto que minha língua é maior que meu cérebro.

— Aceita matar ou silenciar opositores e pessoas que possam causar problemas à Horda, se assim for lhe dada a ordem?

— Aceito.

Nunca serei uma assassina como você, Talrian.

— Aceita revelar segredos, mesmo que de entes queridos, que possam desestabilizar o atual governo e fazer com que seja mais fácil derrubá-lo?

— Sim.

— E, por último — ele levanta a voz mais um pouco —, aceita participar de atentados e cumprir seu papel neles, sem questionamentos, mesmo que isso cause a morte de entes queridos ou pessoas importantes para você?

Hesito e eles percebem isso. Fico sem resposta por alguns momentos. Penso no que sei, no que isso pode causar.

— Aceito — digo.

Ele sorri.

Capítulo 11

TALRIAN

Comer sozinho é extremamente depressivo e já fiz isso alguns dias atrás. Prefiro não fazer novamente. Por isso, estou na cobertura do palácio com Camilla, Radiani, Beatrix, Lua e Brianna. Alguns outros nobres, principalmente crianças, brincam em uma piscina a poucos metros de nós, fazendo um barulhão.

Camilla termina antes de todo mundo, mesmo sendo a pessoa que mais vi comer na vida. Ela limpa a boca suja de molho no guardanapo e ri.

— Vocês comem muito devagar — diz, escondendo o sorriso.

— Camilla Genova, seus modos são deploráveis — diz Radiani, mexendo no resto das costelas que estão no seu prato. Beatrix e Lua riem.

Brianna está mais séria do que o comum. Percebo que olha várias vezes para mim e para Radiani. Deve ser a reunião de hoje que já está começando a dar nos nervos dela.

Radiani, por outro lado, exala tranquilidade. Provavelmente porque sabe que nada que disser na reunião terá efeito.

Igualmente com Camilla. Sua Casa não deve se opor à minha, devido a nosso casamento.

É estranho pensar que vou me casar amanhã. Depois que voltar a Pullci, estarei lá sem Brianna e com Camilla ao meu lado. Passarei a vida inteira vivendo uma mentira. Pergunto-me o que acontecerá depois.

Herdeiros.

Afasto esse pensamento e volto a me concentrar na comida.

Camilla também olha para o chão, talvez esteja pensando na mesma coisa. Quando meu olhar encontra o dela, ela desvia.

Brianna termina o prato e olha para mim.

— Então, Talrian, como estão os preparativos para a reunião? — ela pergunta com um interesse claramente forçado na voz. Lua dá uma risada que é rapidamente contida pelo olhar de Radiani.

— Nada com que você precise se importar — digo a ela. — Só precisa ficar lá sentada e nada mais vai acontecer.

Ela bufa e me olha com desprezo.

— Nada além das milhares de pessoas que vão morrer por conta do seu egoísmo.

— Não vou discutir esse assunto agora — digo, encarando-a. — Você sabe como as coisas devem ser.

Brianna apenas ri, como se eu tivesse falado a coisa mais idiota do mundo. Camilla olha para ela com um olhar estranho. Acho que nunca tinha nos visto brigar por causa disso.

— O seu irmão está certo — Camilla fala.

Brianna apenas balança a cabeça.

— Só porque vai se casar com ele não significa que precisa ser igual a ele, Camilla — ela se levanta da cadeira e murmura. — Acho que vou à piscina tentar esquecer isso tudo.

Camilla vai atrás dela, tentando se explicar. Radiani também se levanta, sempre ao lado da minha irmã.

Eu fico sozinho com Lua e Beatrix.

— Sua irmã é um pouco dramática, né? — Beatrix diz com um pequeno sorriso no rosto — Espero que ela não vá falar sobre egoísmo e morte na reunião.

— Eu também — digo com um suspiro, pegando a última garfada do prato.

⁂

A sala de reuniões do rei parece maior que antes. Talvez porque menos de um terço dos nobres está presente.

Radiani se senta à minha esquerda, enquanto meu pai está à minha direita, ao lado de Brianna. Três representantes de cada Casa. Brianna só veio porque Monica está com a minha mãe, organizando seu casamento.

As Casas Pei e Sotlan também estão aqui. Os Pei são os que alimentam Kirit, provendo trigo e cevada para todo o país. Os Sotlan são mineradores. Todas as pedras preciosas do reino saem de suas terras.

Camilla também está aqui, junto de Beatrix e de seu pai. A Casa dela é famosa pelo poderio militar. Milhares de soldados são treinados lá.

O rei está sentado em seu lugar, no centro da mesa, ao lado do seu filho. Ambos estão sérios, ajeitando algumas folhas de papel. O rei beberica um copo de vinho.

— Podemos começar — diz o rei, sem tirar os olhos dos papéis. — Duque de Pullci, pode apresentar sua proposta.

Levanto-me à medida que todos da sala olham para mim, esperando que eu diga as primeiras palavras.

— As propostas da Casa Pullci são as seguintes — digo, enquanto todos fazem tanto silêncio que chega a ser desconcertante.

Me recupero e continuo: — aumento de cinquenta por cento nos recrutamentos em todas as cidades; morte para qualquer crime; enforcamentos aos domingos com participação obrigatória e informações que levem à aniquilação da Horda serão retribuídas com a dispensa do serviço militar por três gerações.

— Muito bem. Pode se sentar — o rei gesticula, finalmente tirando os olhos dos papéis. — Alguém tem algo a dizer?

— Como exatamente você pretende que os aumentos de recrutamento funcionem? — diz o duque de Sotlan, um homem velho, de aproximadamente setenta anos — Você recrutaria até a população trabalhadora?

Meu pai responde por mim.

— Sim, pois todos devem ser punidos pela podridão que começou em seus vilarejos. Isso fará com que tenham menos esperanças em relação à guerra e procurem nos dar informações para acabar com seu tormento. Manteremos apenas o mínimo necessário para as produções na cidade.

O duque assente, pensativo, enquanto passa a mão pela barba.

— Muito bem — ele diz, e mais nada.

— Se não tivermos nenhuma objeção, ponho a questão para ser votada pelo Conselho.

Minha irmã levanta a mão e eu olho para ela. Aqui não!

— Sim, duquesa de Pullci? — o rei assente.

— Não é exatamente uma objeção. Gostaria apenas que todos nesta sala pensassem no que acontecerá com o povo de Kirit, os inocentes que serão afetados por suas medidas desproporcionais.

— Desproporcionais? — ruge o duque de Pei — Eles mataram soldados da coroa, desonraram toda a nossa linhagem, nos fazendo parecer vulneráveis e fracos... — abaixando o tom, ele continua — São como crianças malcriadas, precisam aprender.

— Muito bem — diz o rei. — Ponho a questão em votação, a começar pela Casa Genova.

— Voto sim — diz Vitor, seguido por Camilla e Beatrix. Os nobres de Pei e Sotlan votam depois, e todos dizem sim. Os de Jidan também concordam conosco, até Radiani, que lança um olhar de desculpas à Brianna.

Meu pai e eu votamos, mas minha irmã apenas fica ali, sentada, encarando todos na sala com raiva.

— Eu voto não — ela diz, com uma expressão séria.

Isso causa um efeito devastador dentro do escritório. O rei olha para ela com desprezo. Camilla tenta esconder a expressão de surpresa com a mão e Radiani balança a cabeça.

— Falta de união dentro da Casa — grunhe o duque de Pei. — Theos, controle a sua gente.

— Isso não irá se repetir, majestade — meu pai fala com raiva, enquanto Brianna continua com a mesma expressão. — Prometo!

— Muito bem! — o rei limpa a garganta — Com a votação do Conselho, declaro as suas medidas oficiais e ativas. A própria Casa Pullci irá apresentá-las ao povo daqui a alguns dias, juntamente com uma comitiva da sua confiança.

Todos se levantam e saem da sala. Alguns nobres olham feio para mim e para o meu pai. Ele desvia dos olhares e leva Brianna e eu para um canto.

— O que foi isso? Envergonha-me na frente de todos? — ele sussurra para Brianna — Uma desonra para mim e para seu irmão.

— Só falei a verdade, pai — ela diz, amaciando um pouco a voz. Não queria irritar nosso pai tanto assim. Apenas o suficiente para conseguir o que queria. Como se nosso pai fosse ceder alguma parcela do seu poder para um sonho louco e impossível de igualdade. Que ingênua!

— Não importa a verdade. Importa o que podemos fazer manipulando-a — ele fala, achando graça na indignação da minha irmã, o que só a deixa com mais raiva. — Sua mãe não lhe ensinou nada?

— Pureza, bondade e lealdade. Lembro muito bem das aulas, pai — ela sussurra o lema como se fosse uma sentença de morte. — Apenas nunca os vi sendo aplicados de verdade. Não da maneira como você usa para matar pessoas inocentes. Para manipular. Para culpar.

Nunca serei uma assassina como você, Talrian.

— Como ousa dizer isso? — meu pai diz, completamente transtornado. — Sempre fiz o possível para manter você a salvo, para que viva uma vida feliz, próspera e digna, da maneira que deseja, e é assim que me agradece? — ele suspira, tentando se acalmar. — Mataria quem eu precisasse para manter vocês dois a salvo.

Ela engole em seco, sem esboçar nenhuma outra reação.

— Não me orgulho de ser filha de um assassino.

O ódio é visível nos olhos do meu pai. É como um tapa na cara dele ver o seu sangue se voltar contra ele mesmo. É o pior tipo de violação.

— Não me orgulho de ter uma filha revolucionária. É por isso que vai para Jidan? Viver como um rato, reclamando da vida perfeita que lhe demos e que você nunca aceitou? — ele rosna.

— Seus tempos no Conselho acabaram. Seu irmão Edmin pode assumir as suas tarefas com muito mais honra e responsabilidade.

A expressão dela se abala um pouco. Independentemente de quais sejam seus planos, isso com certeza será um obstáculo. Não ouso tentar pensar no que ela quer com isso. Ela percebe, recupera o ar de desdém e vai embora.

Meu pai, então, volta sua atenção para mim, com os olhos repletos de raiva e desprezo. Ele provavelmente nunca imaginou que algo assim aconteceria.

— Você tem alguma coisa a ver com isso, Talrian? — ele só diz o meu nome quando está muito bravo comigo, mas sua intensidade me incomoda mais do que nas outras vezes — Vai querer me envergonhar também?

— Não, pai — balbucio, porém rapidamente recupero minha voz e falo. — Nunca.

— Muito bem. Irei dispensar Edmin das aulas mais cedo hoje — ele diz enquanto se vira de costas e sai andando, decepcionado.

Fico parado, analisando o que acabou de acontecer. Brianna sempre desaprovou tudo que nosso pai fazia, mas nunca imaginei que teria coragem de falar tudo isso na cara dele, ainda mais na frente das pessoas mais importantes do país.

Preciso descobrir o que ela está fazendo. Sigo pelo mesmo caminho que minha irmã entrou, em direção à entrada do palácio.

Passo por vários nobres de Casas menores e pelo corredor de Camilla. Minha mãe está lá com Julianna, provavelmente organizando meu casamento. Desvio o olhar, pois não quero ser reconhecido, embora minhas roupas denunciem quem sou tão claramente quanto a luz do dia.

Consigo ver o vestido azul-claro da minha irmã vários corredores à frente enquanto ela se esquiva dos nobres, tentando chegar ao seu destino. Onde é, não sei.

Ela vai até o último corredor do palácio, com duas fitas vermelhas marcando a entrada. Casa Catala. Penso no que ela quer conversando com pessoas tão insignificantes.

Vejo-a encontrar outra pessoa vestida de azul na entrada do corredor. Alguém que conheço muito bem: Carpius. Ele faz um aceno de cabeça para ela e eles entram no corredor.

O que ela quer com ele? Nunca vi os dois trocarem uma palavra na vida, nada além de falas obrigatórias, é claro. Então, por que eles estariam juntos? Continuo andando, tentando entrar naquele corredor, mas têm muitos nobres na minha frente, quase formando uma parede e não me deixando passar.

Quando finalmente chego no corredor, ele está totalmente vazio.

Vou embora chateado e com medo, pois não sei o que Brianna pode aprontar.

Acordo tarde. Posso pelo menos me dar esse pequeno luxo no dia do meu casamento. Minha mãe deve estar super estressada, organizando tudo sozinha lá embaixo, então decido descer para ajudá-la.

Vou rápido pelos corredores e subo até o salão principal, que fica no último andar, ao lado da piscina, onde comemos ontem. Nunca vim aqui, pois ele é utilizado apenas para ocasiões extremamente importantes.

As colunas de mármore adornadas com safiras azuis brilham com a luz do sol. Milhares de mesas se espalham pelo ambiente, formando um gigante xadrez azul e verde. Uma grande mesa à esquerda indica onde as comidas serão servidas.

A estátua de um deus em mármore fica ao lado do lugar onde irei me casar. Fitas azuis enfeitam o local, que, pelo visto, já está completamente preparado.

Minha mãe dá ordens a dezenas de criados que posicionam todas as mesas e cuidam dos mínimos detalhes — como quadros de todos os duques de Pullci e Genova pelo salão — nos exatos lugares em que ela dita. Apesar de toda essa ajuda, minha mãe parece prestes a arrancar os próprios cabelos. Minha tia, por outro lado, não se importa muito. Sentada em uma das mesas, acha graça do estresse da minha mãe.

— Relaxe, Rythia — ela diz com um esboço de sorriso, parecendo não notar minha presença. — Está tudo de acordo com os planos.

Minha mãe lança um olhar capaz de derreter gelo e minha tia continua sentada, sorrindo.

— Eu sei que você está nervosa. Também estou, mas não precisa ficar assim — ela diz, aproximando-se da minha mãe. — Tudo vai dar certo.

Para a minha surpresa, minha mãe começa a chorar e Julianna a abraça.

— Eles são muito jovens — ela diz, entre soluços. — Tentei convencer Theos a adiar o casamento, a não botar tanta pressão, pois nosso filho ainda é muito novo, mas ele não quis me escutar.

— Eu sei — Julianna diz, ainda abraçando minha mãe. — Mas, infelizmente, é algo que não podemos mudar.

— Como Camilla está lidando com tudo isso? — ela pergunta, enxugando as lágrimas.

— Ela está confortável com a ideia. Parece já ter se afeiçoado ao Talrian — minha mãe esboça um sorriso, fungando pela última vez. — E ele?

— Não sei, ele nunca fala sobre nada comigo, exatamente igual ao pai — ela ri. — Mas acho que ele já entendeu o que vai acontecer. Ele sempre aceita bem as coisas.

— Acho que sim — Julianna responde. — Só podemos esperar que tudo dê certo.

— Sim — diz minha mãe, virando-se e percebendo, pela primeira vez, que eu entrei no salão. — Bom dia, Talrian! — ela exclama, provavelmente pensando que só cheguei no salão agora — Preparado para o grande dia?

— Sim — digo, mais porque sei que é isso que minha mãe quer ouvir do que por estar realmente preparado. *Preparado* é uma palavra forte. *Suportando* seria mais adequado. Eu me forço a acreditar que já aceitei para não chateá-la.

— Que bom! Temos muito a fazer. Há apenas quatro horas até o casamento! — ela diz, subitamente empolgada.

Fico algumas horas preparando o lugar com a minha mãe até que tudo esteja completamente pronto, desde o número exato de cadeiras para todos da nobreza até a ordem das flores nos vasos. Estou completamente exausto, porém, minha mãe parece feliz como nunca.

— Está tudo pronto! Obrigada, Talrian! — ela diz, me abraçando de novo — Agora é melhor você ir se arrumar! Faltam menos de duas horas!

Obedeço a ela e subo para o meu quarto. O corredor está vazio. Todos devem estar se preparando para o casamento. Quando entro no meu quarto, vejo que Radiani está sentado, lendo em minha cama.

— Ah, você finalmente chegou! — ele fala como se estivesse esperando há muito tempo. Não duvido que realmente estivesse. — Animado para o grande dia?

Bufo, tirando minha camisa e jogando nele. Ele desvia facilmente com um bocejo.

— Veio aqui só para me perturbar? — pergunto enquanto ele se levanta da minha cama e vem até mim.

— Não só por isso — ele diz. — Também queria saber como você realmente está. Faz bastante tempo que não conversamos.

Sorrio para ele o máximo que consigo no momento. Vejo o mesmo garoto que conheci no porto há tantos anos. Para nós, não existia guerra ou responsabilidades. Apenas um garoto tentando fazer amizade com os vizinhos. Meus irmãos nem haviam nascido ainda.

— Sobre o que você quer falar, então? — pergunto. — Só não pode ser sobre a minha irmã.

Ele ri e balança a cabeça. O casamento deles será amanhã, e, provavelmente, é minha mãe quem está preparando tudo também. Não é de se surpreender que esteja enlouquecida.

— Quando voltarmos, você pode visitar a gente sempre que quiser — ele diz. — Você e Camilla. Sei que vocês terão mais responsabilidades agora, mas, sempre que tiverem tempo livre, podemos fazer alguma coisa juntos. Não ache que estou roubando sua irmã de você.

É estranho ele dizer isso, porque é exatamente assim que enxergo a situação. Meu melhor amigo e minha irmã vão embora juntos e eu ficarei sozinho. Radiani sempre foi próximo, mas Brianna era alguém que estava ao meu lado, literalmente a uma porta de distância, sempre. E agora isso não existe mais.

— Vai ser triste não ter ninguém para me perturbar — falo para ele enquanto olho pela varanda. Ele fica ao meu lado, olhando para o grande deserto e para o sol que se põe lá na frente.

— Talvez Camilla goste de participar do que fazíamos antes — ele responde.

Quase dou risada.

— Ela mal sabe nadar.

Ele ri.

— É verdade.

Ficamos alguns minutos observando o sol sumir no horizonte, devagar. Penso como seria cruzar toda essa areia, passar por várias regiões que não faço a menor ideia de quais sejam. Países. Um mundo interminável. Muito além do que conheço.

— Quase me esqueci! — Radiani diz, me dando um susto e quebrando o meu transe — Minha mãe me mandou entregar sua roupa.

Ele vai até o guarda-roupa e puxa um terno preto. Praticamente igual a todos os que já usei, mas com uma pequena diferença: uma palavra costurada em dourado, logo acima do peito. Duque.

— É melhor ir se vestir. Não se atrase para o próprio casamento — ele ri enquanto sai do quarto, tentando me dar um pouco de espaço.

Tomo um banho e me visto com as roupas novas. Olho no espelho, tentando ajeitar meu cabelo. Cortei ontem, para o casamento, então ele ainda parece estranho na cabeça. Leio a palavra escrita em meu peito. Sinto-me estranho. As palavras parecem mais uma prisão do que uma conquista.

Olho pela varanda uma última vez antes de sair do quarto. Quero mais do que nunca simplesmente sair andando pelo deserto, sem rumo. Talvez chegar no mar. Talvez em Pullci.

Minha antiga vida parece se afastar mais a cada respiração que dou. Sinto tanta saudade que até dói.

Saio do quarto antes que fique emotivo demais vou em direção ao salão.

As pessoas que se casam geralmente ficam em uma pequena sala ao lado do grande salão para que os outros não possam vê-las se organizando. Tento desviar do máximo de pessoas possível para não chamar a atenção de ninguém.

Entro na sala e percebo que apenas meus pais estão lá. Minha mãe corre para me abraçar, enquanto meu pai se aproxima devagar, contido, como sempre. Mas o que realmente importa é nós três abraçados no meio da sala.

Faz tanto tempo que isso não acontece...

Eles me soltam mais cedo do que eu gostaria e percebo que todos os meus irmãos acabaram de entrar na sala. Brianna me abraça forte, mesmo com todas as brigas que tivemos nos últimos tempos. Ela parece mais feliz, mais confiante do que de costume. Talvez por conta do casamento, mas tudo vindo de Brianna recentemente é suspeito. Ela usa um vestido azul que vai até os tornozelos e está com uma tiara de diamantes.

— Vai ficar tudo bem — ela sussurra no meu ouvido enquanto estamos abraçados. Aperto-a mais um pouco e ela repete. — Vai ficar tudo bem.

Consolo é a última coisa de que preciso. Falar sobre meus problemas os traz de volta à superfície. Prefiro afundá-los de novo.

Meus irmãos vêm até mim e me abraçam também. Os dois estão crescendo, não são mais considerados crianças. Pergunto-me quando o meu pai começará o treinamento com eles. O meu começou muito mais cedo. Ser o herdeiro da Casa tem suas desvantagens.

Monica me dá um abraço rápido. Não esperava nada mais dela. Ela é fisicamente tão parecida com Brianna que chega a ser assustador; apenas alguns centímetros mais alta. O casamento dela também será esta semana.

Meu pai me olha enquanto minha mãe chega mais perto para ajeitar as pequenas falhas na minha roupa que ninguém vê, só ela. Sua expressão é de satisfação. Talvez algo a mais. Orgulho, talvez? Não sei. Theos Pullci, com certeza, é o mais difícil de ler de todos nós.

Ele e Brianna não ficam muito próximos, provavelmente, por conta da discussão de ontem. É estranho pensar em como Brianna é uma pessoa tão diferente de todos nós nesse sentido. Pergunto-me o que a fez ficar tão sensível. Com certeza, não foi influência nossa.

— Os Genova estão em outra sala. Você só precisa entrar, fazer os votos, cumprir com as tradições e, depois, aproveitar a festa — ela diz para mim, apesar de eu não ter perguntado nada. Talvez só precise desabafar com alguém. — Vai acabar rápido.

Minha mãe me abraça de novo quando acaba de fazer todos os ajustes necessários. Ficamos mais alguns momentos assim antes de meu pai nos interromper.

— Está na hora de irmos — ele diz à minha mãe, colocando a mão no meu ombro. Nos separamos e vejo que Brianna sorri para mim. Ela se aproxima e diz:

— Eu vou fazer o discurso!

Sempre que pessoas da nobreza se casam, um familiar faz um discurso sobre os noivos. Fala sobre suas Casas e sobre como foi a história dos dois até ali. Fico feliz. Ela realmente é a melhor pessoa para fazer esse discurso. Isso significa também que ela ficará aqui comigo mais um tempo, pois entrará depois na cerimônia. O resto de minha família sai e fico agradecido por ter um momento a sós com ela.

Sentados no chão, conversamos sobre coisas antigas, histórias novas, momentos em Pullci e em Deichon... Fico feliz por ter mais alguém com quem falar. Lembro-me de que ela vai embora para Jidan e um pouco do prazer da conversa vai embora. Ela percebe isso. Consegue me ler melhor que todos.

— No que está pensando? — ela pergunta. — Ficou mais triste de repente.

— Só me lembrei de que você não vai mais ficar em Pullci quando voltarmos daqui. Nem vou conseguir me despedir direito.

Ela me abraça de novo e sorri para mim.

— Como você disse quando chegamos, existem barcos — ela não parece nem um pouco preocupada com a ideia de sair de Pullci. Talvez não veja diferença, ou até ache melhor. Provavelmente, a segunda opção.

Um criado da nossa Casa abre a porta, olha para a minha irmã e diz:

— Duquesa, é a sua vez — ele faz uma pequena reverência enquanto Brianna se levanta, vira-se para mim e diz: — É melhor o senhor também ficar a postos, duque.

Levanto-me com ela e seguimos juntos até a porta principal do salão. Dois criados ficam um em cada maçaneta, prontos para abrir a enorme porta quando lhes for dada a ordem.

Camilla também aparece, vinda do corredor oposto ao meu, ao lado de um criado da sua Casa. Ela veste um longo vestido de noiva verde com detalhes brancos, com uma pequena tiara feita de esmeraldas. Olha para mim com um olhar nervoso, mas é capaz de abrir um sorriso.

Brianna entra no salão e as portas se fecham de novo. Ouço aplausos das pessoas lá dentro. Do outro lado, só restam Camilla, os criados e eu. Ficamos em silêncio por alguns minutos até o criado receber alguma mensagem no comunicador em sua orelha e falar para nós dois:

— Braços dados. Vocês entram em dez segundos.

Nós damos os braços e encaramos a grande porta, esperando que ela abra.

— Agora! — diz o criado para os outros, que abrem a porta com um estrondo.

Um flash de luz me cega por um segundo enquanto ando em linha reta pelo grande corredor no meio do salão. Mesas com toalhas verdes e azuis se espalham ao longo do espaço. Minha família e a de Camilla ficam no segundo andar, em uma varanda, logo acima do lugar onde vamos nos casar.

Continuamos andando enquanto as pessoas aplaudem. Várias Casas que nem conheço, mas que, hoje, têm um motivo para comemorar. Vejo o rei também no segundo andar. Ele quase sorri para mim.

Finalmente chegamos à frente e Brianna recomeça a falar sobre nós dois. Eu apenas olho para Camilla, que encara o chão.

Quando ela, enfim faz contato visual comigo, abre um pequeno sorriso, mais de nervosismo do que de qualquer outra coisa. É estranho pensar que a conheço há tão pouco tempo.

Alguns criados tiram fotos de nós dois. Penso se serão emolduradas e colocadas nas paredes quando voltarmos para Pullci. Já vi uma dessas, dos meus pais, no quarto deles. Ambos tinham a minha idade. Meu falecido avô estava na mesma varanda onde meu pai está agora.

Camilla olha para algumas outras pessoas da sua família em uma mesa perto de onde estamos, provavelmente seus tios e primos, que sorriem e acenam para ela. Alguns deles olham para mim também, mas rapidamente desvio o olhar.

Brianna termina de falar lá em cima e entrega o microfone para o rei. Apenas casamentos com muita honra conseguem ter um discurso do rei.

— Meus nobres — ele diz com sua voz forte —, hoje nos reunimos para celebrar a união de dois jovens que representam nossos ideais. A maior honra que pode acontecer no meu reino.

Todo o salão faz silêncio, prestando total atenção às palavras do rei. Vejo outros dois criados montando um pequeno suporte à frente de nós dois. Eles posicionam uma folha de papel em cima e uma caneta dourada ao lado. O contrato de casamento.

— Agora, gostaria que apresentassem suas tradições, suas festividades, pois o momento é deles, e não meu — o rei diz. Ele gosta muito mais de mim agora, depois que votamos as novas leis. Elas serão apresentadas amanhã.

Todos aplaudem de novo. O rei se afasta do microfone e o entrega novamente à minha irmã. Ela abre um sorriso e diz:

— Podem assinar, um por vez, o contrato de casamento.

Camilla vai primeiro, devagar, mas confiante. Ela olha para os seus pais lá em cima antes de a caneta riscar o papel. Ela volta com um suspiro aliviado, como se o pior já tivesse passado.

É a minha vez. Olho para cima, minha irmã assente em uma tentativa de me incentivar.

Ando devagar até o suporte, pego a caneta dourada e vejo a assinatura de Camilla no canto inferior onde está escrito: "duquesa de Genova". Ao lado, está escrito "duque de Pullci", com uma linha acima, apenas o suficiente para o meu nome.

Leio o que está escrito no papel, mas sem absorver nenhuma palavra. Devo ter ficado bastante tempo encarando a folha, pois algumas pessoas começaram a cochichar.

Escrevo lentamente o novo título no papel. Talrian Pullci I. O novo duque. Volto rápido para perto de Camilla enquanto aplausos tímidos despontam da, agora, desconfiada, plateia. Camilla parece não ter notado ou, simplesmente, não se importar, olhando-me com o mesmo sorriso nervoso de antes.

— Com as formalidades resolvidas, gostaria de apresentar a tradição da nossa região — dois criados trazem recipientes idênticos, onde sei que está guardada água do mar. Eles os entregam nas nossas mãos e saem rapidamente. Outros dois criados esperam no fundo, carregando as alianças. — Nós usamos a água do mar para que o casal, ao primeiro beijo, tenha a sensibilidade de uma vida no oceano.

Molho os dedos na água e passo nos lábios de Camilla, que parece não entender o que precisa fazer. Ela repete o mesmo comigo. O gosto salgado quase me faz sentir em casa.

Os outros dois criados entregam nos entregam as alianças. Pequenos círculos de prata com um diamante e uma esmeralda entrelaçados. Seguro-o firme na mão enquanto Brianna fala:

— Agora os noivos podem trocar as alianças.

Coloco o anel no dedo de Camilla e ela faz o mesmo comigo. Ele parece excessivamente pesado no meu dedo, mas talvez seja falta de costume. As pessoas aplaudem um pouco mais e Brianna levanta um pouco a voz para falar as últimas coisas necessárias.

— Eu declaro ambos casados e que sejam felizes até o fim de suas vidas — ela fala outras palavras, orações na língua antiga que quase se perderam, mas que, hoje, são trazidas de volta. *Que a sorte esteja com vocês.*

Encosto os meus lábios nos de Camilla num beijo nada além de simbólico. As pessoas aplaudem mais do que nunca e a música começa a tocar, indicando que a festa começou. Tecnicamente, acabou.

Camilla segura minha mão e respira fundo. Ela faz um sinal para que eu fique mais calmo enquanto nossas famílias descem do segundo andar. Vitor aperta minha mão antes de dar um beijo na testa de Camilla. Julianna também me abraça. Minha família cumprimenta Camilla, que responde a todos com um sorriso.

Radiani também se aproxima de mim e me puxa para um abraço. Ele parece feliz, mas também preocupado.

— Você está bem? — pergunta.

Minto para ele. Acho que a verdade não importa muito no momento.

— Claro.

Ele apenas sorri. Não sei se acredita na minha resposta, mas vai falar com Camilla mesmo assim. Sêmele também chega para me abraçar. Ela olha para a costura dourada no meu terno e diz:

— Uma palavra poderosa, use-a com responsabilidade — entendo o que ela quer dizer mais do que nunca. Sêmele Jidan nunca foi de muitas palavras, mas sempre fala o que precisa ser dito.

Alguns criados vêm nos servir e pego uma taça de vinho. Bebo tudo em apenas alguns goles e pego outra. Nossas famílias se dispersam rapidamente e vão para a festa, enquanto várias pessoas que não faço a menor ideia de quem são vêm nos cumprimentar.

Conheço vários familiares de Camilla e ela conhece os meus. São pessoas interessantes, que fazem perguntas sobre tudo, como Camilla fazia quando nos vimos pela primeira vez em Pullci. Outras Casas também falam conosco, incluindo o garoto da Casa Togun que conhecemos ontem. Descubro que seu nome é Ahmed e conversamos durante algum tempo sobre religiões. A Casa Togun também tem a sua, chamada Neo-Allah.

Sou interrompido enquanto estou realmente interessado sobre as origens do nome da minha irmã quando um fotógrafo chega e arrasta Camilla e eu para um canto para tirarmos fotos.

Depois de pelo menos uma hora posando para fotos que sempre pareciam as mesmas, somos liberados. Ela pega duas taças de vinho com um criado próximo e fala comigo:

— Grande festa sua mãe preparou! Ela parece estar se divertindo — diz, apontando para a minha mãe, que conversa animadamente com nobres de Genova e da própria Casa.

— Sim — é a única coisa que consigo responder antes de mais nobres virem falar com a gente.

Radiani nos salva da grande massa de curiosos e nos leva para um canto menos movimentado do salão. Ele nos oferece uma garrafa inteira de vinho e nos protege de qualquer outra pessoa que queira falar conosco. Gostaria que não nos tivessem dado tanto vinho, porque minha cabeça está começando a girar.

Radiani não consegue impedir minha mãe, que provavelmente está mais bêbada que eu, de nos levar ao lugar onde todos os nobres estão dançando. Uma música mais calma começa a tocar e Camilla e eu somos obrigados a dançar.

Ela ri ao ver como estou desconfortável.

— Não é assim. Esta música é mais lenta. Siga meus passos — é um pouco humilhante ter aulas de dança no dia do seu casamento, mas, em minha defesa, o álcool estava começando a fazer o salão rodopiar.

— Você sabe que eu odeio dançar — murmuro para ela, que também não está em sua melhor condição mental, já que bebeu o mesmo tanto que eu.

— Eu também não sou muito fã disso, mas todo mundo está olhando — ela diz rindo, dançando e bebendo vinho ao mesmo tempo. — Temos que cumprir nosso papel.

Ela sorri para mim enquanto coloca outra taça de vinho em minha mão. Bebo em um gole só e a sala gira ainda mais. Ela ri de mim.

— É melhor a gente se sentar — diz, me guiando até uma cadeira. Tenho que admitir a derrota. Ela é muito mais resistente que eu. Isso fere meu orgulho, mas não por muito tempo.

A festa acontece diante dos meus olhos. As pessoas mais próximas vêm falar comigo à medida que fico cada vez mais sóbrio. Algumas pessoas também vão embora da festa, até que restem apenas os mais animados — ou os mais bêbados — no salão.

— Caso você não tenha um interesse especial pelo fim da festa, acho que já pode ir embora — sussurra minha irmã no meu ouvido. Eu me levanto e ela guia a mim e a Camilla até a porta. Meu pai vem falar conosco.

— O quarto de vocês é o mais próximo do meu escritório, do lado esquerdo, ao lado do seu antigo — apenas assinto para ele, já que finalmente recuperei a habilidade de conectar as palavras.

Eu e Camilla nos despedimos das pessoas com quem nos importamos e andamos até o quarto que meu pai indicou.

Alguns nobres gritam coisas para nós enquanto passamos em frente aos seus corredores. Não consigo distinguir suas palavras, mas Camilla parece constrangida.

Abro a porta do lugar que terei que dividir com ela pelas próximas semanas. Parece já estar arrumado, minhas roupas e as delas compartilham o mesmo guarda-roupa. Admiramos o ambiente por um momento antes de fechar a porta atrás de nós.

Pego uma roupa mais confortável e vou tomar um banho. Visto as roupas e volto para o quarto, quando me deparo com Camilla analisando seus vestidos.

— Alguma coisa errada? — pergunto a ela, antes de ter noção do que está observando. Pequenas costuras azuis agora cortam o pano antes impecavelmente verde. O maior símbolo do casamento: agora ela terá que vestir parte das cores de Pullci pelo resto da vida.

— Não. É que acho que só agora a ficha caiu. Antes, eu estava bêbada demais para notar — ela guarda os vestidos no armário. — Vou tomar um banho também — diz, pegando uma camisola verde e indo rapidamente para o banheiro.

Não tenho muito tempo para processar suas palavras. Apenas me deito na cama e tento relaxar. À medida que meu cérebro se aproxima da sobriedade, percebo o que aconteceu. Eu me casei. Cumpri a última coisa que meus pais esperavam de mim. Acabou.

Mentiras que coloco na minha cabeça. O difícil não é manipular os outros, mas tentar consertar a mim mesmo.

Camilla sai do banho e se deita ao meu lado. O cheiro de álcool desapareceu quase completamente. Ela apoia a cabeça no meu peito.

— E agora, o que fazemos? — pergunta mais para si mesma do que para mim.

Acho que já está dormindo quando respondo.

— Nada, porque amanhã tem mais.

Capítulo 12

TALRIAN

Acordo bem tarde para o meu gosto, mas Camilla ainda está dormindo ao meu lado. Consigo ouvir sua respiração e ela parece cansada. Saio da cama sem fazer barulho.

Vou para a varanda, que tem muito mais coisas do que a do meu antigo quarto. Uma pequena geladeira fica ao lado da porta. Pego uma garrafa de água. Minha cabeça ainda dói de ontem à noite. De fato, não posso começar a beber tão cedo.

Fico admirando o deserto à minha frente. Dá para ver a varanda do meu pai ao lado, uma vez que ele tem uma vista muito mais panorâmica do que a minha. Ele e minha mãe, provavelmente, ainda estão dormindo, já que saíram da festa muito mais tarde que eu. Espero que minha mãe tenha deixado tudo pronto para o casamento da minha irmã hoje.

— Apreciando a vista? — pergunta uma voz atrás de mim. Eu me viro e vejo que é Camilla, com a mesma cara de cansada de ontem. Ela pega uma garrafa de vinho da geladeira, abre a tampa e bebe um gole do gargalo. Fico observando-a enquanto ela cambaleia até a cadeira ao lado da minha e se senta.

— Não muito — respondo enquanto ela toma mais um gole da garrafa, oferecendo-a a mim; recuso. — Prefiro o oceano que o deserto.

Ela balança a cabeça em negativa, o que me faz rir um pouco. Camilla é engraçada quando quer, especialmente quando bebe alguma coisa.

— O deserto é maravilhoso, é lindo! — ela diz, a voz baixando um pouco a cada sílaba. Ela limpa a garganta antes de beber mais um gole. — O mar é apenas água, é muito pior.

— E o deserto é apenas areia — falo. Camilla abre um pequeno sorriso — E dá para nadar.

— Não sou muito de nadar — ela responde, olhando para mim.

— Não é mesmo. Você quase se afogou daquela vez — sorrio para ela, que revira os olhos.

— Não é o mesmo que nadar em uma piscina — ela diz. — Vamos, você não pode me deixar bebendo sozinha. Dê ao menos um gole.

Apesar de meu cérebro rejeitar completamente essa ideia, pego a garrafa e bebo um grande gole. Não é tão bom quanto o da noite passada. Sinto-me tonto logo após engolir.

— O tanto que você é fraco é impressionante, Talrian Pullci! — ela diz com um sorriso, chegando à metade da garrafa — Nunca te ensinaram a beber em casa?

Não respondo à provocação, em parte porque não levaria a lugar nenhum; em outra parte, porque não consigo mais focar em um único ponto com minha visão e formar palavras coerentes parece ser uma tarefa difícil.

Ela sorri ainda mais, terminando a garrafa com mais alguns goles. Ela deixa a garrafa ao seu lado e arrasta a cadeira para ficar um pouco mais próxima de mim.

Não faço a menor ideia se deveríamos estar fazendo alguma coisa agora ou se podemos ficar aqui na varanda, olhando o sol acima de nós. Me convenço a não me importar. Provavelmente, meu pai dará esse desconto.

— É estranho os detalhes serem azuis — Camilla diz, com as palavras um pouco arrastadas. Ela aponta para a tinta azul nas paredes de madeira que envolvem a varanda e para os quadros e estátuas feitas em lápis-lazúli ao redor de nós.

— Você vai se acostumar — digo a ela, e ela apoia a cabeça no meu ombro. Seu longo cabelo negro encosta parcialmente no chão, mas ela parece não se importar. Seus olhos brilham com a luz do sol.

— Você se lembra de muita coisa de ontem à noite? — ela pergunta ainda admirando a vista. Ela deve pensar que eu estava bêbado demais para me lembrar de qualquer coisa.

— Lembro da cerimônia, das pessoas vindo falar com a gente e de ir dormir — digo. — O resto é um borrão na minha mente. Posso ter beijado Radiani e não saberia.

Ela ri um pouco, mas o riso se extingue com outra memória mais engraçada.

— Você não se lembra das suas tentativas de dançar, então?

Sinto um leve rubor subindo ao rosto. Não devo dizer que lembro totalmente, mas minhas habilidades de dança nunca foram o meu forte.

— Não quero nem lembrar — digo, envergonhado. Isso só a faz rir ainda mais.

— De vez em quando, é bom mostrar alguma coisa para os outros, sabia? — ela diz como se fosse uma piada — Não precisa ser tão fechado sempre.

Bufo. Camilla finalmente resolveu encarnar o espírito da minha irmã. Não sentia nenhuma falta disso.

— Não é tão fácil assim — digo a ela, que obviamente não acredita em mim. Talvez eu esteja errado, mas não me importo nem um pouco.

— É só seguir uma técnica. Você aprende a se controlar, não de um jeito que não sinta nada, mas que consiga experienciar tudo quando quiser.

— E você sabe essa técnica?

Ela suspira, como se estivesse decepcionada.

— Não, mas, um dia, eu vou aprender.

— Confio em você — apenas a pura verdade, mas, ainda assim, ela me olha nos olhos procurando algum sinal de ironia.

— É assustador não saber se você está brincando ou não — ela diz. Não consigo conter uma pequena risada. — Parabéns.

— Aprendi com o melhor — falo, pensando no meu pai. Ele, com certeza, me ensinou tudo mesmo. Pena que nunca vou conseguir chegar no seu nível.

— Seu pai é assustador mesmo! — ela diz — Nunca vou me esquecer da primeira vez que o vi.

— No escritório dele?

— Não. Ele foi para Genova algumas semanas antes disso para apresentar a proposta. Ele e o meu pai ficaram conversando por bastante tempo. Eu não fiz praticamente nada com eles. Meu pai disse que estava decidido alguns dias depois e pegamos um avião para Pullci.

Fico em silêncio. Para ela, então, não houve escolha. Menos ainda do que para mim... Percebo que ela nem assinou o contrato do dote que a obrigava a se mudar para Pullci. Não sabia quem eu era até que seu destino estivesse completamente selado.

— Sinto muito — digo a ela, sem saber o que realmente deve ser falado em um momento como esse. Ela quase ri na minha cara.

— É uma merda mesmo! Devo admitir que tenho um pouco de inveja da sua irmã — ela diz, brincando com a aliança.

— Com quem você se casaria, se pudesse escolher? — pergunto e ela ri de novo. Ela me olha, procurando novamente por algum sinal de ironia, mas apenas mantenho a minha expressão.

— Não sei! — ela suspira — Sempre soube que não iria acontecer. Então, por que desperdiçar meu tempo com isso? Uma guerra estava acontecendo.

— Entendi — respondo, sem saber mais o que dizer. Sempre soube que teria que me casar com alguém, mas, pelo menos, escolhi entre algumas opções. Outra decisão e não seria Camilla conversando comigo aqui agora.

— E por que você me escolheu? — ela pergunta, olhando para o deserto. O sol começa a enfraquecer cada vez mais e a vir para a nossa janela, o que significa que já passou do meio-dia. O casamento da minha irmã deve ser daqui a apenas algumas horas. — Ou foi o mesmo que aconteceu comigo?

— Eu escolhi — alguma coisa nela pareceu relaxar, como se estivesse aliviada. Com certeza, é melhor saber que foi a preferência de alguém do que saber que está apenas sendo suportada.

— Por que me escolheu, então? — ela pergunta — Com certeza, não era a favorita do seu pai, já que fui para a guerra. E não sou a mais bonita!

— Você é bonita, sim — falo automaticamente, mas sem mentir. Ela sorri um pouco, mas rapidamente o sorriso se desfaz — Acho que escolhi você porque parecia forte e não parecia estar satisfeita com a situação, como eu também não estava.

— Não deixa de ser verdade — ela ri um pouco. Parece ter ficado mais feliz. E menos bêbada — Quais foram as outras opções?

— Estrela Sotlan — digo e ela faz uma careta.

— Conheço ela. Não é uma pessoa muito legal — ela franze a testa. — Mas faz alguns anos também. As pessoas mudam.

— Pelo que sei, nem sempre — pensando na minha família, Radiani e no seu jeito brincalhão de ser, Brianna e sua sensibilidade, Carpius e suas atitudes de ódio e inveja em relação a mim. Pessoas não mudam muito, pelas minhas experiências.

— Alguma outra? — pergunta e eu penso por que ela quer saber, mas respondo mesmo assim.

— Safira Eniba — digo enquanto ela se vira para mim, impressionada.

— Você deve ter realmente visto algo de especial em mim! — ela diz com um sorriso — Ela é muito mais bonita que eu.

— Mas eu escolhi você e, agora, você está aqui — digo, começando a ficar um pouco irritado com essa conversa. — Não tem como fugir agora.

Ela ri e assente. Parece estar lidando com a situação muito bem, apesar de estar um pouco insegura.

— O casamento da sua irmã é hoje, não é? — ela pergunta com um sussurro. O sol ilumina boa parte da varanda, fazendo com que seja quase impossível olhar para frente.

— Sim — respondo, olhando para o teto. As estátuas começam a refletir a luz do sol de uma maneira que não consigo olhar para nenhum lugar a não ser para cima.

— Deveríamos estar nos arrumando — ela diz com a voz mais baixa ainda. Um bocejo segue as suas palavras. Está quase caindo no sono.

— Sim.

— Que pena! — ela diz, se apoiando mais em mim para ficar mais confortável — Não estou com a menor vontade de ir... Meus vestidos novos ficaram horríveis. Azul não combinou com o verde.

Não consigo deixar de sorrir um pouco. Imagino se ela continuará do jeito que é quando formos para Pullci ou se ficará mais deprimida pela separação de sua família.

— Também não estou com muita vontade — respondo e ela ri, apesar de ter feito a mesma piada alguns segundos atrás. Pelo visto, o efeito do álcool ainda não passou totalmente. — Mas é melhor irmos. Não quero perder o casamento da minha própria irmã.

— Ela foi ótima no discurso ontem — diz Camilla.

— Não prestei muita atenção, para falar a verdade — isso é até um elogio. Não me lembro de nenhuma palavra que minha irmã falou ontem à noite.

— O quanto você é sem coração é impressionante — ela diz, tentando se levantar e quase caindo no chão. Ela desiste e preciso ajudá-la a sair da cadeira.

— Obrigado por me lembrar — respondo enquanto entramos no quarto ainda escuro. Ligo as luzes, mas Camilla solta um grunhido de protesto quando faço isso; então as apago.

— Ela passou horas escrevendo aquilo, sabia? — ela complementa.

— Obrigado por me fazer sentir culpado — bufo enquanto ela não consegue esconder uma risada. — Quem toma banho primeiro? — digo, tentando agilizar as coisas.

— Você! — diz rapidamente — Porque precisa estar lá embaixo antes de mim. Vá rápido! — reforça, fazendo-me rir e pegar minhas roupas para entrar no banheiro.

Tomo a liberdade de passar vários minutos embaixo do chuveiro. A água daqui é diferente, muito melhor que a de Pullci, que sempre vem com um resquício de sal e maresia.

Visto um terno idêntico àquele que usei ontem. Saio do banheiro completamente arrumado e vejo que Camilla espalhou todos os quadros em cima da cama e está examinando minuciosamente cada um.

— O meu avô — ela aponta para um dos quadros, que mostra um homem muito parecido com Vitor, que veste uma farda verde e preta e encara a câmera com um olhar de profundo desprezo, como se precisasse estar em uma batalha e o tivessem arrastado até ali, obrigando-o a tirar aquela foto. — Morreu ano passado. Batalha de Ethipos.

Ela pega outro quadro, que mostra uma foto de sua família. Vitor e Julianna perecem muito mais novos, e uma Camilla de uns doze anos segura a mão de Beatrix.

— Um dia antes de eu ir para o *front* — diz mais para si mesma do que para mim. Ela pega outra foto, dessa vez da minha família, e aponta para mim. — Te achei!

Pego a foto das mãos dela e vejo toda a minha família reunida. Meus avós não estão nela, pois morreram muito cedo. Não pude conhecê-los.

Meu pai, muito mais jovem, sorri para a câmera abraçado à minha mãe, o que me surpreende. Monica segura a mão de Brianna, que está ao lado da minha mãe. Meus irmãos, Edmin e Hover, estão sentados no chão perto dos meus pés, já que estou na frente do meu pai.

Tento me lembrar daquele tempo enquanto olho a foto. Eu não devia ter mais que dez anos.

Brianna era mais alta que eu.

Prometo a mim mesmo que nunca irei mostrar essa foto para ela.

Deixo a moldura na cabeceira novamente enquanto Camilla continua olhando as outras fotos. Ela analisa cada foto antes de colocá-las em seus devidos lugares. Fico apenas observando, sentado em uma poltrona a alguns metros da cama.

Quando ela finalmente termina de ver todas, solta um grande bocejo e se levanta da cama. Ela procura um vestido no armário e segue para o banho. Espero que termine de se arrumar para que possamos sair juntos do quarto.

Já está anoitecendo quando saímos e vamos para o mesmo salão de ontem.

Minha mãe certamente reciclou muita coisa do meu casamento, apenas arrumando os detalhes azuis e substituindo os verdes por vermelhos, fazendo o lugar ter uma aparência mais quente. Ela me vê antes que eu possa dizer qualquer coisa.

— Talrian! Vá encontrar sua irmã. Ela está no mesmo lugar de ontem — ela grita para mim, interrompendo as ordens que dava a um criado. — Camilla, pode me ajudar com os preparativos?

Camilla vai ao encontro de minha mãe obedientemente enquanto saio do salão e vou para o mesmo lugar onde fiquei ontem. O corredor parece muito mais longo do que me lembrava. Parece que não prestei atenção em nada mesmo.

Abro a porta devagar e vejo minha irmã ajeitando o vestido em frente a um grande espelho posicionado no canto da sala. Ela se vira ao ouvir o barulho da porta se abrindo e sorri ao me ver.

Ela vem em minha direção e me abraça. Ficamos assim por um tempo, talvez minutos, abraçados no meio da sala.

— Você está bem? — pergunto a ela, que assente para mim. O vestido de noiva dela é parecido com o de Camilla, apenas houve a substituição do verde-claro pelo azul-marinho. Ela parece feliz. E nervosa.

— E você? — ela pergunta, sentando-se em um enorme banco. Sento-me ao seu lado e ela me olha com curiosidade.

— Estou bem — uma meia verdade, mas ela não insiste em cavar mais fundo e sorri. Penso no que Camilla disse antes.

Devo admitir que tenho um pouco de inveja da sua irmã.

Eu também. Pra caralho.

— Acho que Radiani queria te ver — ela diz, ajeitando as dezenas de colares e pulseiras que carrega consigo.

— Você já quer que eu vá embora? — pergunto, tentando parecer irônico, mas acabo soando um pouco magoado. Ela nega com a cabeça rapidamente, provavelmente percebendo minha chateação.

— Só uma observação — ela diz sorrindo.

Ficamos sentados em silêncio por algum tempo, até que o resto da minha família entra pela porta. Minha mãe corre para abraçar Brianna, enquanto meu pai vem atrás, devagar. Pergunto-me se já se acertaram depois da discussão de antes de ontem.

Ele dá um abraço breve nela, então, presumo que ainda não conversaram. Meu pai pode guardar rancor por décadas e minha irmã sabe disso, mas, surpreendentemente, parece não se importar.

Minha irmã abraça Monica enquanto meus irmãos ficam ao lado do meu pai. Hover ainda age como a criança que sempre foi. Edmin parece mais resoluto e frio, diferente da criança que era. Talvez as outras pessoas tenham estranhado também quando isso aconteceu comigo há alguns anos.

Minha mãe termina de ajeitar todos os detalhes do vestido de Brianna. Meu pai apenas observa, parado no meio da sala.

Um músculo em sua bochecha se contrai. Pergunto-me se está arrependido de ter deixado que Brianna se casasse com Radiani.

— Radiani queria falar com você, Talrian — diz minha mãe, sem tirar os olhos do vestido de Brianna.

— Tudo bem — digo, saindo da sala e indo para o outro lado do corredor, passando por vários nobres que entram no salão. Consigo me desviar de todos facilmente e abro a porta de onde sei que está Radiani.

Sêmele, Lua e ele conversam sentados no chão da sala. Lua lê um pequeno papel, como se estivesse tentando decorá-lo. Provavelmente, é ela quem fará o discurso.

Eles se viram para mim, levantam-se e vêm na minha direção. Lua me abraça primeiro; ela parece ter crescido.

Sêmele me abraça também e me dá um sorriso de pura felicidade, se afastando rapidamente para que Radiani possa vir falar comigo.

Ele me abraça com o maior sorriso que já vi na vida. Não consigo deixar de me sentir feliz por ele, apesar do meu egoísmo falar alto. Ele parece notar isso, não sei como, mas sussurra para mim:

— Não estou roubando sua irmã de você — não sei se está tentando falar comigo ou convencer a si próprio. Eu apenas assinto para ele. Não posso estragar seu dia com as minhas besteiras.

— Depois de tantos anos, você finalmente conseguiu o que queria — digo a ele, que ri.

— Sei que com você foi diferente, mas é comum ficar tão nervoso assim? — ele pergunta, me soltando.

— Acho que sim — digo, e ele parece mais aliviado.

Enquanto fazemos silêncio, percebo que algumas pessoas cantam dentro do salão. Gritos de "nosso duque vai casar" preenchem o ambiente e Lua começa a rir. Radiani parece estar morrendo de vergonha.

— Liberei os soldados dos seus postos hoje e os convidei para o casamento — ele me explica. — Com certeza são eles.

Rio também e, quase ao mesmo tempo, um criado que reconheço muito bem abre a porta com um sorriso.

— Duquesa de Jidan, pode ocupar sua posição. O mesmo para o duque de Pullci — Denil parece estar muito feliz também, afinal, era o criado favorito da família em Jidan. Não me lembro de tê-lo visto no avião vindo para Deichon conosco.

Nós três nos levantamos e Denil entra na sala para falar com Radiani. Não consigo escutar o que começam a conversar, já que a porta bate atrás de mim.

Entro no salão com Sêmele e o resto da minha família. Lua continua lá porque vai entrar depois para fazer o discurso. Vejo que Camilla já está sentada no segundo andar, um lugar de honra. Provavelmente por ser minha esposa agora.

Subo pela escada que leva até lá e me sento na cadeira com o meu nome, entre Monica e Edmin. E Camilla?

A perspectiva de ver tudo de cima é diferente. Os soldados e criados de Jidan continuam a cantar, perturbando alguns nobres que se sentam perto. Eles não parecem ligar e ninguém os para. Não consigo evitar um sorriso.

Um criado da Casa Jidan fala em um microfone perto do canto do salão. Quase ninguém pode vê-lo, e talvez este seja o objetivo:

— Todos, por favor, levantem-se para receber sua majestade, o rei Anora Selium III!

Todos aplaudem quando o rei entra no salão. Ele passa ao lado de sua esposa, a rainha Nassari Xip. Apesar de não sermos muito próximos, isso torna o rei formalmente meu tio. Não me lembro de ter trocado mais do que duas palavras com ela na vida, nem com seus filhos.

O rei sobe até o segundo andar pelas mesmas escadas e vai para a tribuna de honra, perto de Camilla. A família se senta e o rei continua em pé.

— Nobres de Kirit — ele diz ao microfone —, hoje nos reunimos para comemorar a união de dois jovens que representam nossos ideias e valores. Jovens de Casas que já provaram sua lealdade e compaixão com o reino.

Ele faz uma pausa, esperando que suas palavras sejam absorvidas por todo o salão e sorri, como se tivesse acabado de dizer uma coisa muito engraçada.

— Como podem ver, estou sendo filmado. A partir de agora, desperdiço um pouco da minha privacidade para falar com todo o povo de Kirit e também com vocês sobre as novas medidas que serão aplicadas à população devido ao ataque que deixou mais de cinquenta soldados da nossa pátria mortos há dois dias. Gostaria de ressaltar a todos que eles não serão esquecidos.

Ele começa a listar os nomes de todos os soldados que morreram naquele dia. Reconheço apenas cinco deles, os da minha Casa. Aestus, Helops, Otianus, Pontus e Proteu, garotos cujos familiares provavelmente estão na plateia agora. Não deviam ser muito mais velhos que eu.

— Por conta disso, uma comissão de nobres escolhidos a dedo apresentou uma proposta que foi votada. Medidas, infelizmente, terão que ser impostas devido às ações de egoístas e assassinos que desejam interferir e desequilibrar o reino. Aprovadas por catorze votos a um, as leis que entrarão em vigor a partir de amanhã são as seguintes:

Ele vira a página enquanto o salão faz um silêncio assustador. Pergunto-me o motivo de fazer isso logo no casamento da minha irmã. Penso se foi alguma tentativa de vingança.

— O recrutamento para a guerra será aumentado em cinquenta por cento em cada vilarejo e cidade do reino. A população trabalhadora também deixa de estar livre das convocações e participará do mesmo jeito, caso não haja voluntários suficientes.

Imediatamente após o rei pronunciar essas palavras, vários nobres começam a cochichar entre si. A população trabalhadora é o que mantém a economia do país girando, e o emprego que têm os protege da guerra. No entanto, agora tudo isso some num passe de mágica.

— A pena de morte será estendida para todo e qualquer crime, mesmo o mais banal. Todos os acusados e condenados serão retidos até o domingo da semana em que cometeram seus crimes, e serão enforcados com outros criminosos na frente do resto do vilarejo, com participação obrigatória para todas as pessoas. Por último, qualquer pessoa que apresentar informações que ajudem a destruir a organização conhecida como "Horda do Povo" será dispensada das convocações, assim como as próximas três gerações de sua família — essa é a medida que causa mais choque entre os nobres, exceto àqueles que participaram das reuniões. — As leis permanecerão até que a podridão seja destruída!

Ele fecha o papel que estava lendo e sorri para a câmera.

— Agora, podemos parar de gravar e começar as festividades. Recebam Lua Jidan para fazer o discurso!

Algumas pessoas não aplaudem, ainda em choque, quando Lua entra no salão. Ela está tão feliz que quase saltita. Rapidamente, sobe a escada e começa a falar em um microfone à nossa frente.

Não presto muita atenção ao que ela fala. Na realidade, ninguém presta. Os nobres, que não faziam ideia do que ia acontecer, murmuram entre si e parecem bravos. O rei fez leis completamente novas sem a aprovação de nenhum deles, mas que afetarão diretamente a economia e a estabilidade de suas regiões. Imagino como devem estar se sentindo.

Lua continua falando, empolgada e sem parecer notar o desconforto dos outros, sobre a relação entre Radiani e Brianna. De vez em quando, também apareço nas histórias e aqueles que não se incomodaram nada com o pronunciamento do rei apenas riem nas partes mais engraçadas. Metade do salão aproveita a festa, enquanto a outra metade se sente traída.

Ela acaba seu discurso e sorri para a plateia, que a aplaude. Os soldados acenam para ela e ela retribui. Provavelmente, conhece todos eles também.

— Todos de pé para receber os noivos do dia, Radiani Jidan e Allabrianna Pullci! — os presentes se levantam e aplaudem, inclusive o rei, enquanto os portões são abertos e os dois entram no salão.

Eles andam devagar e sorriem durante o percurso. Os soldados de Radiani voltam a cantar animadamente.

O casal chega ao mesmo lugar onde Camilla e eu nos casamos ontem e olham um para o outro. Os soldados de Radiani param de cantar aos poucos para que Lua possa voltar a falar.

Ela conta mais histórias sobre os noivos, arrancando mais risos da plateia, e termina com uma história sobre o dia do pedido de casamento, sobre o jantar no barco, sobre a hesitação do meu pai e todos pulando no mar em seguida.

— Agora, vocês podem assinar, um por vez, o contrato do casamento — diz Lua.

Brianna vai primeiro, e mais uma rodada de aplausos se segue quando cada um assina o próprio nome no contrato. Eles voltam para a frente enquanto os soldados de Radiani recomeçam a cantar. Dessa vez, algumas crianças também os acompanham, para a desaprovação de seus pais.

— Tragam a água do mar.

O ritual é praticamente o mesmo, mas, dessa vez, tem um maior significado para ambos. Eles passam a água nos lábios um do outro e não esperam que Lua continue para começarem a se beijar.

— Ainda faltam as alianças! — Lua grita para os dois e todos começam a rir. Até eu abro um sorriso.

Brianna e Radiani se separam e riem também, e, então, Lua continua:

— As alianças, rápido! — e os criados vêm apressadamente com os anéis. São parecidos com o que estou usando agora, porém o vermelho substitui o verde e dá um aspecto muito mais vivo ao aro prateado.

Eles colocam as alianças um no outro e olham para cima, esperando que Lua termine a cerimônia.

— Eu declaro ambos casados e que sejam felizes até o fim de suas vidas — *Que a sorte esteja com vocês.*

Eles se beijam de novo e os soldados de Radiani cantam novamente, mais animados que nunca. Todos aplaudem de pé e começamos a descer as escadas.

A festa começa e algumas pessoas seguem para a pista, com exceção de alguns nobres ressentidos, principalmente das Casas Catala, Vermiko e Mini, que ficam conversando em um canto isolado do salão. O rei fica de olho neles, bebendo um ou outro gole da taça de champanhe de vez em quando.

Brianna, Radiani, Camilla e eu conversamos por um tempo, mas logo eles dois são obrigados a sair para dar atenção às outras pessoas que também vão falar com eles. Vamos para uma mesa para que eles possam ter mais espaço.

Ahmed também se senta conosco. Ele não é exatamente próximo de nós, mas parece ser uma pessoa confiável. Ele e Camilla começam a conversar sobre a vida no deserto e me limito a ouvi-los. A Casa Togun não possui riqueza, poder ou força, eles apenas gozam dos privilégios de serem a Casa mais antiga de todas, desde muito antes da Dinastia. São sempre um exemplo de como se manter unidos e seguros, não importa o que aconteça com o resto do país.

Enquanto os dois continuam conversando, vejo Brianna conversando com Carpius. Decido não pensar muito sobre isso, provavelmente ele só quis parabenizá-la ou algo do tipo.

Capítulo 13

ALLABRIANNA

— A Horda solicitou uma reunião com você, agora — ele me diz.

Olho bem nos olhos de Carpius. Não são azuis como o resto dos de Pullci; são verdes como os da sua falecida mãe e do resto da Casa Saarol. Procuro algum sinal de piada ou ironia, porém nada se revela para mim.

— É o meu casamento! — respondo com um pouco de raiva — Diga para esperarem.

— Não posso, você sabe que não — ele fala com mais seriedade. Não sei como os líderes da Horda se comportariam se eu simplesmente me recusasse a aparecer. Com certeza, não poderiam invadir o salão e me arrastar à força. Carpius continua: — Casa Vermiko, terceiro quarto à direita, daqui a cinco minutos. Esteja lá.

Ele se afasta tão subitamente quanto surgiu. Fico lá parada, até que um dos soldados de Radiani vem me cumprimentar. Percebo uma condecoração recente no seu peito e tento focar para ver as palavras. Mas não é uma condecoração, é um broche.

Morte à Horda.

Ele percebe que estou olhando para o objeto e sorri.

— Praticamente todos os soldados leais ao rei estão usando isso; símbolos de boa sorte — ele fala em um sussurro, mas, repentinamente, levanta a voz e transforma o sussurro em um grito. — Morte à Horda!

Vários nobres se levantam e gritam, incluindo meu pai, que geralmente é mais quieto.

— Morte aos ratos!

Não é mais possível ouvir a música com tantos gritos que invadem o salão, que se transforma em um ambiente de puro ódio. Não consigo entender as palavras ditas pelos nobres que me cercam.

Percebo que essa é a oportunidade perfeita para escapar. Aceno para Radiani como se precisasse usar o banheiro. Ele assente para mim e saio depressa do salão. Todos os nobres estão ocupados demais gritando ou bebendo para notar.

Caminho pelos corredores até a Casa Vermiko. No terceiro quarto à direita, a porta está entreaberta. Assim que dou os primeiros passos para dentro do salão, uma mulher aponta uma arma para a minha cabeça.

— Identifique-se! — ela diz, e suas mãos estão trêmulas. Deve achar que a Horda foi descoberta. Mas Nalon aparece rapidamente às suas costas e fala alguma coisa em seu ouvido que a faz abaixar a arma.

— Bem-vinda, duquesa de Pullci! — ele diz, com seu tom de desprezo habitual. Ele provavelmente me odeia tanto quanto o rei que quer destronar, mas sabe que precisa da minha ajuda. — Wov e Metisa querem falar com você.

Antes que eu possa tentar adivinhar quem são Wov e Metisa, ele me guia até a varanda onde as mesmas pessoas que conheci alguns dias atrás se sentam viradas para a cidade. O homem mais velho não me olha nos olhos, já a mulher sorri para mim e indica uma cadeira para que eu possa me sentar.

— Nunca havia ouvido nossos nomes, duquesa? — pergunta a mulher, ainda com um sorriso amistoso. Ela é a que parece menos me odiar entre os quatro líderes da Horda — Metisa Fnome, prazer — ela faz uma referência irônica, enquanto os outros líderes apenas observam.

— Não tenho tempo para essas brincadeiras — diz o homem que presumo ser Wov. — Temos uma missão para você, Allabrianna — ele não usa meu título, já que, provavelmente, vou perdê-lo ao fim de tudo, seja pela vitória ou pela lâmina do carrasco.

— Sim, deve ser muito importante para ter me tirado do meu casamento — digo a ele.

— Esqueci que você é tão nobre quanto qualquer um deles. Isso não é difícil de ver — ele diz. Sem dúvidas, não confia em mim nem em nenhum dos outros nobres simpáticos à causa.

Preciso me tornar mais influente do que ele imagina nesse tabuleiro do poder para não morrer no final.

— Você deve entregar alvos e pontos fracos ao longo desta semana para que possam ser explorados em benefício da Horda — diz Sefirha. — Pessoas, datas, reuniões, qualquer coisa importante.

— Por quê? O que vocês farão com as pessoas que eu falar?

— Não me disseram que você fazia tantas perguntas — ela retruca.

— Ela não é a cadelinha de Theos, disso você pode ter certeza — diz Nalon.

— Tudo que você precisa saber é que estamos planejando um ataque. Uma conquista rápida do país inteiro — diz Metisa.

— E como você pretende fazer isso, especificamente? — pergunto.

Eu poderia entregar o nome do rei, pondero, mas como conseguiriam chegar até ele?

Sefirha abre um pequeno sorriso, se levanta e olha para mim como se eu não passasse de uma criança. O que, comparada a ela, eu realmente sou. Não sei dizer quantas batalhas ela já travou, quantas pessoas matou ou quantas vezes enganou a morte.

— O mundo nem sempre foi desse jeito, sabia? — ela começa — O planeta é muito mais velho do que qualquer país ou Dinastia. Os Selium são apenas uma fração de segundo da história dessa terra.

— Antes de tudo isso, havia pessoas, muito poucas, espalhadas por todo o continente — continua Nalon. — Elas viviam em um estado permanente de paz e harmonia. Não havia fronteiras ou guerras, apenas seres humanos felizes trabalhando em comunidade e vivendo suas vidas.

Franzo o cenho. O que ele diz não me parece ser possível. O mundo é assim, cheio de guerras, pobreza e opressão, como sempre foi.

— Mas, infelizmente, isso acabou. Pessoas se aproveitaram da inocência das outras para estabelecer seu próprio poder. Surgiram os Selenium, os Pullci e dezenas de outras famílias que nos dominam e nos matam todos os dias — continua Sefirha.

Agora ela parece empolgada. Aliás, não exatamente empolgada, mas Sefirha acredita tanto nas próprias palavras que parece impossível que ela volte ao seu estado niilista de antes.

— Vamos devolver a humanidade para a Era de Ouro. Porém, com as tecnologias e confortos atuais, somados às possibilidades utópicas que o mundo jamais experimentou. Kirit será o começo. Depois, iremos para o leste ou para o sul. Hoxhit, Meckzi e Estados do Leste não conseguirão suportar uma Horda que libertará, pouco a pouco, todo o mundo.

O brilho nos olhos de cada um deles me assusta. Acreditam em cada palavra que dizem. Mas como podem ter tanta confiança de que farão isso quando tantos outros falharam?

— Precisamos da sua ajuda, Allabrianna Pullci, para que possamos tomar Kirit. Um governo forte e do povo será instaurado, e o mundo todo mudará para melhor.

Como eu poderia recusar algo assim? Um mundo melhor, sem as abominações da dominação e da guerra. Sem os Selium, sem o poder e o medo que o nome Pullci carrega e carregará, provavelmente, até os últimos dias da minha vida.

— Me diga o que fazer — falo para ele. Wov sorri.

— Precisamos matar o rei — ele diz.

— E como vocês pretendem fazer isso? — pergunto.

Achei que seria alguma tarefa mais simples, algo que libertaria o país em um mês ou dois. Mas, pelo visto, eles estavam falando de uma conquista rápida em *um dia*. Para mim, pelo menos, parece impossível.

Wov me analisa, interessado, como se estivesse acreditando cada vez mais que não sou completamente inútil.

— Toda tomada de governo tem um plano de virada. A manifestação foi o início. Mesmo com as medidas do rei e do seu irmão — ele olha nos meus olhos e eu desvio o olhar —, mais atentados serão feitos e daremos pistas falsas para que todos os que o rei achar suspeitos sejam inocentes, ou pelo menos a maioria. Depois, faremos um ataque definitivo, que deixará o rei e todos os seus herdeiros mortos e o caminho livre para o controle do país.

Todos os seus herdeiros. Nalon percebe as minhas expressões e diz:

— Exatamente isso que você pensou, duquesa.

O primeiro herdeiro é Anora, o príncipe. Se ele morrer, a princesa, irmã dele, Giulia, assume o trono. O rei não tem irmãos, apenas a rainha tem uma irmã, que tem um filho homem apto para o cargo: Talrian. Se os três morrerem, ele se torna rei. Uma dinastia Pullci. Pergunto-me se isso ajudaria ou quebraria ainda mais o país.

— Você prometeu lealdade à Horda, Allabrianna — diz Sefirha. Assim como Wov, ela não usa meu título de nobreza. — Você fará o que precisa ser feito.

— Não vou matar ninguém da minha família — digo, olhando bem nos olhos dela para que entenda. — Nem meu pai, nem meu irmão. Nenhum deles vai morrer.

— Não finja que tem alguma autoridade aqui. O que dissermos para você fazer, você fará bem e direito — Nalon diz.

— Nós, com certeza, podemos reconsiderar isso. Pensem bem — diz Metisa, sempre mais disposta a ficar do meu lado que o resto. — Pedir para ela fazer isso é crueldade...

Eles a olham como se ela pedisse que bebessem veneno.

— Nós ficamos embaixo das botas deles, sendo recrutados e trabalhando até a morte por séculos! Agora, você pede para não deixarmos um traidor morrer porque a irmã dele teve, magicamente, um ataque de consciência?

— Ele não vai morrer! — digo de novo — É a única maneira de conseguirem o meu apoio. Sou de uma Casa tradicional, sei coisas que mais ninguém sabe, nem mesmo Carpius.

Eles me olham com repulsa. Não é como se tivessem outra escolha. Quem mais poderia dar informações precisas sobre a localização da corte sem levantar nenhuma suspeita? Dificilmente um sentinela como Carpius e, certamente, nenhum deles.

Sefirha quase rosna para mim.

— Não pense que é a única carta que temos na manga. Você pode ser facilmente substituída, Allabrianna Pullci.

— Você sabe que não! Quem mais do meu *status* gostaria de participar dessa revolução além de mim? Você precisa de mim e sabe disso. E sabe que nenhuma pessoa da minha família vai morrer, não importa quão nobre seja a sua causa.

Nalon e Sefirha me encaram com raiva e ainda parecem irredutíveis. Wov me analisa de cima a baixo, pensando em todas as possibilidades que tem.

— Não vamos matá-los — diz Wov, mas uma ideia de *ainda não* permanece no ar, sem que ele precise dizer as palavras.

Nalon e Sefirha ficam indignados, mas Wov continua:

— Eles serão mantidos sob custódia, neutralizados. Podemos forçá-los a entregar o trono e a jurar lealdade a nós. Depois, poderão voltar para Pullci.

— E a Casa Jidan? Nenhum deles será morto também — digo a ele rapidamente.

Para a minha surpresa, ele sorri.

— Nem pensaria em matar o noivo de uma integrante da Horda — afirma. — Você tem a minha palavra.

— Muito bem — digo. Pela primeira vez, acho que disse as coisas certas perto dessas pessoas.

— Agora podemos ir para os alvos — diz Nalon, ainda frustrado. Ele, com certeza, gostaria de ver toda a minha Casa morta. — Precisamos enfraquecer o rei o máximo possível antes do ataque final.

— As Casas mais fortes são Sotlan, Pei e Togun. Matar os duques dessas Casas enfraqueceria muito o rei. Ou, pelo menos, iria assustá-lo — digo.

— Qual Casa você acha que o enfraqueceria mais? Não pretendemos apenas o assustar, isso o tornaria cada vez mais recluso e faria com que ficasse mais difícil chegarmos até ele — diz Wov.

— Vocês têm que entender que não podem trabalhar apenas aqui. Precisam fazer com que toda a região seja afetada. Os nobres precisam ser enfraquecidos, e não mortos — respondo.

Nalon e Sefirha riem para mim. Pergunto-me se algum dia deixarão de me odiar, não importa quantas coisas óbvias eu fale.

— Você não sabe nada sobre as operações da Horda. Não sabe nada que acontece fora do palácio. Pobrezinha da duquesa de Pullci, mantida na ignorância pelo pai e pelo irmão que ela tanto odeia, mas tem vergonha de admitir — coçoa Sefirha.

Fico em silêncio enquanto ela pega um papel com a mulher que apontou uma arma para mim antes. Ela o desdobra e vejo que são pequenas anotações.

— 17 de outubro de 652. Jato roubado da base aérea de Genova. Dois inimigos mortos. Nenhum da Horda morto. Um ferido — ela olha para mim e espera minha reação. Obviamente, eu não sabia de nada disso. Ela sorri e continua: — 23 de novembro de 652. Trem de Sotlan que carregava pedras preciosas descarrilhado. Mais de uma centena de inimigos mortos. Um da Horda morto. Quatro feridos. As pedras restantes foram recolhidas e vendidas para os reinos do leste — ela olha para mim de novo, me perguntando silenciosamente se ainda duvido. Nego com a cabeça. — Muito bem! — diz ela.

— Não duvide da nossa capacidade, Allabrianna Pullci. A Horda é mais poderosa do que parece. Não pense que não sabemos o que estamos fazendo.

Fico sem reação. Parece que eles não são mais apenas o grupo de rebeldes revolucionários desorganizados que eu pensava. São maiores e mais articulados do que eu imaginava. Queriam que eu os tratasse com respeito e conseguiram.

— E agora que sabe o que podemos fazer, qual Casa enfraqueceria mais o rei?

Penso em qualquer uma que não afetaria diretamente a minha. Qualquer uma da região Norte está fora de questão e a Casa de Camilla também.

— Casa Togun. É a mais tradicional. Se eles caírem, o rei perde a confiança. São especialistas em sobrevivência, um exemplo para todo o reino.

Wov assente, fazendo com que todos concordem automaticamente. Ele dá um aceno para a guarda na porta que vem ajudá-lo a se levantar. Quando estou na porta, prestes a sair, ele faz com que eu o olhe nos olhos e diz:

— Cumpra com a sua parte do acordo, Allabrianna Pullci.

Em outras palavras, se eu vacilar, estamos todos mortos.

Capítulo 14

TALRIAN

 Após ter sumido do seu próprio casamento ontem à noite, Brianna dorme até tarde. Eu acordo mais cedo pela primeira vez em alguns dias e tomo café com Radiani. Ele vem até o meu quarto para que possamos conversar na varanda. Camilla dorme também, nunca pensei que alguém pudesse ter tanto sono quanto ela. O deserto parece menos quente hoje, se é que isso é possível. O céu tem algumas nuvens e o ar parece mais úmido. Se fosse mais tolo, diria que há alguma possibilidade de chover.

 — Você sabe por que ela simplesmente sumiu? — pergunto para ele o que realmente quero saber. Ele contrai o maxilar, desconfortável.

 — Não — ele diz, dando mais uma colherada na salada de frutas que está comendo —, mas tenho minhas suspeitas.

 Deixo o assunto por isso mesmo. Está cada vez mais difícil entender o comportamento de Brianna nesses dias, então, sinceramente, prefiro não saber.

 Olho pelas cortinas e vejo que Camilla continua dormindo. Ontem à noite, ela bebeu muito mais do que no dia do nosso casamento. Tentar controlá-la é como puxar as rédeas de um dragão enfurecido.

— Ela parece ter te perdoado — ele diz, sem eu ter perguntado nada — pelas coisas que você fez no dia da manifestação e da reunião.

Quase rio, mas ele mantém uma expressão séria. Radiani sempre parece ser o conciliador de nossas brigas. Enquanto Brianna e eu gritamos um com o outro, ele apenas tenta nos manter calmos. Suspiro e digo:

— Isso não adianta de nada, você sabe — digo. — Vou falar ou fazer alguma coisa e ela vai ficar com raiva de mim de novo. Ela não entende.

— Não entende mesmo e é disso que eu tenho medo — ele diz. — De ela fazer alguma besteira da qual não consiga mais voltar atrás.

— Você acha que isso é possível? — pergunto. Penso em Brianna fazendo algo passível de meu pai trancá-la em uma cela ou mandar executá-la. A ideia parece tão absurda que não a vejo como possibilidade.

— Não faço a menor ideia — ele diz, e é isso que me assusta mais.

Camilla está mais à frente. Tenho dificuldade para acompanhar seus passos no meio do deserto. Não sei que tipo de bicho pode vir de baixo da areia e me sugar para dentro dela. Ela realmente insistiu para que eu viesse. Disse que era algo que eu não podia perder. Não entendi direito o que ela estava me chamando para ver, mas, quando percebi, estava no meio do sol escaldante do deserto, com a cidade desaparecendo cada vez mais às minhas costas.

Foi um sofrimento convencer meu pai a deixar que fizéssemos essa pequena aventura, mas Vitor interferiu e falou que *realmente* era algo que eu não podia perder. Desejo agora que não tivesse se intrometido.

Saímos da pequena região dos Selium em um carro, que nos levou até a fronteira de Genova. Estamos longe de qualquer civilização, mas Camilla parece conhecer cada duna como a palma da mão.

— Vem mais rápido! — grita Camilla.

É triste saber que ela está diminuindo o ritmo. Beatrix também veio conosco e ela não se preocupou em nos esperar. Está muito mais adiante. Camilla volta mais alguns passos para me ajudar.

— Você é devagar demais — ela ri.

Em minha defesa, é difícil andar em um tipo de areia que faz seus pés afundarem mais de um palmo a cada passo, e cada toque em cada grão, por menor que seja, arde como um corte.

— Crianças de cinco anos de Genova fazem isso todos os dias, sabia?

— Que bom que não sou uma criança de cinco anos que mora em Genova, então — bufo e ela abre um sorriso ainda maior.

Ela me ajuda a subir e a escalar a última duna e me força a olhar para o horizonte. Minha visão demora alguns segundos para se adaptar ao sol, mas depois vejo o que ela queria me mostrar, enfim.

Um grande lago de águas cristalinas surge no meio da areia. Tão grande que é quase impossível ver o seu final. Um pequeno rio deságua nesse lago e algumas ilhotas com palmeiras despontam na água. Beatrix sorri lá de baixo.

— Sabia que você ia gostar! — diz Camilla. Percebo, pela primeira vez, que estou sorrindo — Vamos lá. Deve fazer um tempo que você não vê tanta água.

Descemos a duna rapidamente e nos encontramos com Beatrix, que já está na água. O lago é mais profundo do que imaginei, porém, dá para ver tudo embaixo da água, muito mais do que em Pullci. Alguns peixes nadam na beira do lago, criando um arco-íris no fundo.

Camilla e Beatrix pularam na água mesmo sem tirar o vestido. Eu tiro os sapatos e pulo também. A água doce parece mais pesada do que a salgada, com que estou habituado. A sensação dela na pele é diferente, mas rapidamente me acostumo.

Elas não me esperaram e já começam a nadar até uma das ilhas no meio do lago. Nesta água é muito mais fácil de nadar do que em casa, pois não tem correnteza, permitindo que eu as ultrapasse sem dificuldade.

— Ei! Espera a gente! — grita Beatrix quando vê que eu acabei de passar por ela. Não paro, continuo nadando até chegar ao pequeno banco de areia com algumas palmeiras no meio do lago.

Camilla e Beatrix chegam alguns segundos depois. Parecem muito mais cansadas do que eu. Camilla se deita na areia e respira fundo.

— Nadar cansa muito mais do que a guerra — ela diz e eu rio. — Estou falando sério.

— A adrenalina faz milagres mesmo, mas não é tão difícil; é só mexer os braços e as pernas.

Ela faz uma cara feia para mim e eu quase caio na risada de novo. Beatrix não liga para nós e começa a ir mais para dentro da ilha, afastando os galhos das árvores com as mãos.

Camilla se senta do meu lado e ajeita os cabelos agora encharcados. Aos poucos, os passos de Beatrix se tornam menos audíveis.

— Deveríamos ir atrás dela? — pergunto, e Camilla apenas dá de ombros.

— Ela sabe se virar. Já viemos aqui — ela diz e eu fico em silêncio. — Deve estar se perguntando como isso é possível.

— Eu sei como oásis funcionam. Só não sabia que tinha um tão perto do palácio — respondo.

— Te trouxe aqui porque sabia que ia gostar. Vocês têm mesmo uma relação diferente com a água, então sabia que era o único lugar que realmente ia te satisfazer.

Fico bastante grato e percebo que ela ficou um pouco envergonhada ao falar isso. Não a culpo. Boas ações não são algo que fazemos com frequência.

— Obrigado, de verdade — digo a ela, porque estou mesmo agradecido. Sinto como se tivesse finalmente preenchido algo que faltava em mim há muito tempo.

Ficamos sentados ali algum tempo, com os pés na água, conversando sobre coisas inúteis que, em geral, não teríamos nenhum tempo para conversar em um dia normal. Camilla brinca com os peixes, deixando-os se aproximarem dos seus pés apenas para dar um susto neles e espantá-los para longe.

— Talvez a água não seja tão ruim assim, afinal — ela sorri e eu também. — Se for doce. E calma.

— Decepcionante — digo, balançando a cabeça, e ela dá uma risada. — Você não vai aguentar um dia em um barco.

— Não vou mesmo. Todos nós temos as nossas fraquezas. Eu nado que nem uma pedra e você bebe igual a uma criança — ela diz.

— Prefiro não recorrer ao alcoolismo como certas pessoas — digo, olhando para ela, que balança a cabeça, rindo.

— Isso sem falar nas suas habilidades para a dança e para caminhar no deserto — ela completa e eu jogo água na cara dela, que devolve na mesma moeda.

Depois de um tempo, nós dois entramos na água e ficamos boiando. Olhando para o céu azul. As nuvens ficam cada vez mais densas e juntas, e começo a ver que a possibilidade de chuva pode ser real.

— Geralmente, só chove algumas vezes por ano no deserto — diz Camilla, parecendo ter lido os meus pensamentos. — Mas nós estamos em agosto, não vai chover tão cedo.

— É assustador quando você consegue adivinhar o que as pessoas estão pensando — digo. — De verdade.

— É fácil quando a pessoa do seu lado está olhando para o céu com tanto interesse — ela sorri enquanto um trovão soa.

— Vamos ver se a sua teoria está certa, então — digo a ela, que revira os olhos.

À medida que o sol vai desaparecendo, me sinto cada vez mais cansado e a água cada vez mais leve. Beatrix já voltou de sua pequena aventura na ilha e fica sentada na margem olhando para nós. Camilla também parece cada vez mais sonolenta, bocejando regularmente.

— Alguém sabe que horas são? — pergunto para as duas.

Beatrix dá uma olhada rápida para o céu e diz:

— Aproximadamente seis e meia.

Olho para ela como se estivesse brincando, mas ela permanece impassível e diz:

— Estou falando sério!

Camilla ri, impressionada com a minha ignorância.

— Não temos muito relógios quando estamos no deserto, então usamos o sol e a lua para sabermos as horas do dia e da noite — ela explica. — É uma das primeiras coisas que aprendemos em Genova.

O sol está começando a se pôr e é isso que importa, apesar da água estar ficando mais fria. Beatrix se levanta e pula na água para um último mergulho.

Todos nadamos até a margem. Eu tomo o cuidado especial de ir bem devagar para acompanhar Camilla e Beatrix no ritmo delas. Quando chegamos à mesma duna de antes, digo para Camilla:

— Obrigado. Estava precisando disso.

Ela sorri.

— Eu sei — ela diz, quando os primeiros pingos de chuva começam a cair.

A chuva no deserto é estranha. A água não é quente como você esperaria. É mais gelada do que qualquer outra.

Voltamos ao palácio dos Selium no mesmo carro em que viemos, porém, com frio e tremendo. Alguns guardas têm a bondade de nos dar alguns panos para que possamos nos enxugar, mas que acabam não ajudando em muita coisa, já que nossas próprias roupas estão encharcadas.

Beatrix entra no corredor dos Genova, mas eu e Camilla decidimos jantar em outro lugar. Alguns nobres parecem mais alvoroçados que de costume, mas os ignoramos e seguimos para a cobertura.

O salão de Giulia Selium, infelizmente, é o único na cobertura que possui uma cúpula de vidro. Vários nobres copiaram as nossas ideias e já se espalham pelas várias mesas que preenchem o lugar.

Sentamos em uma mesa no canto para não chamar muita atenção. A Casa Togun inteira está aqui. Ahmed me vê e me cumprimenta com um aceno.

Um criado vem rapidamente anotar os nossos pedidos. Depois que ele vai embora, Camilla se vira para mim e fala:

— Por que Radiani e sua irmã não puderam ir com a gente?

— Acho que eles tinham alguma coisa para fazer juntos — eu digo.

Ela sorri de um jeito que não consigo decifrar.

— É desconfortável? — ela pergunta, ainda sorrindo do mesmo jeito.

— O quê? — pergunto, sem entender o que ela quer dizer.

— Saber que o seu melhor amigo transa com a sua irmã.

Apesar de não ter nada a ver com os dois, enrubesço. Camilla continua me olhando com o mesmo sorriso no rosto, provavelmente achando toda a história muito engraçada.

— Obrigado por me lembrar disso bem na hora do jantar, Camilla — digo, e ela ri ainda mais.

— Pelo menos, eles são legais juntos. Não são como o meu pai e a minha mãe. Os dois são insuportáveis.

— Por quê? — pergunto.

— Eles só sabem brigar. Brigam o dia todo sobre qualquer besteira. E sempre sobra para a gente — ela estala a língua. — Não vou sentir falta.

Meus pais sempre foram muito pacíficos um com o outro, então não posso dizer que sei como é a experiência. Acho que a briga mais grave que já tiveram foi por conta do nome do meu irmão Edmin.

Nossos pratos chegam mais rápido que de costume. Camilla tenta pedir uma taça de vinho, mas eu a impeço. Ela já bebeu demais nos últimos dois dias.

Ficamos olhando a chuva bater no teto de vidro acima de nós e escorrer até a base da cúpula. Apesar de a maioria do salão estar ocupada por pessoas mais velhas, algumas crianças ainda fazem uma algazarra. Todos olham feio para essas mesas, mas os pais não parecem se importar. Apenas conversam casualmente enquanto suas crianças gritam no meio do salão.

Depois que acabamos de comer, Camilla puxa um pequeno pacote do bolso e o põe na minha frente.

— O que é isso? — pergunto. Ela sorri enquanto começa a desembrulhar o que quer que seja.

— Em Genova, temos a tradição de respeitar as pessoas com as quais nos casamos. Para as pessoas do início da Casa, a melhor forma era com um presente que realmente representasse as características do seu parceiro. Algo que o fizesse se sentir em casa, não importa onde estivesse.

Ela termina de desembrulhar e coloca o objeto na minha mão sem que eu o veja. Sinto sua superfície metálica e abro a mão para poder saber o que é.

Vejo um relógio de ponteiros, um modelo antigo. Quase ninguém sabe ler um desses mais, existem pouquíssimos em todo o reino. O círculo preto cravejado de diamantes tem alguns detalhes interessantes. Há uma pequena bússola no topo, tão pequena que nem conseguiram escrever as letras dos pontos cardeais, apenas o ponteiro com a ponta vermelha indica onde fica o Norte.

O relógio tem três ponteiros prateados num fundo azul. Na realidade, não são ponteiros. São pequenos *tridentes* que marcam as horas, minutos e segundos. Camilla olha para mim com ansiedade, como se perguntasse se eu gostei.

— É muito bonito — digo, e ela parece relaxar e se animar um pouco. — Como você teve essa ideia?

— Falei com Radiani. Ele me disse que você poderia gostar, então mandei fazer lá em Genova — ela diz enquanto me vê colocar o relógio no pulso. — Desculpe a demora. Eles precisavam de alguns dias para fazer.

— Não tem problema — digo, terminando de prendê-lo no pulso.

— Ele é a prova d'água também — ela completa.

Não sei por quê, mas isso me faz sorrir ainda mais.

— Obrigado de novo — digo.

Ela sorri de volta logo antes de um criado chegar e dizer que havia outros nobres interessados em usar nossa mesa. Assentimos e saímos, também porque já está bem tarde.

Voltamos para o nosso quarto e ficamos sentados na cama, em silêncio. Camilla lê um livro e eu só fico olhando para o teto, criando coragem para tomar banho.

— Bom, eu vou tomar banho já que você não vai — diz Camilla, e eu assinto. Ela pega uma camisola no armário e vai para o banheiro.

Resolvo dar uma pequena volta pelo palácio enquanto ela termina, mas não tenho nem a oportunidade de sair do corredor antes de ouvir um homem gritar alguns corredores à esquerda. Tiros se seguem ao grito e as poucas pessoas que estão no corredor comigo parecem desesperadas.

Radiani abre a porta do seu quarto, assustado. Ele olha para mim como se eu tivesse alguma resposta, mas eu não tenho nenhuma. Apenas fico parado, perplexo, enquanto as pessoas continuam a gritar.

A maioria das pessoas da minha Casa já saiu dos seus quartos. Eles olham para mim esperando alguma ordem. Recomponho-me rapidamente e digo:

— Quero cinco soldados comigo agora! Vamos ver o que está acontecendo.

Eles assentem e voltam com armas para perto de mim. Muito mais de cinco, mas acho que isso não tem nenhum problema. Brianna também bota a cabeça para fora da porta e vê todos os soldados armados ao meu lado.

Radiani sai atrás dela, mas o detenho. Seguro-o pelos ombros e digo:

— Haja o que houver, não deixe que Brianna saia desse quarto.

Ele concorda e volta para dentro, mas não antes de ordenar que alguns soldados dele me acompanhem. Quando vejo que todo o contingente está pronto, corremos até o local de onde os gritos estão vindo.

É o corredor da Casa Togun. Algumas pessoas ficam olhando para dentro, me pergunto por que não fazem nada. Tenho minha resposta assim que chego lá.

Os gritos vêm de dentro de um dos quartos. Alguns corpos se espalham pelo corredor, mas o resto dos vivos, com certeza, está atrás da porta à nossa direita. Alguns outros soldados e duques de outras Casas também chegam, parecem tão confusos e atônitos quanto o resto. Quem ordenaria que uma Casa inteira fosse morta? Ainda mais uma das mais tradicionais do país. Um dos soldados tenta abrir a porta, mas vê que está trancada. O duque da Casa Mishkova grita para seus soldados vestidos de roxo:

— Formação! Arrombem esta porta!

Os soldados rapidamente usam os escudos escondidos embaixo de seus uniformes. São todos a prova de balas, mas pequenos demais para cobrir o corpo todo. Quando se jogam contra a porta, fazendo-a tremer, ouço o grito de um homem com o sotaque de Pullci lá dentro:

— Matem todos agora! Eles estão chegando!

Os soldados das outras casas se posicionam atrás da parede humana que a Casa Mishkova fez para todos. Eles dão mais algumas investidas contra a porta, o que a faz ceder.

Tiros derrubam alguns dos que estão à frente nas fileiras, porém, ao invés de recuarem, eles continuam avançando, atirando e matando tantos inimigos quanto possível. Os demais soldados seguem atrás deles, até que o quarto esteja cheio.

Alguns gritos ainda são ouvidos lá de dentro, mas diminuem pouco a pouco. Ouço os soldados gritarem:

— Pela janela! Estão indo pela janela!

Os gritos vão cessando, dando lugar a um silêncio absoluto. Ficamos todos paralisados até que um dos soldados de Radiani vem até mim.

— Está tudo controlado. Conseguimos salvar alguns e matamos a maioria dos inimigos, mas alguns fugiram pelas janelas e desapareceram lá embaixo — ele diz, com o coração acelerado. Coloco a mão em seu ombro para dar a ele a oportunidade de se acalmar. — Achamos que foram para os hangares.

Camilla chega atrás de mim como se tivesse acabado de perceber a comoção. Ela se impressiona ao ver os corpos no chão e sussurra para mim:

— O que está acontecendo? — ela aperta o meu braço.

— Não faço a menor ideia — sussurro de volta e ela aperta meu braço mais ainda.

— Fizemos alguns prisioneiros — o soldado adiciona. — Podemos trazê-los aqui, se desejar.

— Sim, eu gostaria de ter uma palavrinha com eles — digo. Ele assente e volta lá para dentro.

Segundos depois, volta com os prisioneiros. Três, no total. Não devem ter mais de trinta anos. A única mulher usa uma fita marrom no pulso. Era uma criada da Casa Togun e tem dificuldade para me encarar. O primeiro dos homens tem a pele negra e carrega algumas fitinhas coloridas na lapela e no pulso. Um símbolo da Casa Orixis. Eu me pergunto se é outro criado ou apenas alguém da região. O último é de Pullci. Ele tem várias ondas tatuadas no braço esquerdo, uma homenagem aos deuses. Impossíveis de se ignorar. Ele me encara com um olhar de puro desprezo e cospe na minha direção.

— Não serei mais seu escravo, duque de Pullci — ele diz. — Nem eu, nem nenhum de nós! Seu título não durará por muito tempo.

Eu me aproximo dele. O rei chega pelas minhas costas, mas prefere falar com o duque de Mishkova. Olho nos olhos dele. Ele tem os olhos pretos e a pele queimada, típica do arquipélago. Era, provavelmente, um pescador, e nunca deve ter sido recrutado para o exército.

— Horda do Povo — digo e ele continua me encarando. — Por que arriscar tanto a sua sorte?

Ele ri de mim, mas se surpreende quando sorrio de volta. É fácil demais manipular as emoções de alguém ordinário.

— Sorte de trabalhar até morrer? — ele sussurra.

Me inclino tanto em sua direção que ele quase cai para trás.

— Sorte de não precisar viver como um rato. E você desperdiçou a sua.

— O que vamos fazer com eles? — pergunta um dos meus soldados, que aponta a arma para a cabeça da mulher. — Eles mataram a Casa Togun inteira. Sobraram apenas dois.

Ele aponta para um bebê de alguns meses e uma mulher que o carrega. Não deviam ser nada importantes dentro da Casa, mas tiveram a sorte de se salvar. Ahmed não está entre eles. Penso em como ele estava sorrindo há apenas alguns dias, no meu casamento.

— Cada Casa deve tomar responsabilidade pelo seu prisioneiro — diz o rei. — Agora mesmo. Minha prisão já tem ratos suficientes — ele se vira para a sobrevivente da Casa Togun e diz: — Qual você gostaria que fosse a punição?

Ela encara a mulher. Um olhar de puro ódio. Essa mulher pode ter matado seus familiares na sua frente há poucos minutos e, agora, ela tem a oportunidade de se vingar.

— Matem-na — ela diz.

Meu soldado acena com a cabeça, atirando na cabeça dela com a pistola. O tiro ecoa pelos corredores do palácio. Todos fazem silêncio total.

— Duque de Orixis, seu veredito? — o rei pergunta ao homem que se veste com uma túnica colorida ao seu lado.

— Podem matar — diz ele, enojado.

O soldado de Mishkova aperta o gatilho e mais um corpo cai no chão, que começa a ficar cada vez mais vermelho.

O rei se vira para mim:

— Mais um belo trabalho da Casa Pullci, removendo a escória do meu reino — ele fala com uma pitada de orgulho. — Seu veredito?

Olho para Camilla, que observa com raiva os dois mortos. Não preciso que me diga nada para saber a sua resposta.

Para a minha infelicidade, alguém extremamente indesejado me interrompe.

Brianna chega correndo e vê todos os corpos. Ela olha para o homem aos meus pés e, depois, para mim. Radiani não conseguiu impedi-la de sair do quarto, é claro.

— Você não precisa fazer isso, Talrian — ela diz.

Pela primeira vez, não me sinto decepcionado por minha irmã não entender como o mundo funciona. Sinto *raiva*. Ahmed está morto, assim como toda a sua família. Por que ela se preocupa mais com os ratos aos meus pés do que com o seu próprio sangue?

Pego a arma das mãos do guarda de Mishkova e aponto para a cabeça do homem, que murmura palavras que não consigo decifrar. *Língua antiga*. Ele é mesmo de Pullci.

Espero ele terminar de rezar. Ele me encara com ódio e diz:

— Mande meu corpo para a água.

Assinto para ele e olho nos olhos de Brianna.

— Não me diga o que fazer — e aperto o gatilho.

Capítulo 15

ALLABRIANNA

Bato a porta atrás de mim quando volto para o quarto. Radiani entra um pouco depois, calmo como sempre.

Por que eles fizeram isso?, penso. Essa pergunta é direcionada a todos. Por que a Horda atacou quando sabia que haveria retaliação? Poderiam ter esperado... ainda faltam mais de três semanas para o casamento do príncipe. Não é como se fosse o fim do mundo. E por que Talrian precisa ser como... Talrian? Ele não hesitou em matar Nalon na minha frente. Olhando nos meus olhos. Fez isso só para mostrar que podia. Para alimentar seu orgulho assassino e covarde. É um ódio muito grande! Não sei se conseguirei suportar isso por muito mais tempo.

Radiani só olha para mim, desolado. Apartar nossas brigas sempre foi o papel dele, mas algo em seus olhos diz que ele não quer mais que seja assim.

Eu me deito na cama e começo a chorar. Radiani vem e se senta ao meu lado. Não me abraça ou diz que está tudo bem, como geralmente faz. Ele só olha para mim.

— Por que você se importa? — ele pergunta. Provavelmente, sempre quis saber isso.

— Por que você *não* se importa? Acho que é uma pergunta melhor — eu digo. — Você... você era do povo também! Você veio deles! E agora apoia tanto o rei quanto Talrian e o resto.

— Meu avô nunca foi um deles. Meu avô pode ter nascido em uma região que oprimia as pessoas, mas ele subiu na vida. Percebeu que a melhor oportunidade para ele e sua família era trabalhar duro e não matar uma Casa inteira e fugir pela janela — diz Radiani.

Eu o encaro e ele continua impassível. Acredita completamente no que diz, sem sombra de dúvida.

— Não fale como se todos eles conseguissem fazer o que seu avô fez — digo. — Não é como se todos tivessem condições.

— Todos têm uma escolha. Minha família fez a nossa e eles fizeram a deles.

Ele suspira. Parece estar tentando se acalmar.

— O que eu não entendo é que você tem tudo. Tudo que pode acontecer de bom com você aconteceu. Entendo que você quer algum tipo de igualdade, mas, por favor, não deixe que isso *controle* você.

Ele deve saber. Congelo. Ele deve ter deduzido que sou da Horda. Ou ele guarda esse segredo, ou estamos todos mortos.

— Eu confio em você, sei que nunca faria alguma besteira como ordenar que matassem uma Casa inteira — ele diz, e meu coração para de bater por um segundo. — Mas não quero ver a pessoa que mais amo se metendo em confusão por algo impossível.

Fico em silêncio. É óbvio que ele acredita que é impossível. O mundo de antes se perdeu há muito tempo. Sobraram apenas histórias, passadas de geração em geração, e ninguém sabe o quão reais elas são.

Ele suspira de novo e diz:

— Vou tomar um banho. Preciso esfriar a cabeça.

Deito-me na cama e fico olhando para o teto. Nalon falou alguma coisa para Talrian naquela hora e ele concordou. Pergunto-me o que pode ter sido.

Saio do quarto furiosa e me deparo com Camilla passando pelo corredor, conversando com o duque de Mishkova. Ele é um homem negro, mas seus olhos são de um marrom-claro que combina muito bem com seu rosto já idoso, deixando-o muito bonito.

Ele manca de uma perna e percebo que seu braço esquerdo é amputado na altura do cotovelo. Mais um nobre aleijado pela guerra, e mais um que votou a favor dela. Simplesmente não consigo entender. Conheço seus netos, que são um pouco mais novos que eu. Ele está disposto a jogá-los em um campo de batalha apenas para manter sua posição de conselheiro do rei. Me dá nojo.

Camilla olha para mim e não recebo um sorriso gentil como ela geralmente me dá quando nos cruzamos. Ela parece com raiva de mim. Eu me aproximo em alguns passos. O duque de Mishkova percebe e se afasta com um aceno de cabeça, deixando nós duas a sós.

— Por que você fez seu irmão passar aquela vergonha na frente de todo mundo? — ela diz, olhando nos meus olhos com desprezo.

— Vergonha? — protesto, com lágrimas surgindo nos meus olhos. — Ele matou um homem desarmado na frente de centenas de nobres. Você está dizendo que eu o fiz passar vergonha?

— Aquele rato merecia mais do que a morte. Ele era o representante de Pullci naquele momento. Seguiu o exemplo dos outros nobres e se livrou de uma chaga para o reino — ela respira fundo —, enquanto você desafiou as ordens do seu próprio sangue, exatamente como havia feito na reunião com o rei. Fez com que o meu marido parecesse não conseguir se deixar ser respeitado pelas pessoas subordinadas a ele. O fez parecer fraco.

Ela já se refere a Talrian como seu, isso me faz enlouquecer de raiva. Ela não se importa com a vida daquele homem. Ela sabe que uma Casa Pullci desunida significa uma Casa Pullci fraca, e, agora que estão unidos por laços de sangue, os Genova também começam a parecer fracos.

— Não sou uma assassina, não vou defender meu irmão, por mais que seja meu próprio sangue, por matar inocentes — digo, com a voz tremendo.

— Aqueles ratos não são inocentes. Poderiam ter sido nossas Casas a serem mortas. Temos que dar o exemplo, a impressão de que ainda estamos fortes e unidos, e você estragou essa impressão.

Fico em silêncio. É óbvio que ela não concorda comigo, ninguém concorda. Ela foi criada para a guerra, e acha que a morte é a única maneira de vencer.

Ela se afasta e uma lágrima desce pela minha bochecha, decepcionada que meu irmão possa estar casado com alguém tão desprezível.

— Como vocês podem ter feito um ataque tão idiota e fadado ao fracasso? — pergunto a eles.

Estamos em um galpão enorme, perto de onde ficam os aviões. Os quatro me olham com raiva ou, no mínimo, intrigados.

— Uma Casa inteira morreu. A Casa que você nos deu o nome. Não é hora de ser sentimental — diz Sefirha, que, apesar dessas palavras, continua brava por Nalon ter sido assassinado pelo meu irmão. Ela olha para mim como se eu tivesse alguma culpa.

— E Nalon pediu para ocupar a posição de comandante do ataque. Fez uma escolha e acabou morrendo. Acontece — diz

Wov. Ele fala como se não se importasse nem um pouco. Um soldado morto não é nada para ele; outro ocupará o seu lugar.

É por isso que o outro está aqui. Clerck Blinoy, de Mishkova. Quando Nalon morreu, eles foram rápidos em substituí-lo. Ele tem cabelo loiro espetado e não deve ter mais que quarenta anos. Ele me olha com o único olho que sobrou. Provavelmente, não gosta de mim, como a maioria das pessoas nesta sala.

— Consideramos o ataque um sucesso — ele diz. — Apenas dez mortos da Horda contra setenta e cinco da Casa Togun e três soldados inimigos, dois de Mishkova e um de Jidan.

Wov assente como se o assunto estivesse concluído. Ele se vira novamente para mim e diz:

— Qual será nosso próximo alvo, duquesa de Pullci?

— Não vou mais dar nomes para vocês — digo a ele. — Por sua causa, uma Casa inteira morreu. Crianças e idosos, eu vi todos os corpos. Por suas ordens, Nalon está morto. Eu não vou mais falar o nome de ninguém. Não vou carregar o sangue dessas pessoas em minhas mãos.

Ele só me encara. Deveria estar com raiva, mas seu corpo parece ficar cada vez mais relaxado, até que ele abre um sorriso.

— Duquesas não são mesmo feitas para a guerra, exceto uma em especial. Muito próxima do seu irmão...

Percebo imediatamente de quem ele está falando e nego com a cabeça.

— Você não vai matar Camilla.

— Não me diga o que posso ou não fazer! — ele se levanta em um pulo. — Eu tenho todas as oportunidades nas minhas mãos. Os avós daquela vadia me mandaram para a guerra quando eu tinha dezesseis anos. Sobrevivi até os quarenta sob o comando do pai dela. Eu tenho as armas e o poder aqui. Se quiser, posso dar um tiro em você agora e te enterrar no deserto. Não pense que entende o que sentimos em relação a pessoas como você! Não ouse tentar entender.

Ele respira e se senta novamente, mas todos continuam olhando para mim com a mesma expressão de raiva de sempre. Fico paralisada, assustada com a sua súbita explosão.

— Temos nossos motivos para odiá-la — completa Metisa. — Vários nobres apoiam nossa causa e apreciamos sua ajuda, mas não temos por que deixar vivas as pessoas que nunca nos darão nada além de miséria. São obstáculos inúteis e precisam ser removidos pelo bem maior.

— Repito a pergunta — Wov diz, muito mais calmo agora. — Qual será o nosso próximo alvo, duquesa de Pullci?

— Não sei — digo, porque realmente não faço a menor ideia.

— Então, está decidido. O ataque na Casa Genova acontecerá ainda hoje. Vamos comunicar aos soldados que usaremos o mesmo plano de ontem. Dessa vez, sem falhas. O rei não vai hesitar em matar todos, se tiver a oportunidade.

Eles se levantam e saem. Sefirha continua a me lançar olhares raivosos, mas eu não me importo mais. Tenho que parar de me sensibilizar com essas pessoas. Camilla vai morrer hoje à noite.

Capítulo 16

TALRIAN

O palácio todo está alvoroçado depois do atentado de ontem. Reuniões até tarde com membros de várias Casas. Quando o rei nos convoca de volta ao salão para fazer um pronunciamento, percebo que algumas pessoas estão faltando.

— Vocês, com certeza, já sabem dos ataques que aconteceram ontem no palácio. Uma das Casas mais representativas dos nossos ideais foi brutalmente assassinada pelos terroristas conhecidos popularmente como "Horda do Povo".

O salão todo faz silêncio em luto pelas pessoas que morreram ontem. Talvez sejam amigos, maridos, esposas, pais ou filhos dos que estão aqui. Os únicos dois que sobraram da Casa Togun estão ao lado do rei, com a cabeça erguida.

— Após uma investigação que durou a noite toda e o começo da manhã de hoje, conseguimos obter informações mais precisas sobre todos os responsáveis. Alguns podem ser parentes ou amigos seus, mas, infelizmente, resolveram apodrecer junto com as ideologias fanáticas dos terroristas.

Ele puxa um papel do bolso. Uma lista. Com dezenas de nomes. Ele limpa a garganta e começa a ler.

— Adrion Mini. Por participar da chamada Horda do Povo e por seu envolvimento no assassinato de mais de setenta membros da Casa Togun, sua sentença é a morte. Apresente-se para a execução.

O jovem de aproximadamente vinte anos, que imagino ser Adrion, chora enquanto os guardas o levantam de sua cadeira e o arrastam até a frente. Eles nem esperam que seu choro cesse. Apenas apontam a arma para sua cabeça e atiram. Retiram seu corpo como se fosse um saco de lixo e fazem um sinal para o rei.

O salão inteiro permanece paralisado enquanto o cadáver de Adrion é retirado. Resta apenas uma poça vermelha de sangue em sua memória. O rei não hesita e nem limpa a garganta antes de dizer o próximo nome.

— Olmo Suezio. Por participar da chamada Horda do Povo e fornecer informações confidenciais sobre membros da nobreza, sua sentença é a morte. Apresente-se para a execução.

Os guardas têm mais dificuldade em contê-lo, já que Olmo esperneia e tenta se libertar a todo custo, mas, após alguns minutos de luta, eles conseguem matá-lo.

Então, o rei nos chamou aqui para uma execução em massa. Não consigo deixar de pensar na frieza de suas ações. Trazer todos os membros da nobreza aqui, inclusive crianças, transmite uma mensagem bastante clara: não importa quem você seja, quantos anos tenha ou os serviços que presta ao reino, você não está livre das consequências de suas escolhas. Ninguém se preocupa em confirmar a veracidade das afirmações do rei. Apenas assistem, tiro após tiro, os nobres caírem.

Brianna se senta algumas cadeiras à minha frente, mas não parece mais se afetar. Ela apenas fecha os olhos, não quer ver mais nada.

Dezenas de nobres das Casas Catala, Mini, Suezio e Vermiko são executados. Quando o rei finalmente encerra a matança, diz:

— Agora que todos os nossos inimigos foram executados e isso foi transmitido obrigatoriamente para todo o reino — ele aponta para as câmeras atrás de todos nós —, podem sair. Estão liberados e espero que tenham um bom dia.

Vários se levantam o mais rápido possível e saem do salão. Eu fico mais um tempo encarando os corpos no chão, em estado de choque. Acho que ninguém esperava que isso fosse acontecer.

— Vamos embora, Talrian — Camilla diz e eu concordo. Levanto-me, ainda olhando para os corpos empilhados em um canto do salão.

Brianna olha para mim quando estou saindo. Ela não está com raiva, apenas pergunta sem emitir nenhum som: "você fez isso?".

Balanço a cabeça negativamente, devagar, e ela desvia o olhar.

Voltamos para o quarto. É, provavelmente, um dos únicos lugares seguros a partir de agora. Apenas pessoas de Jidan e Pullci podem entrar no corredor, já que oito soldados guardarão a entrada de hoje em diante.

Eles obviamente sabem quem sou, então deixam que eu e Camilla passemos. Entramos no quarto e trancamos a porta. Sento-me em uma poltrona perto da varanda, enquanto Camilla vai para o banheiro trocar de roupa.

Ela sai vestindo uma camisa verde e um short preto, pega uma garrafa de vinho no frigobar na varanda e volta com duas taças. Senta-se ao meu lado e oferece a bebida. Desta vez, aceito. Acho que também preciso esquecer o que aconteceu.

— Será que todos aqueles que morreram realmente eram da Horda? — ela pergunta.

— Não sei — dou de ombros —, não vejo como o rei saberia. Eles podem até ser terroristas, mas não seriam tão burros a ponto de revelar suas intenções ao rei.

Ela assente e continua a beber. Antes de terminar a primeira garrafa, pergunta:

— Você acha que alguma das nossas famílias pode ser a próxima a ser atacada?

Respiro fundo. Era exatamente isso que eu vinha evitando pensar desde o momento em que contei à Camilla o que havia acontecido na noite de ontem. Somos de Casas importantes, mas não sei se somos prioridade.

— Acho que eles podem atacar várias outras primeiro — digo. — Pei e Sotlan são muito mais importantes para o país como um todo. Mishkova e Orixis também. A minha Casa só fornece peixes e sal.

— Esse não é um bom jeito de se pensar — ela diz, abrindo a rolha de outra garrafa. — Minha Casa produz milhares de soldados. Se eles matarem muitos de nós, a guerra não se sustenta, não teremos pessoas o suficiente nas linhas de frente.

— Não é como se eles quisessem que o país fosse conquistado — respondo. — Eles devem ter seus objetivos, e acho que isso não envolve uma potência estrangeira que vai dominá-los.

Ela dá de ombros.

— Não ouso me colocar na cabeça de um deles. Não é o lugar onde uma pessoa sã gostaria de estar.

Ficamos em silêncio, bebendo por um tempo. Pedimos para um criado trazer nosso almoço no quarto e ficamos à espera, olhando pela varanda.

Um dos soldados vem trazer a comida até o nosso quarto. Sentamo-nos à mesa e eu começo a comer. Camilla só olha para as costelas no seu prato e diz:

— Tem alguma coisa errada com essa comida.

— Como assim? — pergunto. Ela continua a olhar para o prato com suspeita. Tudo parece perfeitamente normal para mim.

Ela corta a carne com desconfiança, acreditando em mim. Mas, quando divide a costela em duas, faz uma careta de decepção.

— Está muito malpassada — ela diz, olhando para o sangue que escorre da carne. Ela vai até a porta do quarto e chama um dos soldados para que possa trocar seu prato.

Ele parte e volta alguns minutos depois.

— Eles disseram que o prato agora só é feito dessa maneira, duquesa — ele informa. — Você quer que eu peça para eles fazerem outra coisa?

— Não precisa — ela diz, desapontada. — Vou comer assim mesmo. Obrigada.

— Estarei na porta se você precisar de outra coisa — ele diz, inclinando-se em uma reverência.

— Não entendo por que mudaram a receita. Era tão bom antes — ela diz, molhando o dedo no sangue do prato sem querer. Ela, então, lambe o dedo, mas rapidamente cospe e derruba o prato no chão, quebrando-o.

— O que aconteceu? — pergunto, enquanto ela corre para o banheiro.

Eu a sigo e vejo Camilla bochechar água desesperadamente. Seguro-a pelos ombros e a faço parar.

— O que tinha naquela comida?

Ela cospe a água que estava dentro da boca e diz, com lágrimas nos olhos:

— Veneno! Eles tentaram me matar também! — ela diz, enchendo a boca com mais água e cuspindo. — Disfarçaram o veneno com sangue para que eu comesse!

Ela parece bastante perturbada e treme muito. Eu a abraço, o único tipo de conforto que posso oferecer, mas ela se solta e grita:

— Eles podem estar matando o resto da minha família! — ela sai correndo do quarto e chega até os guardas, que bloqueiam a passagem dela por puro reflexo.

— Deixem-me passar! — ela grita, desesperada. Até onde eu sei, todos os seus familiares já podem ter comido a refeição sem suspeitar de nada. Se Camilla ficou apavorada com uma gota de veneno, imagine o que uma garfada pode fazer com uma pessoa.

Ela luta contra todos eles para poder sair do corredor. Os guardas parecem não saber o que fazer. Não podem deixar Camilla se expor ao perigo de sair, mas também estão impossibilitados de desobedecer a uma duquesa. Um deles acena com a cabeça para mim como se perguntasse o que fazer.

— Deixe-a ir — digo. Eles a soltam e ela sai em disparada pelo corredor. — Vocês vêm conosco. O prato dela estava envenenado.

Os soldados ficam petrificados. Camilla sempre tratou todos eles muito bem. Depois, ficam cheios de ódio ao descobrirem que alguém tentou matá-la.

— Quatro ficam, quatro vão — diz um dos soldados para todos os outros, que logo se dividem em dois grupos de acordo com as instruções.

Quando partimos pelo corredor, Camilla já está na frente do da sua Casa e fala com os guardas, que parecem assustados com o desespero dela.

— Eu tenho certeza de que seus pais ainda não pediram nenhuma comida — diz um dos soldados, mas ela parece não acreditar, até que Vitor sai do quarto, intrigado com a gritaria no corredor.

— O que houve? — ele pergunta aos soldados antes de ver Camilla chorando de alívio por ele ainda estar vivo. — O que houve com a minha filha?

Ela o abraça, aliviada. Os soldados de sua Casa se viram para mim, perguntando o que está acontecendo.

— Ela foi comer as costelas do almoço, misturaram veneno no sangue e serviram. Ela pensou que poderiam ter envenenado vocês também, depois do que aconteceu ontem.

— Que sorte que ela percebeu — balbucia um dos soldados. — Acho que ninguém de Genova pediu comida ou foi comer fora. Estou certo, Yann? — o outro soldado assente e permanece calmo.

Vitor se solta de Camilla e caminha com raiva até os soldados. Alguém havia tentado matar a sua filha em plena luz do dia.

— Acho que deveríamos ter uma *palavrinha* com os cozinheiros, não acham? — ele diz aos seus soldados, que concordam. — Dispensem seus amigos do horário de almoço e avisem-nos para não aceitarem comida de ninguém. Depois eu falo com o resto da Casa.

Os soldados chamam outros para ocuparem suas posições e partem com Vitor para a cozinha. Um deles conforta Camilla, dizendo que está tudo bem e que ninguém morreu.

— Acho melhor você voltar para os seus aposentos, duquesa — ele diz, olhando para mim. Ela assente e volta com os nossos soldados para o corredor, desta vez com mais calma.

Quando estamos quase chegando, vemos um criado um tanto quanto velho demais. Ele caminha com dificuldade e carrega as cores da Casa Mishkova. Há algo estranho com ele. Talvez sejam as cicatrizes ou a idade mais avançada.

Ele olha para mim e depois para Camilla. Tenta esconder as emoções no seu rosto, mas falha miseravelmente. A pior coisa que ele poderia ter demonstrado na nossa frente.

Surpresa. Foi ele.

— Peguem-no — digo para os soldados, que, inicialmente, ficam confusos, mas logo obedecem. Nem precisam correr, apenas trotar até o velho e depois trazê-lo em minha direção.

— Chame o rei! — grito para outro soldado, que sai depressa. O velho nem esperneia, pois sabe que foi derrotado. Nem consegue mais ficar em pé.

— Ele é da minha região — Camilla sussurra. A audição dele ainda deve estar afiada, pois responde:

— Wov Rossi. Legião dezessete. Comandada por Vitor Genova de 634 até 640. Lembra de mim?

Ela apenas o encara com nojo e desfere um soco em seu rosto. Ele cospe sangue e, em seguida, ela lhe dá outro soco.

O rei chega segundos depois pelas nossas costas e olha para o velho, que ainda cospe sangue, erguido por dois soldados de Pullci. Ele sorri.

— Pelo visto, você é da Horda. Estou certo? — ele não responde e o rei sorri ainda mais. — Vejo que você foi um soldado honrado, leal. Poderia ter subido fácil na vida.

Ele aponta para o único soldado de Jidan que está conosco. A pessoa que poderia ter escolhido participar de seus jogos terroristas, mas está do nosso lado. Wov apenas dá risada.

— Prefiro morrer a ser uma cadela dos Selium — ele diz, enfurecendo o soldado de Jidan.

— Não vou mais desperdiçar reféns. Mande esse homem para a câmara de tortura imediatamente. Esses ratos terão que aprender a falar — diz o rei.

— Que pena que isso nunca vai acontecer — ele diz como se falasse a uma criança. Ele morde o bolso da camisa antes que possamos reagir.

Veneno. O pó que deve ter sido misturado ao sangue do almoço de Camilla é rapidamente engolido pelo velho antes que meus soldados possam ter qualquer reação.

Ele logo começa a convulsionar no chão. Quer morrer o mais rápido possível. Um dos soldados segura o pescoço dele, o impedindo de engolir mais, mas o seu corpo idoso já consumiu o que precisava para seus objetivos. Ele morre alguns segundos depois, com os olhos ainda abertos e a garganta roxa pelo aperto do soldado. Não deve ter sido nada agradável.

O rei estala a língua enquanto olha para o corpo no chão, enojado.

— Que pena! — ele diz. — Recolham esse corpo e mandem para a vala comum como todos os outros.

Incluindo o corpo do homem que matei ontem, penso. Sou rápido em perguntar antes que ele saia:

— O homem de Pullci que morreu ontem pediu para que o sepultássemos na água. Se puder mandar o corpo dele para Pullci para que possam realizar os rituais de passagem, agradeceria muito.

O rei bufa, pensando que estou brincando. Mas ele olha para mim e vê que estou falando sério. Ele dá de ombros e fala:

— Sem problemas, mas toda a operação será paga por você. Não vou gastar um cromo meu com qualquer um desses terroristas.

Concordo com ele. Não esperava nada menos que isso.

Os soldados do rei erguem o corpo e o levam não sei para onde. Vou com Camilla, que ainda parece em choque. Afinal, um homem tentou matá-la e, depois de falhar, se matou na frente dela.

Eu a levo de volta para o quarto antes de ir falar com o meu pai sobre mandar o cadáver para Pullci. Bato na porta dele e espero um pouco até que ele atenda. Ele a abre, segurando uma pistola, mas logo a guarda assim percebe quem está na frente dele.

— Posso ajudá-lo em alguma coisa? — ele pergunta, intrigado porque resolvi chamá-lo a essa hora.

— Um dos homens que morreu ontem era de Pullci — digo com suavidade para que ele não entenda nada errado. — Antes de morrer, ele pediu que mandassem seu corpo para a água.

Ele fica em silêncio, olhando para mim. Ele não acha que estou brincando. Mesmo o pior dos inimigos merece os rituais. Theos decidirá o que acontece com ele no mundo inferior.

— Tudo bem — ele diz. — Mande um dos aviões menores transportar o corpo dele de volta para Pullci o mais rápido possível.

Considero a conversa com o meu pai um sucesso e, de imediato, agradeço. Ele fecha a porta e eu volto para o quarto com uma sensação estranha, como se tivesse finalmente feito a coisa certa.

Capítulo 17

TALRIAN

Duas semanas se passaram desde que tentaram matar Camilla. Wov foi enterrado com os nobres traidores há alguns dias. O rei encontrou e executou ainda mais pessoas naquele dia. As Casas Catala e Mini estão praticamente extintas agora, assim como a Casa Togun.

Estamos perdendo a guerra no Oeste. Os Eniba até podem ser traidores do rei, mas, pelo menos, conseguiam segurar as linhas de frente. Os novos generais ou não têm experiência, ou são incompetentes mesmo. Togun também fazia um bom trabalho, coisa que, pelo visto, a Casa Guinis é incapaz de fazer.

É triste ver a ameaça da guerra entrar no seu território, mas pretendo estar bem longe quando o pavio realmente queimar. Pullci fica no extremo norte e presumo que conseguiríamos nos defender bem caso os Selium caíssem.

Penso que talvez eu esteja sendo derrotista demais. É óbvio que, em algum momento em trezentos anos, os Selium devem ter perdido territórios na guerra. Deve ser por isso que ninguém está fazendo nenhum alvoroço.

A varanda do meu quarto é, sem dúvida, o melhor lugar do reino para se fazer qualquer coisa. Passei os últimos dias aqui, já que Camilla não está mais saindo tanto do quarto. Eu fico com ela na maior parte do tempo. Às vezes, ela tenta puxar o assunto de herdeiros, mas sou rápido em mudá-lo para qualquer outra coisa.

Algum dia terei que contar para ela. Fico assustado ao perceber que esse dia está chegando.

Meu pai teve minha irmã aos dezesseis anos. Não é tão incomum, já que os nobres se casam bem cedo e se casavam ainda mais cedo na época dele. Nas memórias da minha infância, ele e a minha mãe ainda eram bem jovens.

Vim para a varanda exatamente por isso. Para fugir dela.

Ela deve estar com seus pais. Ultimamente, fica com eles quando não está comigo. A Casa Genova foi alertada de que estava correndo perigo após tentarem matar Camilla. Então, ficam juntos o máximo possível, para tentar prevenir que aconteça alguma coisa. Agora, dezenas de soldados guardam os corredores, incluindo alguns da guarda pessoal do rei.

Radiani e Brianna também devem estar juntos. Desde que Brianna brigou com Camilla, ela não fala mais comigo tanto quanto antes. E, por tabela, afastou Radiani de nós. Eu estava com medo de Radiani me privar de ver a minha irmã, mas acabou acontecendo o contrário.

O casamento de Monica também aconteceu há alguns dias. Jito Catala não é uma pessoa muito confiável, pela minha breve avaliação. O sobrenome Catala já o torna um excluído nesses tempos. Seus pais foram executados pelo rei e não é como se ele estivesse feliz com a situação. Pelo menos, quando voltar para casa, levará Monica junto. Não sentirei falta dela.

Monica nunca pareceu ser revolucionária, mas, depois de tudo que aconteceu nas últimas semanas, não posso garantir nada.

Camilla chega enquanto estou perdido em meus pensamentos. Ela não parece tão bêbada, mas não dá para dizer que está sóbria.

Beber essa quantidade não é incomum para nobres como nós. Existem pessoas, como meu pai, que preferem estar alertas a todo instante, porém, muitos soldados acabam recorrendo à bebida para esquecer das coisas que presenciaram.

— Sua mãe quer falar com você — diz Camilla, antes de se deitar na cama. — É alguma coisa importante. No quarto dela.

— Você está bem? — pergunto e ela fica imediatamente irritada. Talvez ela pense que eu estou tentando controlar demais sua vida. Bom, não sou eu quem está deitado fedendo a álcool às duas da tarde.

— É claro que estou bem — diz ela, com a cara no travesseiro. — Pareço mal? — ela se levanta e vira para mim.

Olho para a aparência dela. Apesar de estar com olheiras profundas pela falta de sono, ainda é uma guerreira. Tem a postura perfeita e a cabeça erguida, mesmo depois do que aconteceu com ela. Engolir o choro e superar as dificuldades é a maior qualidade dos nobres de Kirit, e ela não é uma exceção.

— Nem um pouco — respondo, saindo do quarto. Ela protesta atrás de mim, mas não ligo. Ela deve dormir. Sempre dorme demais.

Vou para o quarto do meu pai, onde sei que minha mãe estará. Bato na porta, mas, após alguns minutos, não recebo resposta, então, abro mesmo assim.

Entro e vejo minha mãe na varanda. Ela parece estar sozinha. Está sentada em uma cadeira com uma taça de espumante na mão. Parece triste. Ela realmente vem parecendo mais chateada depois de nossos casamentos, principalmente do meu.

— Mãe — ela se assusta um pouco quando ouve, mas relaxa quando percebe que sou eu. — Queria falar comigo?

— Sim, filho — ela diz com um sorriso, indicando o sofá perto dela. — Pode se sentar. Quer um pouco da bebida? Preciso de alguém que consiga me regular ultimamente.

Ela termina a taça enquanto me sento no sofá. A seda que o cobre é macia, mas me sinto desconfortável. Parece mais um interrogatório do que uma conversa entre mãe e filho.

— Como você está? — ela pergunta, se virando para mim. Lembro da última vez que conversamos. "Vai ser rápido", ela falou naquele dia. Já tinha passado por aquilo e conhecia a sensação.

— Estou bem — respondo, porque acredito que é isso que ela quer ouvir. Ela assente sem muita convicção. — E você?

— Só estou preocupada com você e suas irmãs — ela diz, mexendo no pequeno colar que está usando. — Vocês são muito novos. Não deveriam passar por isso tão cedo.

— Verdade — apenas concordo com ela.

— Tentei conversar com o seu pai, sabe? — ela fala, fungando. — Mas ele não me escuta. Acha que é o que tem que ser feito.

Eu a observo por alguns momentos. Ela não sabe que ouvi sua conversa com Julianna no dia do meu casamento e que já sei tudo que vai falar. Acabo fazendo uma pergunta por impulso, algo que sempre quis saber.

— Como foi o seu casamento com o meu pai?

Ela sorri um pouco, mas o sorriso rapidamente desaparece.

— Nós éramos muito novos na época — ela diz. — Mas ele era diferente. Seu avô ainda era o duque, então seu pai não tinha muitas responsabilidades. Era o filho favorito. Cronos fazia todo o trabalho sujo.

Ela ainda brinca com o colar. Não sei se foi um presente de meu pai, mas sei que ela sempre o usa em qualquer ocasião.

— Fomos para Pullci e ele começou a ter mais trabalho, mas ainda era atencioso e aberto comigo. Tivemos Monica e depois você. Mas, quando eu estava grávida de Brianna, seu avô morreu na guerra e seu pai se tornou o novo duque.

Ela se perde em algumas lembranças. Coisas que não me lembro, claro. Devia ter menos de um ano na época.

— Ele foi para a guerra, aprender sobre o mundo militar. Voltou alguns meses depois, quando sua irmã nasceu, mas havia se tornado alguém completamente diferente — ela diz, mais triste do que nunca. — Ele descobriu coisas sobre a guerra, coisas que ninguém sabia, mas que podiam ser importantes quando usadas no momento certo. Deixou de ser uma pessoa suave e gentil e se tornou o homem que você conhece hoje.

Emoções te tornam fraco. Talvez essa seja a maior comprovação. Emoções, com certeza, não são úteis quando você está lutando em uma guerra e, principalmente, quando você entende o real significado dela.

— Ele resolveu que você deveria ter a educação que ele nunca teve, então te ensinou a ser parecido com ele. Pouco a pouco, você foi ficando mais frio e distante. Aprendeu coisas que não precisava saber tão cedo — a voz dela falha um pouco, mas ela continua. — Por isso me apeguei tanto às suas irmãs.

Ela fala como se estivesse pedindo desculpas. Eu sempre achei que minha mãe ficava mais com as minhas irmãs porque gostava mais delas, assim como achava que meu pai ficava comigo porque gostava mais de mim.

— Por que você resolveu contar tudo isso agora? — pergunto a ela, que sorri.

— Para que você não cometa os mesmos erros — ela se levanta da cadeira e vai para dentro do quarto. — Estou ansiosa para descobrir quem meus netos serão.

Fico sozinho na varanda. Quando vejo que ela entrou no banheiro, pego a garrafa de espumante vazia e a arremesso para longe pela varanda com todas as minhas forças.

Ansiosa por netos.

Pelos deuses! Acho que estou ficando louco. Olho para os cacos de vidro da garrafa enquanto tento me acalmar. O sol ainda não está tão brilhante, então consigo visualizar o chão branco lá embaixo. Pessoas passam pelas ruas da cidade, totalmente indiferentes ao que acontece dentro do palácio.

Não cometer os mesmos erros... Será que ela estava se referindo aos acontecimentos das últimas semanas? Com certeza ela ficou sabendo, minha mãe não é ignorante em relação ao que acontece na corte.

Saio do quarto ainda chateado comigo mesmo. Apesar de nunca ter ido para a guerra, sempre achei que ela apoiasse meu pai sobre a minha educação. Nunca imaginei que pudesse se sentir excluída ou rejeitada. Sinto um pouco de raiva do meu pai por isso. Vou conversar com ele mais tarde. Não estou com a menor vontade de voltar para o quarto, então vou procurar Radiani e Brianna.

A porta está trancada, como de costume. Não devem querer intrusos, como eu, entrando no quarto deles. Deixo para lá. Não posso sequer sair pelo corredor sem um guarda ao meu lado. Parece mais um grande cárcere privado que um palácio nobre.

Tento discutir com os soldados, mas eles não me deixam passar. Pergunto-me onde está o meu pai nessas horas para abrir uma brecha no regulamento para mim, mas percebo que, talvez, tenha sido ele mesmo quem deu ordens para que não me deixassem sair de jeito nenhum.

Desisto e volto para o meu quarto. Não tenho muito o que fazer no palácio pelos próximos três dias, além de lidar com a Camilla bêbada. Ótimo.

Abro a porta do quarto e a vejo na mesma posição de alguns minutos atrás. Ela vira para mim quando entro, seu rosto marcado pelo zíper do travesseiro.

— Conversou com a sua mãe? — ela pergunta e fico surpreso que ainda se lembre.

— Sim — respondo, enquanto ela apenas emite um som que não consigo definir e enfia a cara no travesseiro novamente.

— Talvez eu devesse parar de beber — ela diz, com a voz abafada.

Não consigo deixar de rir.

— Talvez — digo, me sentando na cama. Pego alguns papéis que deveria ter lido há dias. Ela continua deitada na cama e eu não falo nada.

※

Meu pai finalmente permite que saiamos do nosso confinamento. Não é como se tivesse outra escolha. Até ele deve estar enlouquecendo lá dentro.

Estamos no mesmo lugar onde jantei com Camilla no dia do assassinato dos Togun. Minha família inteira e Camilla estão à mesa. Quase parece que estamos jantando em Pullci, porém, estamos rodeados de areia e tem uma garota de verde ao meu lado.

Meu pai parece estressado. Com o casamento, as reuniões exaustivas dos últimos dias e a distância de casa, não o culpo. Também me sinto mais ou menos assim.

Brianna e Monica se sentam à minha frente. Parecem estranhamente próximas ultimamente, mas prefiro deixar isso para lá. Pode ser que, como estão se separando do resto da família estejam mais apegadas uma à outra.

Radiani não está aqui, nem Jito. O jantar é muito mais silencioso sem a presença do meu amigo e de Lua. Os dois, geralmente, preenchem o salão com piadas, mas devem estar cuidando da região com a mãe. Sem a leveza que eles proporcionam, ficamos em silêncio a maior parte do tempo.

Somos praticamente as únicas pessoas no salão nesse momento, além dos soldados que sempre ficam ao nosso lado.

Apenas algumas pessoas das outras Casas vieram jantar também, além do meu primo, no outro extremo do salão.

Carpius conversa com uma garota loira da Casa Mishkova. Devem estar em um encontro ou algo do tipo. Eles conversam aos sussurros, apesar de não haver quase ninguém perto o suficiente para ouvir alguma coisa.

Viro o rosto. Não tenho nada a ver com a vida pessoal dele, mas, agora, é como se tudo o que ele fizesse fosse suspeito. Ele quase foi posto em observação pelo rei. Cronos e meu pai tiveram que passar algumas boas horas discutindo com ele para que a ordem fosse retirada. Ele havia desobedecido às novas ordens do rei: saiu do corredor da Casa sem um soldado de acompanhante e dirigiu-se aos criados para outros fins que não os de dar ordens. E outras coisas assim.

Eles conseguiram e, agora, ele está aqui. Apenas um soldado está perto deles, longe o bastante para que não os ouça conversar.

Todos já terminaram a comida, menos eu. Estou pensando demais.

— Talvez você possa comer mais rápido para que nós possamos ir — diz Monica. Minha mãe faz um gesto para que não fale mais nada e ela se acalma um pouco.

Termino meu prato devagar, garfada por garfada, com todos me encarando. É um pouco constrangedor. Não sei para que tanta pressa, não é como se houvesse mais nada para se fazer neste palácio.

Todos se levantam em silêncio antes de saírem da sala, o que aumenta a sensação de que acabamos de sair de um funeral. Brianna olha para Carpius e para a garota que, por sua vez, nos assistem enquanto saímos. Ela desvia o rosto quando percebe que eu a estou observando.

Camilla também repara e, imediatamente, assume uma expressão de desprezo. Ela está chateada com a minha irmã e ver

Brianna fazer algo minimamente suspeito já é, aos olhos de Camilla, o suficiente para incriminá-la.

Brianna não percebe ou não se importa, apenas continua andando do mesmo jeito de sempre. Provavelmente, mal pode esperar para se encontrar com Radiani de novo, a única pessoa que ainda confia totalmente nela. Talvez, nem ele.

Voltamos para o nosso corredor devagar. O palácio parece um deserto. Não cruzamos com nenhum outro nobre ou criado no caminho até os quartos.

De repente, uma rebelião no palácio dos Selium. Nobres assustados fogem para seus aposentos trancados com guardas na porta. Parece demais para ser verdade.

Capítulo 18

ALLABRIANNA

Não é fácil descer pela janela do meu quarto. Ela tem mais de quinze metros de altura em relação ao chão de concreto lá embaixo. Sem dúvida, seria fatal caso a corda se rompesse. Tento não pensar muito nisso enquanto desço devagar.

Dois soldados da Horda me esperam no chão. Um deles me pega em seus braços quando estou perto o suficiente do chão. Ele me solta depressa e se afasta de mim. É provável que também me odeie, como todo o resto, e não queira nem mesmo encostar em mim.

Sigo os dois até o lugar da nova reunião. Eles sempre mudam as salas a cada encontro. E elas estão ficando cada vez mais distantes do palácio ou mais profundas no solo. A segurança do rei, com certeza, está ficando melhor.

Agora, descemos ainda mais escadas. Devemos estar indo até as celas mais profundas. Há alguns meses, nunca imaginaria que um grupo de plebeus conseguiria invadir a prisão do maior palácio do país.

A Horda, aparentemente, conseguiu, o que me assusta e impressiona ao mesmo tempo.

Continuamos pelas escadas por uns bons minutos, até que chegamos a um grande corredor, onde alguns soldados se mantêm a postos caso alguém indesejado apareça.

Os dois guardas agora andam mais rápido, tentando me poupar dos olhares de raiva e curiosidade dos outros. Eles param em frente a um portão de madeira com a letra N escrita e um dos soldados bate nele.

O portão se abre, revelando os líderes da Horda lá dentro. Eles estão sentados em volta de uma mesa, ao lado de outras pessoas importantes para a causa. Todos me encaram enquanto entro no lugar. Uma prisão, suponho, ao olhar as grades e as correntes dentro das pequenas celas.

— Bem-vinda à Prisão dos Traidores, duquesa de Pullci — diz Metisa com um sorriso. — Impressionada?

Metisa tem se esforçado bastante para se aproximar de mim nos últimos dias. Ela não me odeia como os outros, eu acho. Hoje, ela se senta ao lado de Sefirha, a atual líder principal da Horda, que parece ainda mais carrancuda que de costume, se é que isso é possível.

Carpius também está aqui, ao lado da líder menos experiente dos quatro, Claire Pohgnossen. Ela não deve ter muito mais que a minha idade. Era uma criada da Casa Mishkova antes de ser mandada para a guerra pelas novas leis de recrutamento. De algum modo, ela conseguiu escapar e se juntou à Horda. Em apenas algumas semanas, já se tornou líder. Eles devem mesmo ter visto algo de especial nela. Para mim, ela não passa de uma garota assustada.

Clerck se ajeita na cadeira, esperando impacientemente que Sefirha comece. De fato, ele era muito ligado a Wov, e é provável que não goste muito dela.

— Bem — ela limpa a garganta para começar a falar —, trouxe todo o alto-comando aqui hoje, pois queria discutir os próximos passos da tomada do governo. O casamento é daqui a três dias e prefiro planejar agora.

Clerck bufa.

— Um pouco em cima da hora, não acha? — ele diz e ela o olha com raiva.

— Tempo suficiente para que suas mentes brilhantes possam trabalhar — ela ironiza. — Quero ideias. Como nosso querido amigo Clerck disse, não temos muito tempo.

Ele reclama, descrente, enquanto Claire começa a falar.

— Pela movimentação dos nobres, pode ser que a maioria vá embora no dia seguinte ao casamento, o que nos dá ainda menos tempo para agir. Sugiro que façamos a derrubada final no dia do casamento, quando os nobres estarão felizes demais festejando para notar qualquer coisa.

— Alguns vão notar, com certeza — diz Carpius. — Meu primo e seus amigos estarão lá, preparados para destruir todos vocês. São mais de mil e quinhentos nobres. Mais da metade já teve treinamento militar. Não temos a menor chance.

— Aí é que você se engana — diz Claire, puxando um papel de baixo da mesa. — O rei precisa de criados. Muitos. Com certeza, os nobres não vão servir seus próprios copos e arrumar tudo sozinhos. O rei recrutou setecentos voluntários novatos para participar. Mais de quatrocentos já fazem parte da Horda e os outros podem ser facilmente convencidos ou substituídos sem que o rei perceba. Sem contar com os nobres ainda leais à Horda que o rei não conseguiu matar.

Carpius assente, parece realmente impressionado com as palavras dela. *Ele está apaixonado por Claire*, foi o que Sefirha disse depois de nomeá-la como a quarta líder. Carpius parecia muito mais feliz do que de costume.

— Conseguimos equiparar as nossas forças com as deles — diz Metisa. — Pode dar certo.

— Não me conformo apenas com a possibilidade! — confessa Sefirha. — Precisa ser infalível. Se falharmos, o rei vai descobrir tudo. Só temos uma chance.

— Podemos definir os alvos principais e, depois, partir para os que resistirem. As Casas estão insatisfeitas com o rei, as novas leis enfraqueceram sua economia. A maioria vai simplesmente correr se não tiver um bom motivo para ficar e lutar.

— Então, não devemos matar os nobres menos leais ao rei, só os que forem extremamente necessários? — pergunta Clerck, e Claire assente.

— A maioria das Casas não vai defender o rei. Quando virem que o país vai rachar, elas fugirão para seus próprios territórios e tentarão manter seu poder. Precisamos atacar somente as famílias mais poderosas para que não possam resistir.

— E quais famílias seriam essas? — pergunta Metisa.

— Separei uma lista com os nomes das sete Casas mais importantes para o país agora e, provavelmente, as únicas que lutarão para defender o rei no caso de um ataque — ela limpa a garganta e começa a listá-las. — Jidan, Mishkova, Orixis, Pei, Pullci, Sotlan e Xip.

Estremeço ao ouvir o nome da minha Casa e me apresso em falar:

— Ninguém da minha família vai morrer! — digo.

Ela parece frustrada, mas Metisa apenas pede que ela continue.

— Devemos focar principalmente nas Casas Jidan, Mishkova, Pei e Pullci, já que são as que apresentaram maior perigo à Horda durante as últimas semanas.

Fico tensa de novo e Sefirha percebe. Ela me olha com um sorriso malicioso.

— A duquesa não quer ver o marido e o irmão mortos? — ela pergunta para mim e desvio o olhar.

— Se você tentar matá-los — eu falo para ela —, vou desmascarar todos vocês. Eu sei os seus nomes. A Horda vai acabar e tudo terá sido em vão.

Ela apenas pisca. Não parece nem um pouco afetada.

— Traição — ela diz, agora sorrindo. — Algo tão fácil de se dizer, mas tão difícil de se fazer. Você seguirá as nossas ordens, Allabrianna Pullci, não importa o que ache delas.

— Não vou matar meu irmão nem ninguém que amo — digo a ela, com um pouco de raiva. — Simples assim.

Ela ri um pouco e, depois, olha para mim.

— Seu irmão pode até ser poupado, mas será posto em julgamento como traidor e será punido pelos seus crimes. Podemos poupá-lo da ação da batalha também — Metisa se apressa em dizer, talvez para tentar me acalmar.

— Não é só meu irmão que quero que fique longe disso — digo. — Você vai proteger todos da minha família.

— Eu acho que não vamos fazer isso; são pessoas valiosas demais para desperdiçar — diz Sefirha. — Não posso me arriscar a acreditar que todos vão simplesmente se submeter ao novo governo. Preciso ter certeza de que não terão nenhuma capacidade de reação.

— Então, podemos apenas neutralizá-los e colocá-los na prisão. Os que não concordarem com nossos termos serão executados. Os demais estarão livres para viverem suas vidas sob o novo governo.

— Muito arriscado. Não vale a pena — diz Carpius. Ele foi promovido cada vez mais nestes últimos dias, conforme a Horda ia se reagrupando e se preparando para o ataque final.

— Pelo menos as Casas Mishkova, Orixis, Pei e Sotlan não têm nenhum tipo de vínculo emocional? — pergunta Claire.

Eu assinto e Sefirha fica com raiva. Provavelmente, não gosta de todas as concessões que estão fazendo para mim. Gosta de ser a líder e, como todos os líderes do mundo, não gosta de ter seu poder contestado.

— Não me importo nem um pouco com as suas conexões sentimentais — ela diz, me olhando com raiva. — Em relação a essas quatro Casas, o assunto já está decidido.

Percebo que os outros não gostam das palavras que saem da boca dela. Wov teria, pelo menos, perguntado a opinião de todos e tentado achar um meio-termo. Pergunto-me se ela pode ser destituída do comando.

— E as outras Casas? O que faremos com elas? — pergunta Metisa.

— Nós devemos retomar os planos de antes, que não puderam ser cumpridos. E punir as pessoas que causaram a morte de membros da Horda. Sem exceções.

Todos assentem. Quanto a isso, eles são unânimes.

— Menos a minha família e Camilla, é claro — digo a ela.

— Qual parte de "sem exceções" você não entendeu?

— E qual parte de "você não vai matar ninguém da minha família" *você* não entendeu? — digo, agora com raiva.

— Não pense que gostamos do que estamos fazendo, Brianna — diz Metisa com um tom conciliador. Ela é, de longe, a que eu mais gosto entre os quatro, e é a única que parece entender meus pontos. Clerck também tenta fazer com que eu me sinta confortável perto deles, mas acho que muito mais por conta de Metisa, que é sua favorita.

Ela sorri. Não parece estar nem um pouco afetada.

— Pode tocar.

Olho confusa para o soldado a quem ela se dirigiu. Ele aperta alguns botões no televisor perto do portão em que entrei. A tela continua preta, mas uma voz começa a soar.

— *Uma aliada poderosa, com certeza* — diz Wov no áudio. A voz dele me dá saudades de quem era, mas também medo. Por

que ele gravaria uma mensagem para me mostrarem depois de morto? — *Promete lealdade à Horda do Povo, Allabrianna Pullci?*
— *Sim.*

Esse é o áudio do dia em que prometi lealdade a eles. O dia em que prometi que trairia todos pelos objetivos da Horda, fossem quem fossem. Nem sabia que eles haviam gravado. Certamente para usar contra mim no momento em que minha lealdade falhasse. Como agora.

— *Aceita coletar informações importante para a Horda, sem revelar nenhuma delas para quem quer que seja, mesmo sob a influência de tortura ou persuasão?*
— *Aceito.*
— *Aceita matar ou silenciar opositores e pessoas que possam causar problemas à Horda, se assim for lhe dada a ordem?*
— *Aceito.*
— *Aceita revelar segredos, mesmo que de entes queridos, que possam desestabilizar o atual governo e fazer com que seja mais fácil derrubá-lo?*
— *Sim*
— *E, por último, aceita participar de atentados e cumprir seu papel neles, sem questionamentos, mesmo que isso cause a morte de entes queridos ou pessoas importantes para você?*
— *Aceito.*
— Tem mais alguma reclamação?

Uma onda de raiva surge em meu peito e preciso respirar por alguns segundos para me acalmar. Sefirha toma o meu silêncio como resposta e fala para Claire:

— As Casas Pullci, Jidan e Genova serão julgadas como as traidoras que são, mas seus nobres não serão mortos na festa. Quero todos eles vivos para o julgamento.

— Todos ou apenas os mais importantes? — pergunta Metisa. — A maioria nem participou dos atentados.

— Os mais importantes, então. Os duques e seus filhos. Os principais responsáveis pelo sofrimento do povo.

Não estou na posição de falar mais nada. Apenas fico em silêncio enquanto eles discutem quem deve morrer, quem deve ser poupado até o julgamento e a quem deve ser dada uma segunda chance.

— Então, fica decidido que as Casas Mishkova e Sotlan devem morrer na festa, apenas os filhos do duque de Pei devem sobreviver à noite. A Casa Orixis será poupada por conta do seu povo, que não a odeia tanto quanto os das outras Casas. Já nas Casas Pullci, Jidan e Genova, apenas Camilla, Talrian e Radiani serão poupados para o julgamento.

— Radiani não vai morrer — falo para ela sem pensar, talvez um pouco rápido demais.

Sefirha olha para mim e ri. Sem dúvida, gosta de me ver sofrendo.

— Quando você vai aprender que não tem nenhuma autoridade aqui?

— Por favor. É o único que peço para que você poupe — gostaria de mudar o tom da minha voz, mas não consigo. Estou realmente implorando para a mulher que vai matar toda a minha família para que não faça de meu marido apenas um cadáver.

— Não! — ela diz, agora com a expressão séria — Não vou inocentar traidores.

— Então, talvez eu tenha que revelar tudo sobre a organização. Com certeza, todos vão acreditar na história da menina nobre e altruísta que se infiltrou em uma organização terrorista apenas para salvar o rei — digo e vejo que ela fica tensa, mesmo que tente esconder. — É a palavra de uma duquesa contra a de um bando de rebeldes. Em quem vocês acham que eles vão acreditar?

Para minha surpresa, ela não me dá só mais uma resposta parecida com todas as outras, tampouco me ignora como se eu fosse apenas um inseto. Ela pega um revólver, que devia estar na sua cintura, e o aponta para a minha cabeça.

— Podemos resolver esse problema agora mesmo — ela diz, como se estivesse entediada.

Não sei o quanto deveria temer Sefirha. Ela está planejando matar uma corte inteira, lidera milhares de rebeldes armados e sabe muito bem o que está fazendo. Não sei se já matou alguém olhando nos olhos, mas suspeito sim.

Deve ser o mesmo sentimento que Talrian tem quando um imprevisto acontece no seu caminho. Ele apenas resolve da maneira mais rápida possível, sem se importar com a dor ou a vida da outra pessoa. Ela também é assim.

— Você acha que as pessoas não vão me procurar? Sou a filha de um dos homens mais poderosos do país. Você não acha que ele reviraria o mundo para encontrar os assassinos da sua filha?

— Sabe por que a reunião de hoje foi feita aqui? — ela pergunta, mas continua sem esperar uma resposta. — Esta é a Prisão dos Traidores. Ela é tão profunda no solo que nenhum som pode ser ouvido na superfície. Ela também não tem nenhuma câmera ou gravador, já que o que é falado aqui é totalmente confidencial. Os reis não podem correr o risco de ter áudios ou até mesmo torturas vazadas para o público. O que acontece aqui, fica aqui. Ninguém vai ouvir o tiro. Sairemos daqui pelo Hangar e enterraremos seu corpo no deserto. Em alguns anos, ninguém mais se lembrará de você.

Ela engatilha a arma. Não sei se o faz só para me assustar, mas, se esse era seu objetivo, funciona. Retraio-me na cadeira e espero o impacto da bala. *Que maneira mais idiota de morrer.*

Felizmente, a bala nunca chega. Metisa segura o cano da arma e o braço de Sefirha.

— Que bom que isso não será necessário — ela força Sefirha a abaixar a arma. — Podemos concordar em deixar Radiani viver, mas, sobre os outros, já está decidido.

— Não falei uma palavra sobre os outros — digo a ela, aliviada por não ter mais uma arma apontada para a minha cabeça.

— Que bom que chegamos a um acordo — ela diz, com um esboço de sorriso, ainda segurando o pulso de Sefirha. — Todos concordam com a proposta?

Os outros levantam a mão timidamente, menos Sefirha, é claro. Talvez, também, porque Metisa ainda a está segurando.

— Agora que temos tudo resolvido, gostaria de devolver a palavra à Sefirha para que possamos decidir quem participará do golpe.

— Eu posso participar — Carpius responde imediatamente. — Eu já serei um convidado, estarei misturado na multidão. Consigo me camuflar bem e ajudar quem precisar.

— Não quero uma simples ajuda — diz Sefirha com desprezo, apesar de ser uma das que mais gosta de Carpius. — Quero você encarregado da Casa Pullci, especialmente do duque.

Ele olha de relance para mim, mas não em um pedido de desculpas. Ele parece ansiar por uma vingança. Do quê, exatamente, não sei.

— Claro — ele diz. — Estou ao seu dispor.

Ela sorri para ele e acena para que Claire anote. Então, se vira para mim, sem sorrir dessa vez, e diz:

— Eu também quero você na batalha.

Para a minha surpresa, todos riem. Eu só fico parada, em silêncio. Tecnicamente, eu deveria estar ofendida, mas não sinto nada além de alívio.

— Ela? Lutar com alguém? — pergunta Clerck, ainda rindo. — Não duraria nem dois minutos.

— Eu não falei nada sobre lutar com ninguém, falei? — Sefirha diz. — Ela terá um papel menos importante, mas algo que a fará ser vista como uma de nós.

— Por quê? — ele pergunta.

— Diminui as chances de traição caso alguma coisa dê errado — Sefirha sorri.

Ela acabou de me encurralar em mais uma armadilha. Se eu recusar... bom, essa possibilidade já é impossível. E, se eu cumprir o meu papel, todos vão saber que eu sou da Horda. Isso tira todas as minhas esperanças de fugir.

Ela fica em silêncio, enquanto Claire folheia suas anotações, buscando alguma vaga que se encaixe na descrição de Sefirha. Ela para quando encontra uma página vazia.

— Nos esquecemos das camuflagens — diz para Sefirha, que dá de ombros.

— Podemos usar bombas de fumaça. Quantas seriam necessárias para cobrir o salão inteiro?

— Depende do tamanho, mas, se usarmos as maiores disponíveis, são quatro.

— Perfeito, então — ela diz, batendo palmas, animada. — Brianna cuidará de uma das bombas. São simples de usar, qualquer idiota conseguiria detonar uma. As outras três podem ser decididas em breve, quando formos dar as ordens aos soldados que participarão do golpe. Nós temos mais alguma pauta?

Ela parece mesmo feliz, de um jeito que nunca vi antes, e isso me assusta.

— Não. É só falar com as tropas e designar suas posições.

— Então, estão todos dispensados. É melhor irmos dormir. Amanhã haverá mais planejamento para nós quatro — ela força um bocejo antes de se levantar da cadeira e todos a acompanham.

— Na verdade, precisamos decidir sobre a *outra* — diz Carpius.

Sefirha não parece decepcionada; parece mais feliz ainda.
— Obrigada por nos lembrar, Carpius — ela diz. — A duquesa sai. Temos assuntos particulares a tratar.
Pelo menos, Radiani não vai morrer, tento pensar, mas as outras centenas que morrerão não saem da minha cabeça.
Que outras?

Capítulo 19

TALRIAN

Acordo cedo, o sol ainda nem nasceu. Dormir é a única distração que tenho, mas, infelizmente, até ela é limitada. Vou para a varanda, apesar do frio cortante que faz lá fora a essa hora da madrugada. O deserto pode ser um lugar extremamente quente durante o dia, mas o frio que faz à noite é insuportável. Volto para dentro do quarto e pego a coisa mais parecida com um casaco que tenho: a toalha do banheiro. Envolvo-a em torno das minhas pernas quando me sento na poltrona. Abro a geladeira, procurando alguma bebida. Só vejo algumas garrafas de vinho e champanhe pela metade e água. Pego uma das garrafas de vinho e procuro uma taça.

Camilla dorme como uma pedra. Ontem, eu e ela fomos nos deitar logo após o jantar. Ela não demora mais que alguns segundos para mergulhar em um estado de inconsciência do qual é praticamente impossível retirá-la.

O céu diante da varanda está mais escuro que o que vejo acima de mim. Deve ser porque o sol está nascendo do outro lado do palácio.

Sirvo um pouco do vinho na taça. A bebida fria combinada com o meu corpo mais frio ainda, com certeza, não é uma boa combinação, mas viro a taça mesmo assim.

É estranho ver o palácio em total silêncio. Geralmente, há burburinhos e barulhos até tarde da noite. Apesar do total silêncio dos nobres, a cidade à minha frente já começa a funcionar.

Luzes acesas indicam que várias pessoas estão acordadas. Devem estar vindo para o palácio para preparar o café da manhã dos nobres. As luzes são muito mais brilhantes do que as de Pullci. Aqui, até o povo tem eletricidade. Os Selium foram generosos o suficiente para compartilhar um pouco do recurso escasso com a capital.

Por que se rebelar, então? Não é como se tivessem a melhor vida, mas, certamente, não é a pior. Balanço a cabeça. Não quero pensar na Horda a essa hora da manhã.

O céu vai clareando cada vez mais acima de mim conforme o sol desperta. As luzes da cidade também vão se apagando gradualmente. Com a luz do sol, ninguém precisa gastar dinheiro com lâmpadas. Imagino que devam custar uma fortuna para eles.

O casamento é amanhã. O reino todo deveria estar em estado de celebração, mesmo que fingida. O rei deveria estar dando discursos, o príncipe e a futura princesa deveriam estar passeando pelo país, mas em vez disso, estamos trancados no palácio, graças a um bando de ratos terroristas. Que maravilha!

O frio diminui tão rápido que parece que ligaram algum tipo de aquecedor no planeta. Retiro a toalha das minhas pernas. Camilla se levanta da cama e vai direto para o banheiro. Ela sai alguns minutos depois, ainda com a roupa que usou para dormir, se senta na poltrona ao lado da minha e me encara por alguns segundos, sem dizer nada.

— Posso te ajudar, senhorita? — pergunto.

Ela bufa e se esparrama na cadeira.

— Não queria ter acordado tão cedo — ela diz, como se estivesse realmente chateada. Pelo menos, ela ainda tem forças para pegar uma garrafa de vinho na geladeira.

— Por que se levantou, então?

— Não tenho nada para fazer na cama. Aqui, pelo menos, tenho isso — ela levanta a garrafa de vinho e eu assinto. — Bom, também tem você para conversar, caso esteja de bom humor.

— Eu sempre estou de bom humor — digo e ela ri.

— Talvez hoje você realmente esteja — ela diz. — Está até fazendo piadas.

Não consigo deixar de sorrir.

Ela não bebe tanto dessa vez, talvez porque esteja conversando comigo. Ficamos só em silêncio, olhando para o céu durante um tempo. O silêncio não é desconfortável como em outras vezes. Pela primeira vez, não sinto a necessidade de preenchê-lo com palavras.

O dia passa incrivelmente rápido. O rei convida todos para jantar no salão principal, mesmo um dia antes do casamento. Ele parece estar se sentindo mais seguro, já que faz bastante tempo que ninguém morre. Duas semanas sem um assassinato na corte deveria ser um tempo insignificante. Não nos dias de hoje, ao que tudo indica.

Estou sentado em uma mesa no canto do salão com Camilla. Radiani nos chama para a mesa onde estão ele, Brianna e Lua, mas Camilla ainda não quer nenhum tipo de proximidade com minha irmã, e ela não podia ficar sozinha.

Criados passeiam entre as mesas, carregando bandejas repletas de bebidas. Elas se esvaziam com rapidez, mas os criados são ainda mais rápidos em enchê-las.

O rei se senta ao lado da sua família no andar superior, de onde pode observar tudo e todos com mais facilidade. Ele parece feliz, ou o mais perto disso que sua expressão permite.

— Que ostentação, né? — pergunta Camilla. Ela falou que não ia beber nada no jantar de hoje, porque não quer virar uma alcoolista. Devo dizer que apoiei essa decisão mais do que deveria.

— É a Dinastia. Tudo isso é uma exibição — respondo, sem prestar muita atenção.

— Talvez. Mas as taças de ouro parecem um pouco demais para mim — ela diz enquanto observa uma taça que está na nossa mesa.

— Os criados devem ter ficado com algumas para eles — digo.

Ela ri um pouco. Camilla não gosta de falar de criados ultimamente. Faz sentido, afinal, ela quase foi morta por alguns.

— É claro.

Vários dos criados são obrigados a subir a escadaria para chegar até o rei e a rainha. Fazer isso com bandejas deve ser extremamente difícil, mas não é problema meu, concluo.

— O que a sua mãe queria falar com você ontem? — ela pergunta de supetão.

— Oi? — fico preso por um momento em uma mistura de surpresa e confusão. — Não queria falar nada, só queria me ver.

— Certo — Camilla não parece acreditar nem um pouco em mim. — Ela parecia ter algo importante para falar.

— Coisas de mãe e filho — digo. *Podia ter inventado uma desculpa melhor.*

— Ok — ela diz, ainda sem acreditar.

A sensação de corar é uma das que nunca gostei. *Dá para ser mais óbvio ainda em mostrar o que você está sentindo?*

Ela percebe e diz:

— Você pode confiar em mim, sabe? Já que vou morar com você pelo resto da vida e tal.

Contraio o maxilar e meu pescoço fica ainda mais quente. *Isso nem é vergonhoso, você só conversou com sua mãe sobre seu pai. Acalme-se.*

Ela continua me olhando. Geralmente, estaria rindo da minha cara ou fazendo alguma piada sobre eu nunca mostrar minhas emoções, mas ela parece desconfortavelmente séria.

— O assunto tinha a ver com o que, pelo menos? — ela pergunta.

Continuo em silêncio e isso parece deixá-la com raiva.

— Por que você nunca fala nada? É tão difícil assim juntar palavras? — não sei o que ela imagina que eu conversei com a minha própria mãe, mas não deve ser algo bom. Não consigo pensar em nada para dizer, o que só o que só a deixa com mais raiva com mais raiva ainda.

— Não posso falar aqui — respondo para ela quase em um sussurro.

— É confidencial?

— Não, mas isso pode fazer com que alguém seja morto.

Ela parece assustada agora.

— Tem alguma coisa a ver com a Horda?

Isso praticamente quebra o clima de tensão e algo em mim faz com que eu ria.

— Minha mãe? Da Horda? — pergunto para ela, ainda sorrindo.

— Não a sua mãe — ela acena com a cabeça, como se estivesse indicando alguém atrás de mim. Eu me viro e me deparo com Brianna, conversando com Monica.

— Minha irmã? — murmuro para ela, que apenas dá de ombros. — Só porque ela defendeu Wov não quer dizer que faça parte da Horda.

Ela dá de ombros novamente.

— Você também terá que parar de odiá-la em algum momento. Vocês, com certeza, vão se ver muito a partir de agora. As pessoas vão esperar que apareçam juntas, como as duas esposas dos duques do arquipélago. Você terá que se acostumar.

— Ela parecia ser uma pessoa tão legal no começo — ela diz.

— Ela é uma pessoa legal! — digo, um pouco chateado. Eu conheço minha irmã, eu acho. — Você só tem que aprender a ignorar as coisas que ela fala.

Camilla parece descrente, mas, mesmo assim, concorda.

Radiani chega à nossa mesa de repente e puxa uma cadeira para se sentar. Ele me olha sério por um instante, mas logo depois abre um sorriso.

— Pessoal! Há quanto tempo! — ele fala um pouco alto demais. Camilla ri.

— O que veio falar? — ela pergunta para ele.

— Nada de especial, só vim ver como estão — ele diz, tentando manter o humor, mas dá para perceber que sua animação diminui um pouco.

— Não precisava se preocupar — digo a ele. — Estamos todos bem.

— Que bom! — ele diz com um suspiro. — Achei que você pudesse estar chateado por causa de... você sabe — ele indica com a cabeça o lugar onde sei que Brianna está.

— Se estou chateado por minha irmã estar me impedindo de ver meu melhor amigo? Claro que não — digo e sua postura murcha um pouco.

— A culpa não é só dela, sabe? Eu tive que fazer umas coisas da Casa também — ele diz, em tom de desculpas.

— Tudo bem — digo sem um pingo de sinceridade.

— Vigiei-a o máximo que pude. Acho que minhas suspeitas estavam erradas — diz ele, agora em um tom mais baixo. — Certo! — assente e sai da mesa tão rápido quanto chegou.

Camilla olha para mim com uma expressão convencida e diz:

— Sabia que eu não era a única a ter suspeitas.

Reviro os olhos.

— Que bom que o assunto acabou, então; senão, você ficaria se vangloriando por horas — respondo.

Ela faz outra expressão, como se estivesse ofendida, mas sei que é puro fingimento.

— Veremos — ela diz.

Não gosto de ficar pensando se minha irmã é uma traidora ou não. Não é algo com o qual quero gastar minha energia.

— É, veremos — respondo, e ela fica em silêncio.

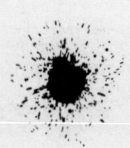

O novo quarto de Radiani é maior que o meu, não sei por quê. Da varanda, não se vê muito além de outros quartos. Camilla também está aqui, já que Brianna está conversando com Monica por algum motivo.

Diferente de mim, Radiani se esforça para manter as coisas arrumadas, pelo menos na varanda. A falta de confiança nos criados nos obriga a fazer nossas próprias coisas. Devo dizer que nem eu, nem Camilla somos muito bons nisso.

As luzes à nossa frente vão se apagando lentamente à medida que os nobres vão dormir. São da Casa Catala e as luzes que já estavam apagadas marcam os quartos dos que foram mortos pelo rei. É assustador o quão escuro o corredor está.

Camilla parece ler os meus pensamentos e pergunta:

— Você sente pena?

Olho para ela por um momento.

— Não — digo —, nem um pouco.

— Uma das suas irmãs se casou com um deles, não é?

— Sim — respondo. — Você pode parar de achar que todas as minhas irmãs são traidoras, por favor?

— Eu não disse nada. Foi só uma observação.

Radiani revira os olhos.

— Você desconfia muito das pessoas, Camilla.

— A diferença é que, na maioria das vezes, estou certa — ela diz rispidamente.

— Lembre-se que é das nossas famílias que você está falando aqui — ele diz com raiva. — Casas tradicionais. Não somos qualquer um.

Ela simplesmente fica em silêncio. Orgulhosa demais para se desculpar, mas também não quer forçar as coisas ao extremo. Ela continua observando as luzes se apagarem cada vez mais, até que restem apenas as colunas verdes do palácio refletindo a luz da lua à nossa frente.

— Ansiosos para voltar para casa? — pergunta Radiani, que encara as colunas verdes, que criam um espetáculo de sombras à medida que pessoas se movimentam lá embaixo. *Pessoas*. É um pouco estranho a essa hora.

— Claro, não aguento mais o deserto — digo.

— Devo dizer que não conheço quase nada sobre Pullci, então não tenho ideia do que esperar — diz Camilla. Deve ser difícil para ela largar tudo que conhecia para trás e começar uma vida completamente nova ao lado de pessoas novas.

— É muito provável que o seu trabalho seja igual ao da minha mãe. Apenas ficar ao meu lado, acenar para a multidão, passear nos desfiles e celebrar os feriados.

Ela franze o cenho.

— Preciso de um pouco de mais detalhes. De que tipo de feriados e desfiles vocês estão falando?

— Feriados religiosos, em homenagem aos deuses — diz Radiani. — Quase me esqueci de que você não sabe nada sobre eles.

Radiani começa a contar a história de toda a criação do mundo. Eu o ajudo em algumas partes, enriquecendo a narrativa com detalhes. É estranho contar a história que sei desde que nasci e que já ouvi milhares de vezes. Camilla parece entretida, o que é um bom sinal, já que, na maioria das vezes, as pessoas simplesmente viram a cara para a gente com desdém.

— Fico me perguntando quem conseguiu registrar tudo isso. Não deve ter sido fácil, já que foi há tanto tempo e que não deviam ter muitas pessoas na Terra — ela diz depois que Radiani termina. Está impressionada.

— Os textos estavam todos em língua antiga e só algumas pessoas conseguiam lê-los. Mas o primeiro duque de Pullci traduziu tudo. Então, temos livros para todos — diz ele.

— Eu posso ler? — ela pergunta, agora curiosa. — Sempre gostei de história, principalmente das que nunca ouvi falar.

— Claro, vou ver se tenho algum livro aqui no quarto.

Radiani se levanta e entra no quarto para procurar. Volta rapidamente com um livro de capa azul e comenta:

— Aqui estão algumas histórias, mas existem muitas mais.

— Obrigada — ela diz quando Radiani lhe entrega o livro nas mãos.

Ela faz várias outras perguntas, especialmente para Radiani, que responde todas com um sorriso. É até divertido vê-la tão interessada em algo que é especial para nós. Além disso, ela parou de falar sobre Brianna, então foi a coisa certa.

A última luz da Casa Catala se apaga e vejo algumas pessoas entrarem na varanda escura. Acho que uma mulher ruiva está conversando com um homem de tapa olho. A mulher deve ser de Mini, e o homem de Mishkova, pelas cores das suas roupas. Não me lembro de tê-los visto na corte em nenhum momento, mas não dá para lembrar de todo mundo.

Camilla e Radiani nem percebem; eles continuam conversando enquanto eu os observo. Os outros dois também não parecem notar que estou os encarando.

Viro-me para escutar o que Radiani tem a dizer e deixo os dois estranhos conversando sob a luz da lua.

Capítulo 20

ALLABRIANNA

Deito-me na cama após a reunião. Foi a última antes do golpe que a Horda pretende executar. Busco relaxar e esvaziar a cabeça dos detalhes intermináveis de Claire e de cada passo do plano. Ela é extremamente inteligente e me pergunto como não conseguiu um emprego melhor que o de uma simples criada.

Carpius foi nomeado general da Horda. Ele ainda não é um líder, mas é o favorito de todos, até de Sefirha. Não sabia que ele tinha tanto ódio do rei ou do meu pai, mas ele parece animado em participar. Carpius ficou encarregado das Casas Pullci e Mishkova, junto de Cronos, seu pai.

Cronos e Monica fazerem parte da Horda foi uma surpresa para mim. Não sabia que eles tinham um sonho de igualdade dentro deles, mas é bom ter mais pessoas conhecidas lutando ao meu lado.

Ficou decidido que eu lançaria uma das bombas de fumaça, assim como outros três criados. Carpius disse para eu me esconder até que tudo esteja terminado, e eu concordei, é claro. Posso querer que o rei morra, mas não quero ver ninguém morrendo. Talrian e meu pai me chamariam de fraca, mas a última coisa em que preciso pensar é o que eles achariam.

Radiani deve estar com Talrian. Faz muito tempo que eles não se falam, então, não me importo muito. Pergunto-me se Camilla está com eles também. Com certeza. Agora, ela vive grudada no meu irmão ou bebendo com a sua família.

Talrian, provavelmente, ainda não contou seu segredo para ela, mas eles não têm mais muito tempo de vida. Então, talvez, nem valha a pena falar mais.

Estremeço. É o tipo de pensamento que alguém como meu pai ou o rei teria, sem se importar nem um pouco com a vida dos outros. Balanço a cabeça; não quero ser como eles, nunca. Gostaria muito que houvesse outro jeito...

Minha mãe sempre falava sobre ser sensível, mas não demais, pois isso significaria que eu seria facilmente manipulável. Não sei se cheguei a esse ponto. *Existe uma linha tênue entre a confiança e a tolice, Brianna. Tenha certeza de que não vai ultrapassá-la.*

Essas palavras foram ditas pelo meu irmão em outro contexto, mas não deixam de ser aplicáveis agora ou em qualquer outro momento da minha vida.

Eles podem pensar o que quiserem. *Não sou manipulável.*

⁂

Acordo com um estrondo. Radiani já está ao meu lado. Dormi antes que ele chegasse da sua conversa com Talrian e Camilla. Ele se levanta em um pulo e eu seguro o seu braço.

— O que aconteceu? — ele me olha assustado e sai da cama com rapidez.

Radiani abre a porta do quarto, outras pessoas também botam a cabeça para fora de suas portas para ver o que estava acontecendo. Os soldados na porta estão paralisados, só podem deixar suas posições com ordens diretas do meu pai ou do meu irmão e nenhum dos dois parece ter acordado.

Contudo, eles logo se recuperam ao verem meu pai sair do quarto. Ele está descalço e sem camisa, mas atravessa o corredor inteiro mesmo assim e começa a falar com os soldados. Não consigo ouvir direito o que está dizendo, mas os soldados assentem e saem do corredor.

Talrian aparece neste exato momento. O cabelo dele, sempre arrumado, está amassado, como de alguém que acabou de acordar. Camilla sai atrás dele, vestindo uma blusa azul e um short verde. Seu olhar encontra o meu por apenas um segundo, mas ela o desvia depressa.

Meu pai se volta para Radiani e diz:

— Não a deixe sair daqui.

Meu pai não é seu duque. Radiani não precisa seguir ordens dele, mas assente obedientemente e tenta me levar de volta para dentro do quarto. Eu me desvencilho dele e chego mais perto do meu pai.

— O que aconteceu? — pergunto. Ele contrai o maxilar ao mesmo tempo que Talrian e Radiani se aproximam também.

— Não sei — ele diz enquanto acena para outros soldados que também parecem ter acabado de acordar. — Fiquem dentro dos seus quartos! Vocês já se envolveram em confusão demais!

Ele entra no quarto e volta alguns minutos depois, vestindo uma camisa azul. Ele anda mais rápido do que de costume. *Parece assustado.*

Sêmele chega perto dele e os dois conversam por um instante.

— Vou ver se Monica está bem. A Casa Catala não é confiável — ele murmura para ela.

— Vou com você — ela diz, segurando o ombro do meu pai. Ela ainda está de pijama, mas vejo, nos seus olhos, um brilho que nunca vi.

Se isso for obra da Horda, Monica deve estar segura. Não avisaram de nenhuma operação antes do golpe final, então acho que não deve ter a ver com eles.

— O que vocês ainda estão fazendo aqui? — meu pai pergunta, irritado. — Vão para os seus quartos!

Talrian se vira, frustrado por não saber o que raios está acontecendo. Radiani também parece se sentir assim, mas tenta acalmá-lo.

— Provavelmente foi a Horda de novo — meu irmão diz. — Devem ter atacado outra Casa.

Mas isso não é possível. Eles já planejaram tudo sobre as sete Casas. Não lançariam um ataque totalmente despreparados; não podem correr o risco de serem menos precisos e terem mais chances de falhas.

— Os soldados vão cuidar de tudo. A Horda não está por perto — diz Radiani. — Você não precisa se preocupar se vão nos atacar, Brianna.

Meu irmão encara Radiani e diz apenas uma palavra:

— Ainda.

Esperamos um tempo no corredor. O palácio agora se encontra em completo silêncio. Ninguém mais está conosco, até Camilla voltou para o quarto. A mãe dela já veio aqui e avisou que tudo estava bem com o resto de sua família, então ela já deve ter ido dormir outra vez.

Meu pai também já viu que Monica está bem e foi com Sêmele ver como está o rei. Eles estão demorando mais do que o esperado, talvez estejam tentando descobrir o que aconteceu.

Radiani boceja. Devo dizer que também já estou cansada de esperar em pé, mas meu irmão não sai daqui. Radiani me abraça por trás e aproveito o calor de seu corpo no meu. Eu me viro e beijo sua boca. Ele sorri. Aconchego-me no seu abraço e apoio minha cabeça em seu peito.

— Vai ficar tudo bem — ele sussurra e eu o aperto mais um pouco. *Não posso perdê-lo. Não posso. Não posso.*

Alguns primos de Pullci também permanecem acordados e conversam entre si ao nosso redor. Vejo que Carpius não está entre eles, o que aumenta as minhas suspeitas de que a Horda esteja envolvida nisso.

— Nos fazem esperar porque podem — ouço um dos meus primos sussurrar para o soldado ao seu lado.

O que ele está insinuando? Que meu pai está negando informações à própria Casa apenas como uma demonstração fútil de poder? Talvez isso fosse possível com o povo, mas não com o seu próprio sangue.

Acho que ele percebeu o olhar de desaprovação que lhe lancei involuntariamente, porque se calou de imediato.

Ouvimos, de repente, o barulho de dezenas de pessoas correndo e gritando pelo corredor. Seguro o braço de Radiani, mas até ele parece assustado. Talrian também olha para a entrada, tentando parecer indiferente, mas consigo ver o temor em seus olhos.

Alguns tiros soam e me contraio com cada um dos disparos. A maioria dos soldados no corredor saca suas armas e fica alerta. Alguns ficam à nossa frente para nos proteger do que quer que esteja acontecendo no lado de fora.

O silêncio volta tão rápido quanto o barulho surgiu. Todos no corredor estão paralisados. Alguns mais corajosos caminham devagar até a porta para tentar ver o que está acontecendo. Eles não abaixam as pistolas e os rifles. Têm medo do que pode estar à espreita.

Os soldados parecem aliviados quando veem algo que não conseguimos e fazem um sinal para que nos aproximemos, indicando que está seguro. Andamos devagar até a entrada, onde estão a maioria dos duques, meu pai e o rei, com as armas ainda erguidas. Aos seus pés, está o corpo de um dos membros da Horda, encharcado de sangue pelos muitos tiros que levou.

Clerck.

Em sua mão, consigo ver uma joia. O brilho perolado de uma pedra azul como a água. Uma homenagem a um casamento: *o colar da rainha.*

※

O corpo dele está retorcido de forma estranha, não parece natural. Fico encarando-o por bastante tempo enquanto as pessoas cochicham ao meu redor. Radiani passa o braço pelo meu ombro, tentando me dar algum conforto, afinal, minha tia acabou de morrer. Pelo menos, é o que dizem. Mas não é pela morte dela que eu choro.

Clerck nunca foi exatamente gentil comigo, mas era um membro da Horda, estava ao meu lado. Um soldado que havia sofrido demais, alguém com um insaciável desejo por justiça. Ele morreu por causa do plano de Sefirha. *A outra* era a rainha, é óbvio. Eu devia ter pensado nisso. Um ataque direto ao rei, apenas um dia antes do atentado. Percebo o problema que isso pode causar. O rei pode se fortificar, fazer o país entrar em luto e ganhar tempo. Um grande erro de cálculo, para dizer o mínimo. Ou, talvez, uma genialidade. Não sei exatamente o que estavam planejando com isso. Não são burros; com certeza, sabiam dos riscos.

O corredor é preenchido por uma grande massa de pessoas. Todas querendo saber o que aconteceu, quem ele é e por que está morto.

Conversando com o rei, minha mãe chora. Meu pai fica ao lado dela, tentando confortá-la, junto de Talrian e Monica. Minha irmã mais velha olha de relance para mim, tentando entender minha reação. Não sei se sabia do plano. Se sabia, interpreta muito bem seu papel, consolando e chorando junto à minha mãe.

— Eles vão retirar o corpo. É melhor sairmos — Radiani sussurra no meu ouvido, guiando-me para longe. Desvencilho-me dele e me aproximo ainda mais do corpo.

Pego o colar azul das mãos de Clerck. O diamante está intacto, como todo diamante. Seguro-o firme na minha mão e me viro para Radiani. Vou até a minha mãe e entrego o colar para ela. Isso só a faz chorar ainda mais. Meu pai me segura pelo ombro e me puxa para mais perto dele, interpretando errado as minhas lágrimas.

Carpius está a apenas alguns passos de distância, conversando com o pai. Ele sabia do plano, foi ele quem lembrou Sefirha da *outra*. Sabia o que iria acontecer.

Depois de tudo, quando estou voltando para dentro do meu quarto com Radiani, Carpius esbarra em mim no caminho e coloca alguma coisa na minha mão. *Um bilhete*. Espero Radiani dormir para abrir o pequeno pedaço de papel.

Não, não somos burros.

Exploda as bombas de fumaça, fique longe da ação, neutralize quem você conseguir. Em poucos minutos, tudo estará terminado.

Mais uma vida ceifada precocemente. Mais um belo trabalho da Casa Pullci. Clerck pode ter morrido, mas nós não vamos.

Apago as luzes logo em seguida. Não me sinto muito melhor.

Capítulo 21

TALRIAN

Eu me obrigo a acordar cedo de novo, apesar de ter ficado a maior parte da noite passada acordado. Camilla não teve esse mesmo problema e levantou-se bem antes de mim.

O casamento será só depois do pôr do sol, então temos bastante tempo livre até lá. Poderia ter dormido mais um pouco, mas não quero parecer preguiçoso na frente dela, ainda mais depois de reclamar quase todos os dias que ela dormia demais.

Camilla já sabe o que aconteceu com a rainha. Tive que explicar tudo ontem à noite, depois que finalmente conseguiu dormir graças a algum remédio que o médico lhe deu. Ela não demonstrou muita reação, parecia estar se importando mais comigo, mas eu aprendi a lidar com a morte há muito tempo.

A morte é apenas o fim de um caminho. Todos passaremos por ela, de um jeito ou de outro, então não tenha medo e não fique triste. Fico pensando se os ensinamentos de um professor há tanto tempo ainda servem para alguma coisa. Ele era um membro de uma família rica em Pullci, mas não era nobre. Foi ele quem ensinou sobre a guerra para todos nós, no entanto, questiono sua sabedoria por um momento.

Ela já está vestida. O mesmo vestido que usou no casamento da minha irmã. Não parece nem um pouco confortável ou fácil de arrumar, mas ela faz tudo sozinha. E tem razão, o azul não combina com o verde.

— Você podia se levantar — ela diz enquanto arruma o cabelo na frente do espelho. — Já está há muito tempo aí parado.

Sigo as ordens dela, preguiçosamente, abrindo as cortinas e deixando a luz do sol entrar. O quarto se enche de luz e preciso cerrar os olhos para conseguir enxergar.

Camilla resmunga e desvia o rosto do sol.

— Não disse para abrir as cortinas.

Apenas pego uma camisa no armário e me visto. Ela continua se arrumando, ainda olhando para mim.

— O que você está olhando? — pergunto para ela, que desvia o olhar. Consigo ver algum tipo de sentimento diferente nela, algo que nunca vi antes. *Vergonha?* Ela já me viu sem camisa uma vez, então provavelmente não é isso.

Ela não responde, e eu não insisto.

Vou para a varanda quando meus olhos finalmente se acostumam à claridade. As dunas do deserto mudam de lugar a cada dia, pouco a pouco. Deve acontecer durante a noite, quando os ventos são mais fortes.

Ouço o soar de uma corneta. Devem estar acordando todos na cidade. Ninguém pode perder algo tão importante como o casamento do príncipe, mesmo que a família real não esteja no auge de sua popularidade.

A morte de rainha será comunicada a todos agora pela manhã e meu pai pediu que estivéssemos presentes para dar apoio à minha mãe. Camilla também vai, já que é obrigada a me acompanhar em todos os lugares.

Não sei quando será o funeral. O rei não cancelará o casamento, mesmo depois da morte da sua esposa. Acho que os nobres não podem esperar mais para irem para casa e acredito que o rei não os obrigará a ficar.

Minha tia não era popular com o povo, disso eu posso ter certeza. Não sei se o país ganharia muito com um funeral público e amplamente televisionado, além da felicidade dos ratos.

— Você está bem? — ela pergunta, aparecendo atrás de mim e me dando um susto.

— Claro! — respondo rapidamente e ela ergue uma sobrancelha — Por que não estaria?

— Talvez por que sua tia morreu ontem à noite? — ela diz, como se fosse óbvio. Mas eu realmente estou bem. Passei anos na frente de batalha, sei lidar com a dor de um membro da família perdido.

— Estou bem — digo com uma voz mais firme agora. Ela não parece acreditar em mim. Fica ao meu lado em silêncio por alguns minutos.

— Pelo menos, vamos embora amanhã — ela diz. — Já estou há uma eternidade em Deichon, não aguento mais o calor do deserto.

— Obrigado por me lembrar! — digo sinceramente. — Odeio a capital com todas as minhas forças. Não voltaria aqui nunca mais, se fosse possível.

— Eu também não gosto muito — ela diz —, não me traz boas lembranças, ainda mais agora...

— Ficarei feliz quando olhar pela janela e não ver mais quilômetros de areia.

Ela ri um pouco.

— Não sei se vou ficar feliz, mas vai ser diferente. E vou ter que me acostumar, de qualquer jeito — ela solta um esboço de sorriso. — Você também terá que aguentar minhas perguntas.

Faço uma careta, brincando com ela. Seu sorriso aumenta um pouco.

— Não é como se tivesse muito o que perguntar. Minha vida não tem nada de especial — digo.

É a vez de ela fazer uma careta.

— Às vezes, penso como seria se tivéssemos feito escolhas diferentes — ela diz. — Nós, com certeza, não estaríamos aqui agora.

— Eu estaria casado com Safira ou Estrela. E você... — começo, olhando para ela. Não sei se Vitor tinha outras opções para que sua filha se casasse. Talvez fossem até melhores que eu.

— Que bom que foi você — ela diz, se aproximando mais e me abraçando. Tento retribuir o abraço da forma menos mecânica possível. Ela apoia a cabeça em meu ombro. — Uma vida nova, longe do deserto interminável que é este país!

Ela, então, se cala e ficamos em um silêncio agradável. Não culpo Camilla por querer fugir do deserto; eu, particularmente, nunca gostei dele. Mas não tenho como saber as opiniões reais de Camilla sobre Pullci, se ela realmente acha tudo o que está dizendo ou se está falando apenas para não me chatear.

— Morar juntos vai ser bom, eu acho — ela diz baixinho, quase um sussurro.

Devo dizer que também estou feliz por ser ela. Alguém que compartilha o que penso, que pode me apoiar. Que não ridiculariza tudo o que acredito. Mas suas próximas palavras apagam tudo isso da minha cabeça:

— Você sabe que teremos que fazer isso um dia, não sabe? — ela murmura, ficando vermelha.

Todos os meus músculos se contraem involuntariamente. Ela percebe isso e noto que sua expressão fica mais chateada.

— Eu... — tento encontrar uma resposta que a deixe menos desconfortável, mas que não entregue a minha situação, e falho miseravelmente.

Ela só me olha e dá de ombros, como se não se importasse.

— Não quero apressar nada, estou apenas dizendo um fato — ela olha nos meus olhos, como se estivesse tentando me convencer. — Algum dia, você precisará de um herdeiro.

Precisar de um herdeiro. Odeio como essas palavras soam. Parece ser mais uma armadilha do que uma felicidade ter um filho.

— Eu sei disso — digo, me remexendo e saindo um pouco do seu abraço. — É que...

Essa pode ser uma das únicas chances que terei de falar com ela sobre isso. Ela precisa saber, pelo bem de nós dois. Ela pode reagir da maneira certa, me apoiar, me entender. Ou ela pode puxar a cortina e colocar minha vida em risco. Ela ergue uma sobrancelha, esperando que eu termine a frase. Parece desconfiada.

— É o que você não podia me falar ontem no jantar? — ela pergunta.

— Mais ou menos isso — balbucio. Minha hesitação só aumenta a desconfiança dela, que continua me encarando, exigindo uma resposta.

— Se envolve a vida de alguém, pode ter certeza de que não vou falar — ela diz, mas sinto que ela não acredita nas próprias palavras. Ela fará isso se achar necessário, se for do interesse da sua Casa ou se não for do seu agrado. *Será que eu faria o mesmo se a situação fosse inversa?*

— Tem a ver com você ou com alguém da sua família? — ela pergunta quando percebe que estou paralisado. A visão a deixa tão confusa quanto desconfiada. — Pode falar! Ou você ficou mudo? — ela continua, começando a ficar impaciente.

— Camilla, eu não gosto muito de garotas — digo finalmente.

— Não somos tão ruins assim — ela bufa, como se eu tivesse acabado de contar uma piada.

— Não nesse sentido, Camilla — sinto um frio na barriga à medida que dou mais dicas para que ela possa acertar.

— Então, você deve ser algum tipo de bicha — ela ri, ainda achando que estou fazendo uma piada. Fico um pouco ofendido, mas continuo.

— É meio que isso mesmo.

Ela fica séria e olha para o meu rosto.

— Isso é uma brincadeira, certo? — ela pergunta, mas eu não reajo. Isso parece fazer cair a ficha para ela, que se afasta como se eu tivesse uma doença. — Não é possível.

— Por favor, não conte para ninguém — falo para ela e odeio o tom de súplica em minha própria voz.

— É claro que não vou contar. Você acha que eu sou um monstro? — ela diz, parecendo ofendida.

— Obrigado — digo a ela, que apenas contorce os lábios.

— E o que nós vamos *fazer*? — ela pergunta, ainda sem acreditar.

— Não sei — digo. — Vamos arrumar um jeito.

Ela não parece nem um pouco convencida. Continua me olhando como se eu fosse doente. Não entende o que eu sou. Para falar a verdade, nem eu sei direito o que sou. Só sei que é imutável e que não foi uma escolha, por mais que eu tenha tentado.

Ela não quebra o contato visual. Já é alguma coisa.

Depois de alguns instantes, ela toca meu ombro. Um toque suave, amigável. Carinhoso, talvez. Mais até do que mereço.

Ela sorri timidamente, mesmo que não esteja feliz.

— Vamos dar um jeito — ela diz. — Juntos.

Abro a porta do quarto de Brianna e Radiani sem bater. Ele está sentado em sua varanda lendo um livro e parece assustado ao me ver entrar completamente desarrumado no quarto. O casamento é daqui a uma hora. Brianna se arruma com a ajuda de uma criada em um canto e parece surpresa ao me ver.

— O que aconteceu? — ele pergunta. Parece confuso ao ver o meu sorriso.

Faço um gesto para que a criada saia. Ela faz uma reverência e se retira do quarto apressadamente.

— Você está bem? — pergunta Brianna.

Abro um sorriso para ela.

— Eu contei para Camilla.

Radiani sorri e Brianna me dá um abraço.

— Que bom, Talrian — ela diz.

Eu me sinto muito melhor.

Capítulo 22

ALLABRIANNA

Eu o vigio o tempo todo

Ele sabe. Deve saber. Fui displicente demais em minhas saídas, mudei minhas atitudes. Até Radiani desconfia de mim, por mais que não fale nada, mas já peguei os dois me olhando inúmeras vezes com olhares que faziam milhares de perguntas que nunca serão respondidas. Terão sorte se sobreviverem à hoje à noite.

Sinto uma pontada no peito ao pensar nisso. Pode ser a última vez que falo com Talrian na vida. Eles já haviam me informado de que ele seria julgado e condenado como traidor, mas isso nunca me pareceu tão real até agora, quando estou sentada ao seu lado. E, apesar de Sefirha ter me prometido que Radiani não sofreria nada, não sei como ela poderá garantir isso no meio de mais de mil e quinhentos nobres que correrão para salvar suas vidas.

Não sei se conseguiria me reerguer se Radiani morresse, então peço novamente aos deuses que o salvem.

Já em relação a Talrian, não sei como me sentiria. O calculista e assassino Talrian, que mandou milhares de inocentes para uma guerra apenas para perpetuar seu poder, que atirou em Nalon na minha frente só para mostrar que podia fazê-lo, provavelmente morrerá ao final de tudo.

Mais uma vida ceifada precocemente. Mais um belo trabalho da Casa Pullci, penso nas palavras ironizadas por Carpius dias atrás, na noite da morte de Clerck. Agora, as palavras tomarão o sentido oposto. Assassinos morrerão esta noite.

Ele contrai o maxilar, impaciente pela demora. Vejo os músculos dos seus ombros se tensionarem mesmo através das camadas de roupa. Pergunto-me quantos rebeldes franzinos seriam necessários para derrubá-lo.

Ele se senta ao lado de Camilla, outra que provavelmente morrerá por conta das minhas ações. Ela está linda em seu vestido verde que parece brilhar com as luzes da sala, mas vejo que está preparada. *Está armada*. Um cinto com várias facas de guerra aparece por baixo do vestido. Não ficará indefesa em meio aos atentados recentes na corte. Vejo que Talrian também está com uma faca no bolso e percebo o cano de uma pistola despontando do seu cinto.

Engulo em seco. Nenhum dos meus principais alvos veio despreparado hoje.

Pelo menos, reconheço alguns criados circulando pelo salão e nobres simpáticos à nossa causa algumas cadeiras à frente. O rei não conseguiu eliminar todos os alvos, por mais que tenha se esforçado.

Radiani está à minha direita, mais relaxado que os demais. Ele passa o braço em volta do meu ombro e eu apoio minha cabeça em seu peito.

— Você também está levando um arsenal? — pergunto, beijando seu pescoço.

Ele apenas ri, como se eu tivesse dito algo muito engraçado.

— Todos os membros das Casas mais próximas do rei estão autorizados a andar armados no período do casamento. Acho que consegui esse privilégio graças ao seu irmão — ele diz, apontando para o cano de uma pistola presa em seu cinto.

De repente, me assusto com uma possibilidade.

— Apenas os membros dessas Casas?

— Sim, todas as outras foram revistadas antes de entrarem no salão, para que não tenham maiores problemas, assim como os criados — ele fala, distraído com o zíper da calça.

Congelo e me afasto para que ele não note minha tensão. Isso quer dizer que todos que participarão hoje da rebelião estarão desarmados. Pergunto-me como Carpius conseguirá contornar isso.

A orquestra começa a tocar e não tenho mais tempo de começar nada. Fico olhando para o chão, tentando processar as informações que acabei de receber.

Olho para o lado e vejo que Carpius está do outro lado do corredor. Ele me faz um gesto, como se me pedisse para ter calma.

Obedeço antes que os outros notem minha agitação.

Anora passa, vestindo um terno preto com detalhes verdes, sorrindo para a multidão enquanto todos o aplaudem. Provavelmente estaria vestindo algo mais festivo se sua esposa não tivesse morrido ontem. Profundas olheiras parcialmente escondidas por maquiagem indicam que ele ainda sofre, e muito. Ele rapidamente alcança o púlpito, perto de onde o casamento acontecerá.

Um criado pega um microfone e o entrega para ele. O rei limpa a garganta e fala.

— Queridos cidadãos — a voz dele troveja pelo salão. Duvido que precisasse de um microfone para que todos o ouvissem. — Bem-vindos ao casamento do meu filho, Anora Selium IV! — todos aplaudem e o rei espera que eles parem. — Porém, antes de começarmos as festividades, tenho alguns anúncios a fazer.

Ele limpa a garganta novamente e olha para frente, em direção à porta pela qual acabou de entrar.

— Como sabem, estamos passando por momentos conturbados no reino — quase rio em meio de sua tentativa de suavizar a situação. *Críticos* seria uma palavra mais adequada. — Infelizmente, vários parentes de vocês faleceram em batalhas no palácio, incluindo minha esposa. Sei que muitos dos nossos inimigos foram capturados, porém, não todos. E, como qualquer líder inteligente, sei que sua podridão, com certeza, adentrou nossas paredes.

Ele faz uma breve pausa, enquanto o salão faz o maior silêncio que já vi na vida.

— Algumas pessoas já foram identificadas e estão sob a custódia da coroa. Graças aos trabalhos das Casas Pullci, Jidan, Genova e Pei podemos concordar que nosso país, agora, está mais seguro. — Talrian contrai a mandíbula e Camilla segura a mão dele. Isso faz com que ele relaxe. Apesar de não sentir nenhuma atração por ela, Camilla parece ter um grande efeito calmante sobre meu irmão. Mais uma coisa que havia deixado de notar desde que me distanciei deles.

— E aos integrantes da Horda que me ouvem aqui, saibam que seu terrorismo é pura escuridão e podridão, e jamais tomará conta do meu país enquanto eu viver.

Então, morra, tenho vontade de falar. Que pena que a Horda é maior do que ele jamais poderia imaginar.

— Se os problemas persistirem, infelizmente, serei obrigado a chamar outra comissão, que decidirá medidas cada vez mais restritivas para o nosso povo. E nenhum de nós quer que isso aconteça. Nos agarraremos a nossos direitos de nascença e ao nosso orgulho o quanto pudermos, e nenhum rato poderá mudar isso.

Repentinamente, ele abre um sorriso. Quero dizer, o máximo que seus olhos tristes e cansados permitem que ele sorria.

— Gostaria, agora, que todos se levantassem para receber meu filho, Anora Selium IV, e sua futura esposa, Sabrina, da Casa Orixis!

Todos se levantam em respeito, enquanto Anora e Sabrina andam de braços dados em direção ao rei. Ambos sorriem nervosamente enquanto acenam para amigos e familiares. O príncipe também acena para Talrian e Camilla, que fazem pequenas reverências com a cabeça.

Eles chegam ao lugar onde o rei estava há apenas alguns instantes, mas agora ele está acima dos dois. Deve ter subido uma escada enquanto todos olhavam para os noivos.

O rei pega outro microfone e fala com a mesma voz forte de antes:

— Gostaria de chamar para ficar ao meu lado e conduzir a cerimônia a princesa Giulia Selium!

Giulia se levanta de uma das cadeiras à minha frente e sobe a escada para se encontrar com o pai. Ela deve ter apenas uns doze anos e veste um vestido preto com detalhes verdes e uma pequena coroa de esmeraldas. Ela sorri, radiante pela atenção recebida, enquanto ajeita os longos cabelos loiros.

— Obrigada por me deixar conduzir essa cerimônia, pai — ela fala com a voz forte, assim como ele. Como uma princesa deve falar. — Sinto-me honrada em conduzir a união mais importante do reino e... — ela continua a falar, porém, deixo de prestar atenção e repasso o plano que Carpius me explicou na noite passada.

Exploda as bombas de fumaça, fique longe da ação, neutralize quem você conseguir. Em poucos minutos, tudo estará terminado. Como se fosse tão simples assim.

Ela termina seu discurso perfeitamente ensaiado e fala com os noivos, que estão cansados de esperar lá embaixo.

— Anora Selium IV, herdeiro do trono de Kirit, filho de Anora Selium III, você aceita Sabrina, da Casa Orixis, como sua legítima esposa até o fim das suas vidas?

— Aceito — ele diz com a voz firme.

— E você, Sabrina Orixis, aceita Anora Selium IV como seu legítimo esposo até o fim das suas vidas?

— Aceito — ela diz também.

Ela coloca a aliança em Anora primeiro e, em seguida, ele coloca a dela. E um leve toque dos lábios de ambos indica que já estão casados.

Todos aplaudem, enquanto os dois sorriem ansiosos e o rei parece feliz como há tempos não se via.

— Todos estão convidados à festa! Espero que gostem de hoje à noite tanto quanto eu — ele diz e todos aplaudem de novo e se dispersam.

Alguns criados já entram no salão com bandejas, prontos para servir os nobres. Fico feliz em ver vários de meus principais adversários pegarem muita comida ou bebidas alcoólicas. Com certeza, é mais difícil correr bêbado ou de barriga cheia. Talrian, Radiani e Camilla também se servem de grandes taças de vinho.

— Ainda bem que acabou! Não aguento mais a capital — Talrian diz, depois de tomar um grande gole de sua taça. — Preciso voltar para Pullci.

— Também quero voltar a Jidan, fazer os passeios de barco, ir praia. Aqui só tem areia, areia e mais areia, é muito chato — diz Radiani.

— Vocês dois vão precisar me mostrar todas as ilhas, mesmo as menores e mais insignificantes. E eu quero ir para a praia todos os dias — Camilla não se dirige mais a mim, não depois de nossa última briga.

Eles riem.

— Acho que não vamos poder ficar tão livres assim. Meu pai, com certeza, me dará milhares de afazeres. Considera nosso casamento como uma permissão para morrer — Radiani se engasga com o vinho e, logo depois, solta uma risada.

— E a sua mãe, como está lidando com tudo depois daquela conversa que vocês tiveram?

— Do mesmo jeito de sempre. O mesmo que o do meu pai, na verdade. Ansiosa por netos — ele fica desconfortável ao dizer isso e gira o resto do vinho no fundo da taça. Camilla segura sua mão embaixo da mesa.

Arrependimento é a última coisa que preciso ter agora.

— Vai dar tudo certo. Tenha como um incentivo saber que, se você não tiver um filho, provavelmente um dos seus irmãos será o próximo duque.

Por incrível que pareça, Talrian abre um sorriso.

— Lealdade, segurança e legado. Tudo pela prosperidade da Casa Pullci — ele diz lentamente as palavras de nossa mãe, o que faz Camilla abrir um pequeno sorriso. — As três maiores merdas que já ouvi na vida.

— Você estava falando palavrões, Talrian? — Lua chega, de repente, pelas costas dele, fazendo-o levar um susto. — Que feio!

— Ninguém nunca te ensinou a não se intrometer nas conversas dos outros, Lua? — ela dá um tapa nele e ele se contrai. — Pare, você está ficando forte!

— Ao menos, isso. Nenhum general aceitaria uma menina fraquinha no *front* — Radiani sorri para ela, com orgulho.

Lua vai para a guerra. Até que faz sentido. Agora que estou casada com Radiani, ele precisa de alguém para assumir suas responsabilidades mais indesejáveis.

Ela não parece estar abalada com isso, mas já vi Talrian e Radiani não conseguirem comer por vários dias depois de suas idas ao *front*. Não consigo nem imaginar a carnificina que deve ser o lugar.

— Lua é muito mais esforçada do que eu era — diz Camilla, puxando uma cadeira para que Lua se sente ao seu lado.

— Lembro de várias vezes que não ia para o treinamento para assistir às corridas de cavalo na cidade.

— Era bem triste treinar perto deste aqui — Talrian aponta com a cabeça para Radiani. — Era difícil saber que precisariam de dois de mim para derrotar ele.

Ele ri enquanto pede outra taça de vinho.

No meio da multidão, avisto Carpius no meio do salão, falando com Monica e Jito. Ele me chama com um aceno de mão, como se precisasse de mim com urgência.

— Preciso ir ao banheiro — digo para Radiani, ele assente e me beija. Parece mais interessado em alguma história que Camilla tem para contar.

Quando chego perto de Carpius, ele me olha severamente, como se eu estivesse estragando o plano todo.

— O que foi? — pergunto para ele, preocupada que algo pudesse ter dado errado.

— Claire resolveu adiantar o atentado, ela acha que o rei já sabe, então vamos atacar mais cedo.

— Quando?

— Na hora da dança — diz Jito —, que, segundo meus cálculos, vai acontecer — ele checa rapidamente o relógio de ouro em seu pulso — em trinta minutos.

— Ela provavelmente sabe que todos os nobres estarão aglomerados no centro do salão. Você não precisará mudar a localização das bombas de fumaça, só vai detoná-las antes, ao meu sinal — diz Carpius

— E pare de agir como se estivesse sendo sequestrada. Relaxe! Tente participar da conversa, aja como se tudo estivesse normal — diz Monica. — Você ouviu o que o rei falou, alguns já foram pegos. Agora, quem levantar suspeitas pode ser o próximo.

— Tudo bem — respondo. A pior coisa deve ser morrer antes de seu objetivo ser atingido. Penso em Nalon, Wov e Clerck, todos mortos antes de ver o que sempre sonharam acontecer.

Volto para a mesa no meio de uma história de Camilla na qual ela conta sobre suas apostas em corridas de cavalo e como ela mesma corria algumas vezes.

— Não existem muitas corridas de cavalo em Pullci; as pessoas nunca parecem se interessar muito — diz Talrian.

— O que vocês fazem para passar o tempo, então? — pergunta ela, zombando. — Campeonato de pescaria?

Radiani ri e balança a cabeça.

— Nadamos, principalmente. Lutamos também — ele diz —, mas nada de apostas.

— Mas, daí, perde toda a graça! Como você vai torcer verdadeiramente para alguém se não tiver nada a perder?

— Muitas brigas e assassinatos ocorriam. Então passaram a ser ilegais — diz Talrian. — Mas campeonatos de natação são emocionantes! Você deveria ver um quando voltarmos.

— Você se lembra de uma vez que nós quatro nadamos até a costa de Pei? — tento puxar um assunto, como Carpius falou que eu deveria fazer.

— Como poderíamos esquecer? — diz Talrian rindo. — Quase perdemos a Lua aquele dia.

Ela faz uma careta.

— Não foi engraçado.

— A culpa não é nossa se você não consegue acompanhar o ritmo — ri Radiani.

— Eu tinha *nove anos*!

— Vocês nadaram um mar inteiro? — pergunta Camilla, espantada — Por quê?

— Porque estávamos entediados em casa e tínhamos tempo livre.

— Demorou para cacete! — diz Radiani.

— Mas valeu a pena, pelo menos para mim. Não sei se para Lua...

— Ah, calem a boca! — ela fala e todos rimos.

— Vou precisar de aventuras assim quando for morar lá — Camilla diz —, apesar de não ter certeza se conseguiria nadar até o final.

— Então, não vá. Esses dois me abandonaram. Brianna precisou voltar e me buscar.

Abro um pequeno sorriso, porque lembro exatamente desse dia. Lembro de buscar Lua em meio ao mar aberto, e levá-la para Talrian e Radiani, que não paravam de rir. Talrian tinha apenas treze anos na época e Radiani tinha catorze. Erámos apenas crianças. O pai de Radiani ainda estava vivo, e Talrian ainda não havia ido para a guerra. Parece que aconteceu há uma década, uma vida atrás. *Tanta coisa mudou!*

Uma música começa a tocar e os recém-casados vão rapidamente para a pista dançar a primeira valsa. Camilla não espera a música acabar para recomeçar a falar.

— E você, Lua, já que tem a sorte de escolher com quem pode se casar, quem você escolherá?

Lua fica vermelha e desvia o olhar enquanto Camilla abre um sorriso.

Radiani apenas ri para Talrian.

— Ela te jogou na merda, sabia?

— Cala a boca.

— Não sei — Lua finalmente responde, ainda incapaz de manter contato visual.

— Não acredito. Eu já tive a sua idade, sei como as coisas funcionam.

— De quem que você gostava quando tinha treze anos, Camilla? — pergunta Talrian.

— Isso não vem ao caso agora. Você nem está na conversa! — ela diz, impaciente, enquanto nós três gargalhamos. — Só fale para mim, Lua.

— Está bem! — ela diz e o tom vermelho volta para o seu rosto. — Riwclen Pei.

— Riwclen Pei? O irmão de Mathias? — Radiani diz, quase derrubando o resto do vinho por cima da toalha de mesa branca. Lua parece prestes a morrer de vergonha.

Olho para a mesa onde a maioria da Casa Pei está sentada e consigo ver Riwclen sentado ao lado do seu pai. Ele é um garoto magro de olhos escuros e cabelo muito ruivo, como praticamente toda a sua família. Parece ser bem mais novo do que realmente é. Deve ser da idade de Lua, mas aparenta ter uns dez anos.

— Que decepção! Minha irmã é apaixonada por Riwclen Pei — diz Radiani, balançando a cabeça em descrença, enquanto meu irmão não consegue parar de rir.

— Eu não sou apaixonada por ele! — grita Lua um pouco alto demais, tanto que até Riwclen se vira para ver o que está acontecendo. Ela baixa o tom de voz e completa — Só acho que ele é bonitinho.

— Eu não vou deixar minha irmã casar com Riwclen Pei. Não posso! — ele diz, ainda balançando a cabeça — É a minha nova missão de vida.

— Como você é chato! Pelos deuses! — diz Lua, se levantando e indo falar com Beatrix.

— Vamos dançar, Brianna — ele diz com um suspiro e ainda consigo ouvi-lo murmurar — Riwclen Pei... não acredito.

— É melhor nós irmos também, Talrian — diz Camilla, se levantando e estendendo a mão para ele.

— Que merda! — ele diz, aceitando a ajuda de Camilla para se levantar. Eles dão os braços e vão para o outro lado do salão.

Radiani me conduz até o meio das dezenas de nobres que agora dançam e começamos a dançar também. Apoio minha cabeça no peito dele e me deixo levar, sabendo que pode ser a última vez que faço isso.

— Está gostando da festa? — ele pergunta, sorrindo do jeito que ele só faz.

— Não muito — digo, sorrindo também, enquanto ele beija minha bochecha e, depois, o meu pescoço. — Estou como Talrian, mal posso esperar para voltar para casa.

— A casa será um pouco diferente dessa vez — ele ri —, apesar de estarmos próximos. Um barco de distância de Talrian e Camilla. Você pode ir vê-los sempre que quiser, tudo bem?

— Sim — digo, tentando não pensar na triste realidade. Nunca mais irei ver Talrian e Camilla, não em Pullci, como imaginam. Fico pensando se algum dia voltarão a ver as praias de lá.

A música acaba e outra começa, vejo Monica dançando com Jito alguns passos à minha frente. Vejo Carpius sozinho no meio da multidão, ao lado de uma criada que reconheço ser Sefirha. Ele sinaliza para mim com as mãos: "dez minutos".

A música acaba e outra recomeça. De repente, entro em um estado de choque. Só agora caiu a ficha do que vai acontecer. Estou dançando próxima a futuros cadáveres. Aperto Radiani mais forte, me segurando aos últimos momentos que posso ter com ele.

Lua e Beatrix brincam à distância com Sêmele. Elas sorriem, felizes.

Nunca serei uma assassina como você, Talrian.

Radiani percebe minha agitação e me aconchega mais nos seus braços, aperto-o pela última vez enquanto espero a música acabar. Prestes a começar a próxima parte do plano.

— Preciso ir ao banheiro — digo a ele, fazendo de tudo para que minha voz continue forte.

— Tudo bem — ele diz, me soltando. — Te vejo depois.

Essas podem ser as últimas palavras que ouço dele. Quase que não resisto à tentação de voltar e abraçá-lo de novo.

Vou para o canto do salão e tiro o pequeno dispositivo de dentro do vestido; olho para os lados e vejo que os outros já estão em suas posições. Vejo Carpius fazer outro sinal com as mãos: "um minuto".

Outra música começa. Vejo que Radiani está conversando com Lua, perto de uma das bombas. Tenho que lutar para não gritar para que se afastem dali. Talrian e Camilla mais conversam do que dançam na pista. Consigo ver o coldre da pistola de Talrian através do terno azul. Sei o quão mortal ele é.

As pessoas dançam e Talrian se afasta de Camilla e começa a vir em minha direção com um sorriso no rosto. Fico desesperada e olho para Carpius, que faz uma expressão para eu me acalmar. Ele gesticula e um criado interrompe Talrian, me dando o tempo necessário para pôr as ideias no lugar.

Vejo a mão de Carpius junta ao seu terno, em contagem regressiva para a morte de alguns e a liberdade de outros.

Talrian finalmente se desvencilha do criado. Ele me olha e peço desculpas sem emitir nenhum som, enquanto Carpius faz o sinal e solto minha bomba no meio do salão.

Capítulo 23

TALRIAN

Ela joga o dispositivo no meio do salão. Antes que eu possa alcançá-la, ela some na cortina de fumaça que criou para si e para seus amigos da rebelião. Eu suspeitava desde o começo, desde suas primeiras escapadas, e por causa do jeito que agiu quando matei aqueles terroristas.

Grito o nome dela, em uma mistura de medo e raiva. Alguns tiros vêm em seguida e rapidamente saco minha pistola. Ouço outros gritos e o som de centenas de nobres correndo desesperados para salvar suas vidas. Apenas os mais corajosos ficam para defender o rei e sua família. Vejo ao meu lado o duque de Sotlan, com uma expressão de ódio e metade do rosto coberta de sangue. Pergunto-me quem da sua família foi assassinado. Pergunto-me se alguém da minha teve o mesmo destino.

Dessa vez, grito por Radiani. Ele deve estar em algum lugar nessa bagunça. Isto é, se não era aliado dos terroristas desde o começo. Para minha sorte, esse não é o caso, e ele e Lua aparecem. A ponta da sua faca está suja de sangue.

— Peguei um deles — ele diz antes que eu tenha a oportunidade de perguntar. Mais tiros. — Casa Catala. Tentou ir para cima de Lua, a maior burrice que já fez na vida.

— É melhor você tirá-la daqui — digo, olhando nos olhos dele. Lua segura uma faca de guerra na mão, mas treme bastante. Nunca esteve em um combate de verdade. — Brianna foi quem detonou as bombas — digo, em choque.

— Eu sei, não achei que ela tivesse coragem de fazer algo assim — a voz dele vai morrendo gradualmente, pois agora sabe que não há mais volta para o que ela fez. Ou ele morrerá, ou ela será executada.

— A culpa não é nossa. Agora, é melhor você levá-la daqui — a fumaça começa a abaixar.

— Sim — ele balbucia e sai correndo com Lua. Fico sozinho com o duque de Sotlan, que atira em algumas pessoas com uniformes de criados à nossa esquerda. Alguns caem, mas um bom de mira acerta uma bala na testa do duque e ele cai morto na hora. Preciso me esconder atrás de uma mesa para não ter o mesmo fim.

Vejo uma grande massa de criados e traidores do rei indo para cima de algumas mulheres e crianças da Casa Xip, porém, ao invés de aprisioná-los, eles atiram em todos, criando uma pilha de corpos mortos no chão. *Eram a família da minha mãe.*

Grito por Brianna de novo e isso atrai um criado de aproximadamente trinta anos, com uma adaga na mão. Ele parece forte, mas suas mãos tremem de medo. Com um pulo exagerado, ele avança em minha direção.

É fácil demais desviar e ele golpeia o vazio. Pego uma das minhas facas e enfio na barriga dele, fazendo com que solte a sua faca, que pego antes que caia no chão.

Deixo-o ali. Tenho coisas mais importantes para lidar agora do que me preocupar com um rato morto.

Vejo Camilla a alguns metros de distância, perto do príncipe e do seu pai. O príncipe Anora derruba uma criada no chão com um soco, mas leva uma facada na perna, pelas costas. Ele grita de dor e cai de joelhos no chão. Camilla pega sua própria faca e corta a garganta do agressor.

— Leve o príncipe para longe! — grita Vitor, com a voz subitamente grave. — Eu cuido do resto deles.

Camilla reluta em sair, mas obedece, tentando ajudar Anora a sair do salão. Vitor corre em direção à minha família, que está o mais longe da saída possível. *Sem Brianna, nem Monica.*

Ouço um grito à esquerda. Camilla tenta defender tanto Anora quanto ela mesma, mas não adianta. Ele é um dos alvos principais. Incapaz de correr para se salvar, morre com uma faca cravada nas costas.

O rei e a princesa têm o mesmo destino, cercados por dezenas de terroristas. Mesmo os seus soldados não conseguem detê-los.

Agora é Camilla que tenta salvar sua vida. Desviando da maioria dos terroristas, ela consegue subjugar dois, mas o último é o mais forte de todos e tira a faca de sua mão.

— Camilla! — grito e corro em sua direção, enquanto ela tenta se desviar dos golpes dele. Mas ela está cansando e a faca está chegando cada vez mais perto.

Pulo nas costas do homem e ele cai no chão comigo. Tento prendê-lo, mas ele é mais forte do que eu imaginava e tenta me esfaquear mesmo de costas, abrindo um corte em meu ombro. Sinto um lampejo de dor, que logo é amenizado pela adrenalina.

Para a minha sorte, Camilla recupera sua faca que estava caída a poucos metros e perfura o coração dele, fazendo com que sua pressão em cima de mim diminua. Saio de baixo dele e seguro firme a pistola, sem ter certeza de que ele está mesmo morto.

— Ele já era — Camilla diz, como se pudesse ler meus pensamentos. Mais gritos. — Sua irmã! Nunca imaginei!

Sinto uma pancada no peito. Como ela pôde fazer isso conosco, sabendo que poderíamos todos morrer? Vamos morrer, seja nesse salão ou em uma execução previamente agendada. Pergunto-me se ela ficaria feliz em me ver morrer.

Volto a atenção à minha família e à de Camilla, que estão tentando escapar do salão. Não estão sendo atacados no momento, mas consigo ver alguns criados correndo atrás deles. Reconheço duas pessoas que conheço muito bem: Carpius e Cronos.

Meu pai percebe o movimento e grita para que o resto corra, permanecendo apenas ele, Vitor, Julianna e alguns soldados, enquanto os outros tentam escapar. Junto-me a eles enquanto Radiani ajuda os outros nobres a saírem do salão.

Meu pai olha para Cronos e Carpius com tanto ódio que não consigo descrever. Ódio e decepção, as piores coisas que um ser humano pode sentir.

Meu pai atira contra eles e erra por pouco. Eles continuam avançando, usando as grandes pilastras do salão para se protegerem.

— Atirem! Matem todos! — urra meu pai para os soldados, que começam a atirar em direção às pilastras. Vários rebeldes caem mortos no chão, incapazes de desviar das balas, mas os soldados também sofrem grandes baixas, pois todos os outros nobres foram neutralizados e restamos apenas nós.

Ouço um grito de Radiani atrás de mim. Ele caiu no chão e mais e mais criados chegam para contê-lo. Devem ter ordens explícitas para não o matar, já que apenas amarram seus braços e suas mãos e apontam uma arma para sua cabeça.

Minha mãe e meus irmãos têm o mesmo destino de Radiani, enquanto meus primos e os de Camilla se juntam à grande quantidade de mortos do dia.

Dois terroristas trazem Lua e Sêmele de volta ao salão. Radiani tenta lutar contra as cordas enquanto as duas são amarradas na sua frente e armas também são apontadas para suas cabeças.

O restante dos terroristas se vira para nós, bloqueando todas as saídas possíveis. Olho para Camilla e, pela primeira vez, vejo medo em seus olhos.

Carpius levanta a pistola e atira em um dos soldados. Ele desvia da bala, que ricocheteia na pilastra atrás de nós e atinge

Vitor na barriga. Ele grita de dor e cai no chão, enquanto meu pai e o resto dos soldados avança em direção aos terroristas.

— Pai! — Camilla grita e vai ao encontro dele. Também corro para ajudá-lo, porém, os terroristas chegam pelas minhas costas, e dois pares de mãos me agarram pelos ombros e me empurram para o chão.

Camilla é afastada do seu pai e luta com todas as forças contra os homens que a prendem. Sem sucesso. Eles a seguram firme no chão e um deles aponta uma pistola para a cabeça de Vitor.

— Não! — Camilla grita novamente quando vê o que está prestes a acontecer. Ela chuta um de seus agressores no queixo, fazendo com que ele caia nocauteado imediatamente, mas logo outras dezenas de terroristas se aproximam dela e a dominam.

Fecho os olhos antes de escutar o barulho do tiro ao meu lado. Mais mãos me agarram.

Julianna também é executada. Ela cai ao meu lado, assim como os outros guardas da Casa Pullci. O cheiro de sangue toma conta do lugar.

Meu pai continua lutando contra Cronos. Foram tolos em deixá-los em um combate sozinhos. Meu pai consegue levar vantagem em relação ao meu tio e o derruba no chão. Carpius, no entanto, aponta uma pistola para a cabeça de meu pai e atira.

Por alguns segundos, permaneço no mais profundo estado de choque. Camilla grita em desespero ao meu lado e Beatrix apenas chora, inconsolável. Vejo suas bocas abertas, as lágrimas correndo, mas não consigo ouvir nenhuma das duas. Continuo não ouvindo nada, nem quando mais tiros são disparados atrás de mim, selando o destino de mais pessoas. Não quero nem saber quem são. Avanço em direção a Carpius.

Não sei como consigo me desvencilhar dos guardas, nem como não sou atingido por nenhum de seus tiros. Apenas avanço. O ódio puro me movendo e a última faca de guerra na mão.

Cronos é o primeiro a cair. Uma morte covarde, admito. Ataco quando está de costas. Ele nem foi capaz de prever a faca cravada em seu pescoço. Carpius grita e pula em cima de mim.

É até injusto. Quando ele me ataca, dezenas de outros me dominam. Ele deposita toda a sua força em um único soco, que acerta em cheio o meu rosto. Em seguida, me dá outro soco. E outro, e mais outro.

Servir de saco de pancadas para a pessoa que mais odeio agora teria sido uma grande vergonha para o Talrian Pullci de poucas horas atrás. Meu pai diria que fui fraco, me falaria sobre como envergonhei a Casa e a ele, e como esse tipo de atitude nunca deve ser tolerada, mas ele está morto e minha Casa também. Brianna me traiu. Não tenho mais a quem envergonhar...

Então, me deixo sofrer uma última penitência. Nem dor consigo sentir mais. Entrego-me às pessoas que mais odeio e deixo que me levem para qualquer destino que desejarem. No entanto, uma mulher ruiva aparece e fala no ouvido de Carpius, fazendo com que pare.

Os guardas me algemam e me prendem. Vejo o corpo da minha mãe e dos meus irmãos no outro lado do salão, ao lado do, agora algemado, Radiani.

Brianna aparece, finalmente, depois de tudo. Ela caminha, tentando parecer indiferente a tudo, mas é fácil ler suas emoções. Ela vacila quando vê o corpo do meu pai no chão e rapidamente olha em outra direção.

— Veja o que você fez! — grito para ela e sua postura vacila. Não é uma guerreira; não está nem perto disso.

Depois disso, só consigo processar uma palavra antes de desmaiar.

Julgamento.

Capítulo 24

TALRIAN

É engraçado pensar em como as coisas mudaram. Ontem à noite, estava em uma festa, mal podia esperar para voltar para Pullci com Camilla, uma pessoa que eu tinha finalmente começado a entender.

Agora, nunca mais verei a minha ilha. Camilla está ao meu lado, em uma cela no subterrâneo do palácio.

É estranho ter a certeza de que você vai morrer. Você fica apático, não fala, não come, não faz nada. Algumas pessoas poderiam me salvar deste buraco nojento, mas a maioria está morta. Apenas duas não estão. Uma está em uma cela ao lado da minha e a outra provavelmente está planejando os próximos detalhes de sua revolução sangrenta.

Camilla não falou uma palavra desde que fomos trancados aqui embaixo. Ficou apenas olhando para as paredes como se pudesse abrir um buraco nelas. Não a culpo, seus pais estão mortos e a irmã pode ter tido o mesmo destino.

Foi um plano inteligente matar todos aqueles que não fossem grandes inimigos da revolução para organizar o julgamento do século. O povo vai adorar ver seus maiores inimigos morrerem como eles morreram por séculos. Não importa se eu for enforcado, fuzilado ou afogado, vão garantir que seja um espetáculo.

Mathias está na cela em frente, dormindo. Não há muito o que fazer aqui, a não ser dormir e xingar os guardas. Nenhuma das opções me agrada muito. Então, tento limpar o sangue que acabou jorrando em mim durante a batalha. Meu sangue, o de Cronos e de várias outras pessoas que matei.

Meu nariz dói e, com certeza, está quebrado, devido ao tanto que Carpius me espancou ontem. Eu acho que foi ontem, pelo menos. Tudo é um borrão depois da morte do meu pai. Não tenho certeza do que aconteceu depois disso. Posso estar preso aqui por apenas algumas horas ou, quem sabe, dias. O silêncio, até agora, não foi quebrado.

Até agora.

Uma garota de cabelos loiros e olhos azuis entra no corredor. Alguns guardas a escoltam. Ela veste uma camisola azul, o que indica que é noite lá fora.

— Brianna — murmuro enquanto a vejo através das barras da cela.

Ela não parece muito bem. Grandes olheiras embaixo dos olhos indicam que não tem dormido. Suas unhas, antes bem cuidadas, estão roídas até o limite. Seu cabelo está despenteado e emaranhado, o que faz com que pareça mais uma camponesa do que uma nobre.

— Vadia Pullci — xinga Mathias que, de repente, acordou, cuspindo aos pés dela. — Se aliou aos ratos para que pudesse desfilar com mais espaço.

Ela ignora o insulto, virando-se para mim e olhando nos meus olhos. *Olhos azuis. Olhos dele. Olhos de Pullci.*

Não tenho dúvidas do quanto isso a está afetando.

— Você veio me ver... — digo, levantando-me do chão frio para me aproximar dela. Os guardas ficam tensos e levam as mãos às armas nas suas cinturas.

— Vocês podem ir embora agora — ela diz aos guardas, que parecem hesitantes em deixá-la sozinha comigo. De todo modo, eles a obedecem. Mesmo em seu mundo igualitário perfeito, ainda existe uma hierarquia de poder e Brianna não está na base da pirâmide.

— Que honra ter uma visita sua — eu digo, me aproximando mais ainda dela, até que estejamos a apenas poucos centímetros de distância. Ela não quebra o contato visual. — Ainda usa as cores dele? Sabia que não teria coragem de abandonar os antigos hábitos!

— Agarre-se ao seu orgulho enquanto ainda pode — ela repete as palavras do rei do dia do casamento, antes de toda essa bagunça acontecer.

— Palavras nobres. Palavras do homem que você matou — rosno para ela. Brianna se arrepende do que fez, é claro. É preciso de sangue-frio para vencer uma guerra, e ela não tem nenhum. Ela finalmente olha para o lado, envergonhada. É fácil demais manipular suas emoções.

— Não fui eu. Eu não puxei aquele gatilho — a desculpa é tão esfarrapada que quase me faz rir. Se as dores me permitissem, teria gargalhado.

— Esta é a mentira que conta para si mesma todo dia antes de dormir? Não parece estar funcionando — digo para ela, abaixando o tom de voz e fazendo com que volte a me olhar nos olhos. — Quando será a minha execução?

— Esse não é meu trabalho — ela murmura, com os olhos cheios de lágrimas. — Você não me deu escolha. Nenhum de vocês deu.

— Demos uma escolha bem simples. Honra ou podridão. Lealdade ou solidão. Você fez a sua, eu fiz a minha.

Ela apenas assente, cansada demais para discutir.

— Radiani — ela chama por ele. A última pessoa que talvez ainda a ame.

— Oi — ele se levanta da cama mancando e vê, pela primeira vez, que Brianna está aqui. — O que você quer?

— Lua e Sêmele estão bem, um andar acima de vocês — um pouco da tensão dele desaparece e ele suspira aliviado. — O julgamento será depois de amanhã, ao meio-dia.

— Quantos dias já passaram? — ele pergunta. Perdeu a noção do tempo tanto quanto eu.

— Dois — ela responde, com um olhar preocupado.

— Por que esperar tanto para nos matar? — pergunta Camilla, dizendo as primeiras palavras em dias.

Brianna desvia do olhar dela, encara o chão e murmura alguma coisa. Uma lágrima escorre pela sua bochecha.

— Algum dia a sensação passará? — ela pergunta para ninguém especificamente, apenas deixa o pensamento no ar. *Nunca serei uma assassina como você, Talrian.* O pensamento retorna.

Camilla quase ri de seu sofrimento. A minha própria raiva surge em meu peito, rugindo, pedindo para sair. Ela matou meus pais. Os pais de Camilla. Agora, apenas espera que sejam dados os nossos vereditos.

— Não é aqui que você encontrará piedade — digo para ela, que volta a me olhar nos olhos. — A Casa Pullci está morta!

Ela faz um gesto como se fosse ir embora, mas se vira como se precisasse falar mais alguma coisa urgente.

— Não revelei seu segredo — ela diz com um sussurro.

Rosno para ela de novo.

— Do que isso importa agora? — digo sem forças.

Ela apenas entrega um pequeno papel na minha mão antes de sair rapidamente. Resisto ao impulso de rasgá-lo. Abro e vejo poucas palavras escritas na caligrafia perfeita da minha irmã.

Amanhã.
Ao meu sinal.
Confie em mim.

Camilla não parece acreditar muito quando mostro o bilhete de Brianna. Ela apenas bufa e diz que não podemos confiar em nada mais do que ela diz. Radiani parece mais inclinado à ideia, como em tudo que envolve Brianna.

— É melhor tentarmos. Se der certo, ficaremos vivos. Se der errado, já estamos mortos de qualquer maneira — é uma boa forma de pensar as coisas, apesar de ele ser o menos morto de todos aqui. Duvido que Brianna o deixasse ser executado.

Leva um tempo até que ele consiga convencê-la, mas ela acaba cedendo. Não faço a menor ideia de como Brianna fará isso. *Ao meu sinal*. Ela nunca deu nenhum indício de nenhum sinal. Nunca. E como vamos saber quando é amanhã se não temos nenhuma noção do tempo?

Não faço a menor ideia de como isso vai funcionar. O que me resta é apenas rezar para que tudo dê certo.

— Caso dê certo e nós consigamos escapar daqui... — Camilla diz, sentada na cama ao meu lado, encarando a parede que esconde Radiani de nós — Para onde iremos? Vamos ser caçados e mortos em qualquer lugar desse país.

Penso em outros países deste vasto continente. Hoxhit, Meckzi, Claw. Todos selvagens, atrasados. Nenhum deles parece uma boa escolha. Os pequenos reinos do oeste também não são confiáveis.

— Hoxhit são montanhas de gelo, Mekzi é um deserto inútil e Pangeo, montes verdes e floridos.

— Ir para Claw a pé? Levaria anos. Vários anos — diz Camilla.

— Para Hoxhit, então. Mais perto de Kirit e de Jidan.

Não faço a menor ideia de como vamos cruzar o deserto e ir para o norte sem sermos pegos, mas é a única opção que temos.

— Vai dar tudo certo — digo sem a menor convicção.

Camilla ri e se senta ao meu lado, olhando para as grades da cela.

— Que loucura! — eu a escuto murmurar.

Eu durmo quando sinto sono. É a única coisa que tenho para fazer. É melhor estar descansado para quando precisar correr daqui.

Porém, quando acordo, minha cabeça está mais pesada do que o normal e minha barriga dói de fome. Há alguns dias vivo apenas à base de água, já que os guardas só aparecem uma vez por dia com dois litros de água para cada um, e só.

Olho para Camilla, que parece mais disposta que nos outros dias. Ela retribui o olhar e estende um pequeno envelope. Novamente, me deparo com a caligrafia da minha irmã, desta vez com um texto mais longo.

O relógio de Talrian está dentro. Ao meio-dia. As palavras que são uma mentira. Vocês verão Beatrix, Lua e Sêmele. PC-012. Levem Mathias.

Camilla segura o relógio incrustado de diamantes que ela me deu depois do nosso casamento. Os pequenos tridentes marcam dez e meia da manhã. Os guardas devem trazer a água daqui a pouco.

— Parece que ganhamos um avião de brinde — ela diz com um esboço de sorriso. Deve estar feliz por sua irmã ainda estar viva. Quase. Felicidade é algo que não teremos por muito tempo, provavelmente nunca mais.

O PC-012 não é nada mais que um avião cargueiro. Difícil de manobrar, fácil de acertar, nada ideal para um combate aéreo. Deve ter sido difícil para ela conseguir um avião melhor.

Mathias dorme à minha frente. Ele sabe da ideia do plano, mas não teve muita vontade de participar até agora. Porém, como ele é o único que sabe pilotar um avião entre todos nós, foi imediatamente recrutado, mesmo que contra sua vontade.

A única coisa que não entendo é "as palavras que são uma mentira". Começo a refletir sobre alguns ensinamentos do nosso pai que poderiam ser categorizados, mas nenhum parece se encaixar nessa descrição.

Os guardas vêm entregar nossa água, deixando o recinto logo em seguida e dando a oportunidade para explicarmos a Mathias as novas informações que recebemos.

— Eu topo e não é como se vocês tivessem outra escolha — ele diz, agora parecendo animado com a ideia. — Para onde vamos?

— Hoxhit — Radiani responde, sem muito entusiasmo.

Mathias faz uma careta.

— Não sabia que vocês gostavam de uma vida nas montanhas.

— Não gostamos, mas é a melhor opção que temos — digo. *A opção mais próxima de casa também,* penso.

Mathias franze o cenho.

— Algo me diz que o mais lógico seria que fossemos para o mais longe possível. Eles nunca nos encontrarão em Atlantis ou Otia.

De fato, parece o certo a se fazer, ir embora e tentar recomeçar do zero em outro lugar.

Mas, quando nós quatro nos entreolhamos, percebemos que não podemos simplesmente deixar tudo que conhecemos para trás. Nunca saímos desse país, não fazemos a menor ideia de como é o mundo lá fora, além do trabalho de espiões. Precisamos ter, pelo menos, a mínima chance de voltar.

— E o sinal será para mostrar que a barra está limpa ou algo assim? — ele pergunta.

— Acho que sim — a parte do sinal é outra parte confusa do bilhete. Sinal aonde? Para quê? Não consigo pensar em alguma coisa que seja uma mentira. Palavras de quem? Essa parte não poderia ser mais vaga.

Ou, talvez, seja algo óbvio e meu cérebro derreteu nesse lugar.

Onze e vinte. Quarenta minutos.

Não estou com as melhores roupas para uma fuga. Todos fomos trancados aqui com as mesmas roupas da festa. Meu terno não oferece nem um pouco de mobilidade. Nem minhas calças. Começo a tirar as peças de roupa inúteis e termino com a minha calça rasgada e o paletó com as mangas dobradas até os cotovelos. Radiani e Mathias fazem o mesmo, tornando as roupas mais confortáveis e fáceis de se locomover.

Camilla também faz a mesma coisa, rasgando as partes mais inúteis do seu vestido até que esteja mais confortável. Ela corta a parte de baixo, que antes ia até os tornozelos, e agora só vai até o meio das coxas.

Olho o relógio enquanto bebo um pouco da água. *Onze e trinta e cinco.* Camilla e Mathias terminam seus dois litros de água. Trato de fazer o mesmo.

Mathias faz uma careta e diz:

— Preciso ir ao banheiro.

Camilla bufa e vira-se de costas. Não existem banheiros nas celas, apenas um buraco de pedra profundo que serve como privada. Ele termina e Camilla volta a se arrumar.

Onze e quarenta.

Coloco o relógio no pulso e, pela última vez, peço aos deuses que tudo dê certo. É a única oportunidade que temos.

Radiani faz o mesmo, ajoelhado no chão. Camilla e Mathias apenas nos observam, sem saber como agir.

Eles ficam em silêncio até terminarmos. Camilla me fita com um olhar que exala empatia e me abraça. Já Mathias não parece tão confortável assim. A Casa Pei sempre teve problemas com os nossos deuses. Acham que somos primitivos, ultrapassados. Não me importo.

— Vai dar tudo certo — ela diz.

Onze e cinquenta.

Recomeço a pensar no sinal, nas palavras que são uma mentira. Penso em todas as traições, todas as artimanhas de guerra do meu pai. Todas as coisas que Brianna me disse para que eu me sentisse melhor. Todas as vezes que desaprovou algo que fiz.

Mas nenhuma delas era uma mentira. Podíamos ter opiniões diferentes, entretanto, por mais que ela desaprovasse, sabia que era a melhor maneira de preservar a Dinastia. Penso em todas as pessoas que matei na frente dela: a mulher em Pullci, os terroristas, quando a Casa Togun foi atacada, o homem que foi levado para as câmaras de tortura do rei, os outros que matei no casamento, Cronos... Todas as pessoas a quem ela causou a morte também vêm à minha cabeça: nossos pais, nossos irmãos, os pais de Camilla e várias outras pessoas, os terroristas que matei naquela noite, todos os que acabaram sofrendo e padecendo devido ao egoísmo cego da Casa Pullci.

Minha ficha cai. Como não pensei nisso antes?

Nunca serei uma assassina como você, Talrian.

Meio-dia.

Capítulo 25

TALRIAN

Uma porta bate. Gritos no andar de cima. Tiros são disparados.

Camilla congela, o som dos tiros ainda a assombra. Não a culpo. Balas mataram nossos pais.

Penso no que o sinal significa. Quando ele vai aparecer? Para que ele serve?

As barras da cela começam a subir lentamente, para o choque de todos nós. Rapidamente rastejamos por baixo delas. Não podemos perder tempo.

Olho para ambos os lados. Dois portões idênticos se revelam. Não faço a menor ideia de para qual devemos seguir.

— E agora? Vamos pelo M ou N? — pergunta Radiani enquanto mais tiros ecoam no andar de cima. Camilla se contrai.

Olho para os portões. Nenhum deles tem nenhuma indicação de nada. Um, provavelmente, é a nossa saída. O outro, um convite para a morte.

Penso no sinal. Quando virá?

— Qual é o sinal, Talrian? — grita Mathias para mim, e sua voz quase não se sobressai aos tiros.

— Nunca serei uma assassina como você, Talrian — digo para ele, e isso não faz mais do que gerar uma expressão de confusão em seus olhos.

Porém, Camilla parece finalmente ter entendido por onde temos que ir.

— Não é um sinal. É um código! — ela grita, olhando em nossos olhos. — O portão certo é o N. Vamos!

Sem que tenhamos tempo de entender, ela corre e abre o portão com um estrondo. Para nossa surpresa, o corredor parece vazio. Ela olha para ambos os lados, antes de notar uma placa à nossa frente.

— Camilla! O que você está fazendo? Qual é o sinal? — diz Radiani correndo atrás dela.

— É um código! Ela falou os portões que devemos passar! — diz Camilla. — Preste atenção à frase: N é a primeira letra da primeira palavra, qual é a da segunda palavra?

— S — digo, sem entender aonde ela quer chegar.

— Exatamente! — ela diz enfaticamente — Olhe para a placa!

Eu olho e vejo que tem duas coisas escritas. Uma seta para a esquerda indica o setor de aviação, a que aponta para a direita indica o...

Setor S.

— Você é uma gênia, sabia? — digo para ela, e ela abre um pequeno sorriso, que logo se dissipa.

— Não temos tempo para isso. É melhor irmos — ela responde.

Todos corremos e encontramos outra bifurcação. À esquerda, está escrito "Hangar 1" e, à direita, "Hangar 2".

Todos seguimos pela esquerda e encontramos vários lances de escada que provavelmente nos levarão de volta à superfície.

Subimos o mais rápido que conseguimos. Não é fácil. Eles parecem infinitos e não nos alimentamos há vários dias. Mas, de algum jeito, conseguimos chegar, exaustos, no topo.

Uma porta de emergência é a única maneira de sairmos daqui, então a abrimos e nos deparamos com uma pista de pouso enorme. Tão grande que não conseguimos ver o final dela, apenas as enormes dunas da região de Selium à distância.

Vemos algumas outras pessoas saindo por outra porta ao nosso lado e todos nos escondemos atrás de uma pilastra. Porém, ouvimos vozes familiares atrás de nós e viramos. São Sêmele, Beatrix, Lua e Riwclen sendo escoltados por dois soldados, e Brianna. Minha irmã olha para mim satisfeita.

— Vocês seguem sozinhos a partir de agora — ela diz para nós, com lágrimas nos olhos. Provavelmente, nunca mais vamos nos ver.

Radiani se aproxima dela e a beija. Camilla e Mathias parecem mais focados em achar a próxima pista do que com despedidas. Agora, eles odeiam minha irmã com todas as forças... Devem estar se controlando para não pular em cima dela ou gritar todas as coisas horríveis que fez.

Brianna sai do abraço de Radiani e vem até mim. Ela olha nos meus olhos e pergunta de novo:

— Algum dia a sensação passa?

A sensação de causar a morte de alguém. A sensação de que existe uma vida a menos no mundo. A sensação de que algo diferente poderia ter sido feito.

Dou a resposta mais sincera possível. Não temos mais razão para mentir um para o outro.

— Não — digo, encarando-a de volta. — Nunca passa.

Ela apenas assente e se afasta. Radiani não parece mais querer ir embora. Ele apenas observa Brianna com um olhar triste e desesperançado. Camilla o tira desse transe.

— Pista A, vamos — ela diz, puxando a manga da sua camisa. Ele obedece e corre atrás dela, ao lado de Sêmele.

Olho para trás e Brianna não está mais lá, o que me faz respirar fundo e seguir o resto.

Depois de alguns momentos, chegamos a uma grande pista, com uma letra A gigante escrita no chão, mas, para a nossa surpresa, não há mais letras, apenas números de vagas.

— Quantas letras têm na próxima palavra? — pergunta Mathias, parecendo assustado com algo atrás da gente.

— Quatro — responde Camilla, parecendo confusa, afinal, só havia vagas com o número trinta para cima.

— E a próxima? — pergunta Radiani, tentando entender por que Mathias parece tão aterrorizado.

— Quatro também — ela responde, processando as informações. Seu rosto parece iluminar quando liga os pontos — Número quarenta e quatro! Vamos.

Todos a seguimos, contando as vagas. O sol não nos permite ver além de uns dez metros à frente, então não temos como saber se estamos no caminho certo.

Mathias se aproxima de mim, correndo mais rápido que todos. Eu o seguro pelo braço e ele se desvencilha acelerado.

— Qual é o seu problema? — pergunto a ele, que finalmente diminui um pouco a velocidade para que eu possa alcançá-lo.

— Olhe para trás e verá — ele diz, antes de acelerar de novo. Daqui já é possível ver a asa do avião.

Faço o que ele disse e me deparo com vários terroristas em um jipe, vindo atrás de nós, incluindo um que conheço muito bem: Carpius. Eles ainda estão longe, mas reconheceria o rosto dele em qualquer lugar.

Concentro-me em correr. Precisamos chegar ao avião e sair daqui o mais rápido possível. Camilla chega à porta, que já tem uma escada nos esperando para podermos entrar.

Ela consegue abrir a porta logo antes de ver o jipe vindo atrás de nós. Ela grita para todos entrarem rápido. Tiros passam rente à minha cabeça. Eles finalmente chegaram a uma distância da qual conseguem nos acertar.

Um dos tiros atinge Sêmele nas costas e ela cai no chão logo à frente da escada.

— Mãe! — grita Radiani, levantando-a e a levando nas costas. Mais tiros passam perto dele, um deles o atinge de raspão na perna, o que faz com que grite de dor, mas ele continua subindo a escada.

Sou o último a conseguir subir no avião e fecho a porta atrás de mim. O sol já não está tão forte através das pequenas janelas, então consigo ver o jipe dando meia volta e indo para o Hangar 2, o hangar dos jatos.

— Precisamos ir rápido! — grito para Mathias, que já assumiu seu posto na cadeira de piloto. Ele aperta alguns botões, mas, quando o avião está prestes a ligar, ele trava.

— Preciso da senha! — ele diz, apontando para o painel. Todo avião possui uma senha para impedir que seja roubado facilmente. A senha pode ser qualquer coisa, nem sabemos qual Casa é dona do avião.

— Tente achar algum papel — diz Camilla, abrindo todas as gavetas possíveis, mas encontrando apenas algumas barrinhas de cereal e garrafas d'água.

Tento ajudá-la a procurar no painel e ao longo do avião, mas não encontramos nada. *Chegamos tão longe para morrer de uma forma tão idiota,* penso.

Porém, quando estou prestes a voltar para o cockpit, vejo algumas palavras entalhadas com um prego na tintura preta do avião. A caligrafia da minha irmã já não é mais tão perfeita, mas consigo entender mesmo assim.

Ao meu sinal.

Volto para o cockpit depressa e digito na tela a última palavra que falta do código de Brianna.

Talrian.

O avião destrava e o motor começa a funcionar.

Mathias rapidamente assume o controle da aeronave, manda que todos ocupem seus assentos e se dirige à pista.

Quando o avião decola, consigo ver o jipe de Carpius, que ainda nem chegou no hangar. Ele terá grandes dificuldades para nos encontrar no céu. O jipe chega aos jatos quando já estamos bem alto.

Sinto um frio na barriga depois que a maior parte da adrenalina passa. A sensação de voar nunca foi a minha favorita. Sempre gostei mais de estar com os dois pés no chão ou em um barco, mas, devido ao nosso objetivo de sairmos dali vivos, venço o medo.

Olho para o palácio pela última vez. Pode ter sido uma alucinação causada pelo sol ou pela falta de comida, mas tenho quase certeza de que vejo um pontinho azul em uma das grandes varandas do palácio. Imediatamente o reconheço.

Acho que a vejo nos dar adeus.

･ﾟ✧

Demora meia hora até que um dos jatos de Carpius suba ao céu. Desligamos nosso rastreador, pois facilitaria nossa localização, mas também não conseguimos mais vê-lo se aproximando. Mathias parece nervoso e nunca sai de perto dos controles, apesar de o avião praticamente se pilotar sozinho.

Camilla distribui as barrinhas de cereal e garrafas d'água para todos. Depois de tantos dias sem comer, a barrinha seca e sem gosto parece a melhor refeição da minha vida. Vestimos algumas roupas militares que estavam em um compartimento no fundo do avião. Parecemos soldados rasos ao invés de antigos governantes.

Conseguimos! Escapamos!

Parece bom demais para ser verdade. Fugimos da morte uma segunda vez. Quantos não gostariam de ter tido essa mesma sorte! Mas a realidade me atinge mais rápido do que eu gostaria, acabando com minha euforia, assim como quando alguém estoura uma bolha de sabão.

Vamos viver foragidos. Nossos pais estão mortos. Nunca vamos poder voltar para casa. Mas pode haver uma esperança. Sempre há.

Hoxhit é um país primitivo, sem um governo centralizado, o que poderia oferecer problemas para nobres foragidos e condenados de uma nação estrangeira. O país é dominado por facções, apesar de um rei ainda controlar, na teoria, a capital. Montar uma resistência seria quase impossível, a não ser com ajuda externa. Não faço ideia dos nobres que sobreviveram, então tento não me iludir tanto com essas questões.

Vejo o deserto começando a ser substituído por montanhas, frutos de terremotos há milhares de anos. A areia para abruptamente e dá lugar aos grandes picos de rocha com enormes túneis escavados para dentro. É daí que todas as joias vêm, riquezas, coisas que tomávamos como garantidas. Nada mais é garantido.

Radiani está na área de carga do avião, cuidando de Sêmele. Ele tirou a camisa para oferecer à mãe como ataduras improvisadas, mas isso não parece ter ajudado a parar o sangramento.

Fico ao lado de Mathias a maior parte do tempo. Ele precisa da minha ajuda para apertar um botão que esteja muito longe, puxar uma alavanca, essas coisas.

Já estamos sobrevoando Sotlan quando ele fala com uma voz sombria.

— Eles estão chegando.

Olho pela janela da esquerda e consigo ver um jato da Casa Pullci atrás de nós. Fuselagem azul e preta, com um tridente dourado estampado, cobrindo todo o avião. Jato PP-240, fácil de manobrar, perfeito para combate aéreo. Vejo dois canhões sendo apontados em nossa direção. Eles atiram antes que eu possa gritar.

O avião rapidamente perde altitude, fazendo com que todos sejamos jogados para o lado. Mathias faz o possível para manter o controle, mas uma das turbinas pega fogo e o avião começa a cair e girar.

Munição leve também consegue danificar muito as outras turbinas e todo o painel pisca com luzes vermelhas de alerta. Mathias pilota o mais rápido possível em direção às montanhas no limite de Sotlan.

Os jatos dão rasantes em ambos os lados da aeronave e continuam atirando. Parecem estar tentando derrubar o avião a todo custo.

— Temos que ir para Hoxhit o mais rápido possível! Eles não conseguirão nos alcançar lá!

— Nós vamos morrer! — grita Beatrix lá atrás, enquanto Camilla vem para frente, com pavor estampado nos olhos. Percebemos que estamos sem reação, totalmente entregues ao que Mathias conseguir fazer para nos salvar.

— Não vamos, não! — ele urra, apertando diversos botões e girando o volante freneticamente. — Aviões estrangeiros não podem invadir o espaço aéreo de outros países! Eles vão ter que dar meia-volta antes de atravessarem a fronteira.

O avião continua caindo, se aproximando cada vez mais dos picos pontiagudos das montanhas. Mathias faz com que queda seja mais devagar, à medida que os jatos atrás de nós começam a diminuir a velocidade.

O avião passa rente as montanhas enquanto os jatos de Carpius ficam voando em círculos na região de Sotlan. Presos dentro de Kirit, não podem fazer nada a não ser nos observar. Provavelmente, têm certeza de que vamos morrer. Provavelmente, estão certos.

O avião todo ainda emite sinais de alerta e Mathias parece ter cada vez menos controle da direção que a aeronave está tomando.

— Vamos precisar pousar assim que tivermos a oportunidade! — ele declara, também pedindo que todos se sentem para termos menos chances de morrer.

— Mathias — pergunta Camilla em um tom de voz mais baixo para que os outros não ouçam — a regra de invadir outro país com um avião também não se aplica a nós?

Ele fica em silêncio, focado em estabilizar o avião.

— Temos problemas maiores no momento — ele resmunga.

Ficamos a apenas algumas centenas de metros do chão e Mathias grita de frustração quando suas tentativas de fazer o avião parar de cair falham. Uma região da montanha com poucas árvores aparece no horizonte e é para lá que Mathias nos direciona.

— Preparem-se para o impacto! — ele grita enquanto Camilla toma seu lugar lá atrás. Fico ao lado dele e ponho o cinto de segurança, apesar de saber que não vai adiantar muita coisa quando colidirmos com o chão.

Todos gritamos assim que o avião encosta na neve, fazendo com que parte dele se despedace com o impacto.

A parte traseira do avião começa a pegar fogo. Abrimos as saídas de emergência e pulamos na neve. A queda é amortecida quando ficamos submersos até os joelhos no inferno gelado que nunca vi.

O avião pega fogo atrás de nós e sinto minhas pernas queimarem pelo contato com a neve. Olho para todos os lados em busca de alguma civilização, mas só vejo mais montanhas, neve e gelo.

Camilla abraça Beatrix, que parece ter torcido o tornozelo na queda. Lua vai ao encontro de Radiani, que ainda cuida de Sêmele, e Mathias apenas se senta na neve ao meu lado, me encarando, como se perguntasse o que fazer agora. Não faço a menor ideia.

Olho para os lados e não vejo nada além das montanhas. O avião ainda pega fogo perigosamente atrás de nós. A civilização mais próxima deve estar a quilômetros de distância. Olho para Camilla, que parece estar sofrendo com o frio, e ela retribui meu olhar. Ela faz a pergunta que todos, mas, ao mesmo tempo, ninguém, deseja que seja feita.

— Para onde vamos?